KB018536

로봇 유나에게 사랑한다고 말했다

초판 1쇄 발행 | 2019년 4월 22일

지은이 이승민
발행인 이대식

편집 김화영 나은심 손성원 김자윤
마케팅 배성진 박상준 **관리** 홍필례
디자인 모리스

주소 서울시 종로구 평창길 329(우편번호 03003)
문의전화 02-394-1037(편집) 02-394-1047(마케팅)
팩스 02-394-1029
홈페이지 www.saeumbook.co.kr
전자우편 saeum98@hanmail.net
블로그 blog.naver.com/saeumpub
페이스북 facebook.com/saeumbooks
인스타그램 instagram.com/saeumbooks

발행처 (주)새움출판사
출판등록 1998년 8월 28일(제10-1633호)

ⓒ 이승민, 2019
ISBN 979-11-89271-55-8 03810

로봇 유나에게 사랑한다고 말했다

이승민 장편소설

새흙

차례

햇살 속의 이별

국립호스피스센터까지는 차로 한 시간 남짓. 그곳은 도심에서 멀지 않은 곳에 신기루처럼 존재하고 있었다. 진입로 끝에 다다르자 중세시대 어느 성의 철문 같은 입구가 나타났고 운전석 옆에 설치된 모니터에서 신원 확인을 위해 환자 이름과 인간개체번호를 말하라는 음성이 나왔다. 나는 운전석 창문을 내린 후 '김, 유, 나'라고 아내의 이름을 한 음절씩 끊어 말한 뒤 그녀의 인간개체번호를 댔다. 모니터 하단에는 '이곳은 로봇의 출입을 엄격하게 금합니다'라는 빨간색 안내 문구가 지나갔다. 가독성은 좋지만 녹색이나 파란색이 이곳과는 더 어울리는 색 아닐까 잠시 생각했다. 곧이어 출입을 허가한다는 안내 음성이 나왔고 육중한 철문이 소리 없이 열렸다. 입구에서부터 센터 본관까지는 차로 5분 거리였다. 심혈을 기울여 조성한 우리의 작품을 마음껏 감상해보라는 듯 양쪽으로 거대한 인공 숲이 아름답게 펼쳐져 있었다. 그 사이사이로 사람들이 다닐 수 있도록 만들어 놓은 작은 길들이 보였다. 당장 차를 멈추고 유나와 함께 걸어보고 싶은 숲속 길. 돈이 아무리 많아도 아는 사람 없으면 기약 없이 대기만 하고 있을 수밖에 없다던 이유를 알 것 같았다.

"부서장님께 단단히 인사해야겠다."

풍경에 취한 듯 창문을 내리고 밖을 바라보며 유나가 말했다. 이런 곳에서라면 혹시 유나의 병이 좋아질 수도 있지 않을까 하는 바보 같은 기대를 갖게 만드는 곳이었다.

안내 표지판을 따라 지하주차장에 차를 댄 후 엘리베이터를 타고 1층으로 올라갔다. 문이 열리자 30대 중반 정도로 보이는 여자가 유니폼을 입은 채 웃으며 서 있었다. 직감적으로 이곳에 자리를 만들어준 부서장의 처제라는 걸 알 수 있었다. 우리는 엘리베이터에서 내리면서 약속이나 한 듯 나란히 허리를 굽혀 인사를 했다.

"그냥 편하게 매니저라고 불러주세요."

그녀는 전부터 알고 있었던 사람처럼 친근한 말투와 표정으로 우리를 맞았다. 국립호스피스센터에는 간호 로봇을 비롯해 흔한 청소 로봇 하나 없었다. 삶의 마지막을 정리하기 위해 들어온 이들에게 온기가 느껴지지 않는 로봇의 존재가 정서적으로나 심리적으로 도움이 되지 못하기 때문이라고 매니저가 설명했다. 그래도 로봇 사용 금지 문구는 빨간색보다는 녹색이나 파란색이 더 낫지 않을까요. 첫 대면에 불쑥 겪 없는 지적을 하고 싶게 만들 만큼 그녀는 친절하고 상냥했다. 대부분의 병원에서 안내나 입·퇴원 수속, 접수와 수납 등의 절차를 인공지능 로봇과 전자 시스템이 대신하게 된 요즘 이곳의 시간은 아직 수십 년 전에 머물러 있는 듯했다.

매니저의 안내를 받아 들어간 병실은 마치 누군가 살고 있던 깔끔한 가정집처럼 꾸며져 있었다. 아내의 병만 아니었더라면 예정대로 태어났을 우리 아이와 함께 삭막한 아파트촌을 떠나 이런 곳에서 살아도 좋았겠다는 생각이 들 정도였다. 감질나게 들어왔다 사라지는 아파트의 햇살과 달리 커다란 창을 통해 한아름 밀려들고 있는 오전의 햇살이 얼굴도 못 본 채 떠나보낸 아이의 보드라운 살결 같았다.

남향이라 오후 늦게까지 해가 빠져나가지 않는다면서 매니저가 반쯤 드리워져 있던 커튼을 활짝 열었다. 단단한 밀도와 질량이 느껴지는 낯선 햇살. 만지면 만져질 것 같은. 햇살이 머무는 침대 위에 온종일 알몸으로 누워 있으면 저 촘촘하게 빛나는 빛이 몸속 나쁜 균이란 균은 모조리 박멸해줄 것 같은 야릇한 믿음이 일어 잠시 가슴이 설렜다. 유나 역시 그런 설렘을 느끼고 있을까. 그녀는 푹신한 침대에 살며시 앉아보더니 나를 향해 웃어 보였다.

우리가 만족스러운 웃음을 나누는 걸 확인한 매니저는 환자의 정서적 안정을 위해 아날로그적으로 꾸며 놓았지만 이곳의 의료시설은 국내 최고 수준이라고 전했다. 그러고는 이곳 생활에 필요한 기본적인 사항들을 상세하게 안내해준 후 병실을 나갔다. 인간적이면서도 사무적인 친절함의 절대 균형을 지닌 사람이 있다면 매니저 같은 사람이 아닐까 싶었다. 감정의 기복이 행동과 표정에 그대로 드러나곤 하는 부서장과는 딴판이었다.

다소 피곤해 보이긴 했지만 침대에 앉은 채로 말없이 방 안을 둘러보는 유나의 표정은 편안해 보였다. 내가 짐을 정리하는 동안 창가로 다가가 바깥 풍경을 내다보기도 하고 욕실로 들어가 물을 틀어보기도 했다. 대충 짐을 정리하고 보니 어느새 유나는 침대에 편안한 모습으로 누워 잠들어 있었다. 나는 다가가서 가만히 그녀의 입에 귀를 가져다 댔다. 아기 같은 숨소리가 들렸다. 유나의 마지막을 준비하기 시작한 순간부터 생긴 버릇이다. 아직 살아 있음을 확인하는. 그녀를 덮고 있는 햇살이 하도 따뜻해 보여 따로 이불을 덮어주진 않았다. 저렇게 편안히 잠든 모습을 얼마 만에 보는지. 모든 게 다 햇살 덕분인 것 같았다. 생각해보니 오늘 아침까지 머물렀던 종합병원 암 병동에는 햇살이 전혀 들지 않았다. 나오길 잘했다. 유나의 고집대로 따르길.

안식월을 내고 유나와 함께 호스피스센터에서 보내는 동안은 내게도 휴식 같은 시간이었다. 매니저의 말대로 병원은 췌장암 말기의 끔찍한 고통을 줄여줄 수 있는 다양한 방법을 처방했고 더불어 심리적 안정을 취할 수 있도록 체계적인 프로그램을 병행했다. 아내가 왜 이곳을 고집했는지, 이곳에서 맞는 죽음이 왜 덜 무섭고 덜 고통스러울 수 있는지 충분히 이해하고 체감할 수 있었다.

매니저는 매일 아침 출근하자마자 병실을 찾아 오늘 기분은 어떤지, 컨디션은 어떤지, 불편한 것은 없는지 확인하는 것을 잊지 않았다. 처제의 도움에 안식월 허락까지 부서장에 대한 미안함과 고마움을 다 표할 길이 없었다.

'후회를 만들면 안 되잖아. 어떻게 해도 후회는 남겠지만. 잘해. 아내에게도 자신에게도.'

미안하고 고맙다는 내 메시지에 부서장은 상투적이고도 현실적인 조언을 보내왔다.

병원에 들어온 지 보름쯤 됐을 때 유나는 매일 하던 산책을 멈췄다. 침대에서 보내는 시간이 많아졌고 통증을 줄이기 위한 약물 투여량도 늘어났다. 다행히 약효가 좋아서 통증은 빠르게 경감됐지만 투약 주기는 짧아졌다. 통증 치료가 늘어갈수록 유나는 깨어 있어도 몽롱한 가수면 상태일 때가 많았고 내 말에 정확히 응답을 하는 횟수도 줄어갔으며, 온종일 아무것도 먹지 못하는 날이 이어졌다. 그래도 가끔씩은 내가 가만히 얼굴을 내려다보고 있으면 옅은 미소를 지어줄 때도 있었다. 나는 잠이 들고 깰 때마다 유나의 숨소리를 확인하는 일을 잊지 않았다.

일주일쯤 지난 어느 날 아침. 변함없이 싱그러운 햇살이 커튼 사이로 드리워진 침대 위에서 유나는 더 이상 눈을 뜨지 않았다. 일어나자마자 유나의 입가에 귀를 갖다 댔을 때 이승의 끝에 힘겹게 닿아 있는 미약한 숨소리를 확인하고는 의사를 불렀다. 상태를 살펴본 의사는 연명 치료를 거부한 유나의 서약서를 확인시키고는 대략 한 시간을 못 넘길 것 같으니 하고 싶은 말이 있으면 전하라고 했다.

그렇게 열심히 마음속으로 마지막을 준비했건만 정작 내가 전한 말은 '고생했어' 한 마디가 전부였다. 할 말이 없어서가 아니라 너무 많은 말들이 앞다투어 밀려 나왔기 때문이다. 모든 것을 내려놓은 채 생의 이편에서 저편으로 건너가려는 사람에게 남겨질 사람들이 어떤 말을 전해야 하는지에 대한 모범 답안이나 예시 문구가 있었으면 좋겠다. 무수한 말들이 내 안에서 뒤엉키고 아귀다툼을 벌이는 사이 유나의 숨은 조용히, 거짓말처럼, 완전하게 멎었다.

잠시 뒤 의사가 엄숙한 목소리로 사망 선고를 내렸다. 유나가 나를 떠난 시각은 정확히 2075년 3월 2일 09시 59분이었다. 그제야 나는 뒤늦게 유나의 손을 잡아주었다. 그렇게 유나는 나의 안식월을 이틀 남기고 볕 좋은 아침 내 곁을 떠났다.

가족, 일가친척, 동기동창, 직장 사람들이 부산히 오고 가는 가운데 장례식은 며칠간의 시끌벅적한 밤과 고단한 낮과 적막한 새벽을 보내고 마무리됐다. 서울시립납골당에 안치된 유나의 유골함은 그녀가 원한 대로 고즈넉한 옥빛으로 했다. 미리 유골함 모델을 고르던 유나에게 색이 좀 촌스럽지 않느냐고 물었을 때 그녀는 말했다.

"죽음을 덜 외롭게 만드는 색깔인 것 같아서."

죽음을 앞둔 심정이 두렵다기보다 외롭다는 말을 듣고 불쑥 미안하다는 생각이 들었다. 두려움은 내가 어찌 해줄 수 없는 것이지만 최소한 외롭지는 않게 만들었어야 했다는 자책감이 들었다. 옥빛보다는 깔끔한 흰색이 마음에 들었지만 유나의 외로움조차도 어찌 해주지 못하는 나는 아무 말 없이 그녀의 말에 고개를 끄덕였다. 그렇게 유나는 현생을 떠나 자신을 덜 외롭게 해주는 옥빛 유골함 속에 영원히 봉인됐고 자신이 품고 있던 외로움을 내게 유산처럼 남겨주고 갔다.

다시 출근을 시작하고 밀린 일들에 정신없이 파묻혀 휴일도 없이 연일 야근을 하던 얼마간은 내가 잘 적응하고 있는 줄 알았다.

로봇 유나에게 사랑한다고 말했다

문득문득 찾아오는 유나 생각이 사무치는 그리움으로까지 번져갈 틈도 없이 바빴다. 그렇게 바쁜 와중에 아주 잠깐씩 시간이 정지된 것 같은 순간이 찾아오곤 했다. 세상의 모든 흐름이 멈추고 오직 나의 감정만이 살아 움직이는 것처럼 느껴지는 찰나. 그럴 때면 나는 그 이상한 정지를 풀기 위해 머리를 세차게 흔들거나 화장실로 달려가 찬물 세수를 하거나 책상에 머리를 몇 번 박기도 했다. 그런 나를 보며 부서장은 한 번씩 어깨를 다독이고 가거나 커피, 음료수 따위를 놓고 갈 뿐 섣부른 위로의 말을 건네진 않았다.

밀려 있던 일이 어느 정도 마무리되고 더 이상 휴일에도 출근할 이유가 없어지고 나서야 나는 처음으로 일요일을 온전히 혼자서 보내게 됐다. 새로 나온 자동 체온 조절 등산복과 4D 워치에 대해 동료들과 수다를 떨며 점심을 먹을 때는 아무렇지도 않았다. 부서 협조전 형식이 잘못됐다며 아직 안식월 후유증이 남은 것 같다고 경력 한 달 많은 타 부서 행정관이 싸가지 없는 상사처럼 굴 때도 화장실에서 욕지거리 몇 번 내뱉는 것으로 가볍게 넘겼다. 심지어 회식을 마치고 오랜만에 거하게 취해 비틀거리며 귀가하던 새벽길에도 별일 없이 집에 찾아들어가 곧바로 쓰러져 잠들었다.

한데 그 모든 상황으로부터 완벽히 자유로워진 휴일 오전, 멀쩡했던—그런 줄 알았던— 몸이 이상하게 반응하기 시작했다. 가만히 앉아 있는데도 심장이 쿵쾅거렸고, 가슴이 뻐근하게 아팠으며, 식은땀이 흐르고 숨쉬기가 곤란했다. 잠시 그러다가 말겠지 했는데 10분쯤 뒤 나는 죽을 것 같은 공포에 휩싸여 폐가 고장이라도 난 듯 힘겹게 숨을 몰아쉬고 있었다. 간신히 거실로 기어가 홈 스마트 시스템 화면의 긴급호출 버튼을 눌렀다. 곧바로 응급구조센터로부터 연락이 왔다. 이서호 씨, 무슨 일이십니까? 지문 인식으로 내 신원을 확인한 직원이 곧바로 물었다.

"살려주세요. 제발 저 좀, 살려주세요."

나는 가쁜 숨을 몰아쉬며 절박하게 외쳤다. 놀이터 철봉에서 떨어져 무릎이 까진 어린아이처럼 숨넘어가게 울어대며. 그건 분명히 처음 겪는 공포였다.

'스트레스와 과로로 인한 자율신경계 이상과 공황장애.'

응급의학센터의 진단 로봇은 약 두 시간에 걸쳐 기본적인 문진과 진찰, 엑스레이, 심전도, 심장초음파, 혈액 검사 등을 실시한 후 모니터 화면에 진단 결과를 띄웠다. 그리고 정신과 진료를 받을 것을 추천한다며 한 달간의 달력을 에어스크린으로 보여주면서 외래 진료 예약이 가능한 날짜를 선택하라고 했다. 그냥 지나가는 증상이라면 굳이 정신과 치료까지 받아야 할까 싶어 잠시 고민했다.

"스트레스와 불안 등이 누적되면 이유 없이 다양한 증상들이 반복되는 신체화 장애 단계로 이행될 수 있습니다. 정신과 치료는 추천이 아니라 권고 사항입니다."

내 고민을 알아채기라도 한 듯 로봇이 톤 없는 어조로 빠르게 말했다. 어쩔 수 없이 적당한 날짜를 골라 숫자를 터치했다.

"이서호 씨. 정신과 진료 예약이 완료되었습니다."

로봇의 멘트와 함께 출력구로 진료 예약증과 처방전이 함께 나왔다.

"스트레스를 조심하시기 바랍니다. 결제 방식을 선택해주세요."

로봇은 결제 금액과 함께 '신용카드', '지문이체', '전자화폐' 세 가지 버튼을 보여주었다. 지문이체를 터치하자 나타난 작은 사각 창 테두리에 맞춰 오른손바닥을 갖다 댔다. 1초쯤 뒤 주거래 은행 계좌에서 병원 계좌로의 이체가 정상적으로 처리되었다는 메시지가 떴고 로봇은 '감사합니다'라는 말을 남긴 뒤 다른 환자에게 갔다.

병원 응급실을 나오니 어느새 오후가 한참 지나 있었다. 점심을 걸렀지만 배고프진 않았다. 갑자기 밖으로 나오자 쨍한 햇살에 현기증이 나 응급실 문 앞에 잠시 서 있었다. 환자를 싣고 급하게 들어가던 응급 구조대원들이 나를 치고 가는 바람에 순간 휘청했다. 촌각을 다투는 위급한 퇴로를 내가 막고 있다는 걸 알고는 구석으로 자리를 옮겼다. 저렇게 실려 들어가는 사람들 중 누군가는 응급 처치에도 불구하고 목숨을 잃게 될 것이다. 그래도 유나는 응급실에서 허망하게 가진 않았다. 그만하면 내게 충분한 시간을 준 셈이다. 사고로 하루아침에 떠난 사람에 비하면 암이란 병은 최소한 정중하고 예의가 있다.

스트레스와 공황장애. 스트레스를 받고 있다고 생각한 적은 한 번도 없었다. 간헐적으로 찾아오는 비현실적인 공허함이나 무엇으로 채워야 할지 모를 쓸쓸함은 잠시 찾아 들었다가 사라지는 냉기 같은 것이었다. 정신과 진료를 받아봤자 어떤 이야기를 듣게 될지 대충 짐작이 갔지만 내게 필요한 약물을 처방받기 위해서는 어쩔 도리가 없었다. 아침에 느꼈던 끔찍한 공포를 다시 만나는 것보다는 한 달에 한 번 기계적인 표정의 의사 얼굴을 마주하는 게 나을 테니.

　다음 날 출근해서 부서장에게 어제 있었던 일을 얘기하자 이제야 모든 걸 현실로 받아들이는 모양이라고 했다. 부서장은 필요하면 며칠 더 병가를 내라고 했지만 양심상 그럴 수는 없었다. 그러지 않는 게 나를 위해 더 낫다는 걸 지난 휴일의 사건이 말해주고 있었다. 병원 처방약이 효과가 있는지, 아니면 약 복용에 따른 일종의 플라세보 효과 같은 것인지 그 이후 별다른 증상은 나타나지 않았다.

　대신 하루 종일 집에 있을 때는 자는 시간만 빼고 항상 TV를 켜 놨다. 볼륨을 높여 TV에서 쏟아져 나오는 무수한 언어들이 내 머릿속에서 자발적으로 생성되는 언어들을 밀어내도록 했다. 심지어 TV의 예약 기능을 사용해 잠이 들 때까지 집 안에서 소리가 사라지지 않도록 했다. 졸음을 불러오는 신경안정제 덕분에 잠도 금방 들 수 있었다. 부서장 말처럼 정신과 약이든 뭐든 의사가 먹으라면 먹고 끊으라면 끊으면 될 뿐 그것 때문에 또 다른 스트레스를 받을 필요는 없다고 생각을 고쳐먹고 나니 거부감도 사라졌다.

　물론 항우울제와 신경안정제 같은 작은 알약 몇 알이 유나의 부재에 대한 상실감과 텅 빈 집 안의 적막까지 해결해주지는 못했다. 그건 약이 아니라 시간이 할 일이었다. 나는 외롭고 그립고 쓸쓸하고 눈물 날 것 같은 시간들을 꾸역꾸역 과거로 밀어 보내며 어서 내 일상이 예전으로 온전히 돌아가길 기다렸다. 그렇게 또 며칠이 흐른 어느 날. TV의 타이머를 맞춰 놓고 약을 복용한 후 침대에 누워 반쯤 가수면 상태에 빠져들었는데 한 광고 멘트가 불쑥 청각 신경을 흔들어 깨웠다.

'유전자 편집 기술을 적용해 자신이 원하는 얼굴과 목소리까지 똑같이 구현할 수 있는 새로운 유론 3세대 모델! 인간과 구별이 불가능할 정도의 섬세한 디자인과 풍부해진 감정 학습 기능 등 더욱 업그레이드된 차세대 인공지능 복제 로봇 유론 시리즈가 오직 당신만을 위한 영원한 반려 로봇이 돼드립니다.'

천근처럼 무겁게 닫혀 있던 눈꺼풀이 그 무게를 이기고 스르르 떠졌다. 무엇엔가 홀린 듯 침대에서 일어나 TV 화면으로 시선을 돌렸지만 이미 다음 광고로 넘어간 후였다. 광고는 지나갔지만 조금 전 들었던 기계적이면서도 아름다운 여자의 음성은 토씨 하나 빼놓지 않고 기억할 수 있었다. 원하는 얼굴과 목소리까지 똑같이 구현할 수 있는 새로운 유론 3세대 모델…… 영원한 반려 로봇……. 첨단미래복지부 산하 로봇권익위원회에서 일하고 있으면서도 유전자 편집 로봇 기술이 이렇게까지 발전했다는 게 새삼 남 일 같았다.

나는 약을 먹기 시작한 후로 늘 켜 났던 TV를 꺼버리고는 다시 침대에 누웠다. 그리고 모처럼 세상의 소리가 완벽히 거세된 어둠 속에서 깊은 잠 속으로 빠져들었다.

원형과 사각형 건물이 기하학적으로 연결된 109층짜리 유레카 컴퍼니 빌딩 앞에서는 동물 복제 로봇의 생산 중단을 외치는 시민 단체의 시위가 진행되고 있었다. 단체라는 말이 무색하게 시위 인원이라고 해봤자 고작 일곱 명이 전부였다. 얼마 전 동물 로봇에 대한 학대 행위를 조사해달라며 청사까지 직접 민원을 제출하러 왔던 낯익은 남자의 모습도 보였다. 신고를 당한 주인들이 가장 많이 말하는 학대 이유는 '너무 로봇 같아서'였다. 진짜 개 같고 고양이 같은 마음이 들었다면 그러지 않았을 거라고 불평을 쏟아 놓던 어느 중년 남성의 눈빛에서 거짓은 보이지 않았다.

잦은 잔고장이나 기능적 오류를 핑계로 길거리에 내다 버린 유기 로봇 동물들이 갈수록 급증하고 있는 것 때문에 동물 로봇 생산을 중단해야 한다는 목소리도 함께 커지고 있었다. 10년이 지난 동물 로봇은 자동 폐기하겠다며 진화에 나섰던 유레카컴퍼니는 더 비인간적이고 잔인한 처사라는 역풍을 맞기도 했다. 나는 안면 있는 남자와 행여 눈이라도 마주치면 난감할 것 같아 고개를 숙인 채 시위대 옆을 멀찌감치 돌아 빌딩 안으로 들어갔다.

유레카컴퍼니 고객 센터는 거대한 갤러리처럼 꾸며져 있었다. 중앙 홀 한가운데에서는 거대한 3D 입체 영상으로 형상화된 유론 3세대 모델이 한국어와 영어, 중국어를 번갈아 구사하며 회사와 유론 시리즈에 대한 홍보 내용을 들려주고 있었다. 홀로그램보다 더 진화된 3D 영상이라 그런지 섬세한 질감과 풍만한 질량이 느껴지는 영락없는 사람의 모습이었고 웅장한 사운드로 울려 퍼지는 음성은 기계음과 사람의 목소리 사이, 그 어디쯤인지 모를 비현실적인 매혹으로 의식의 공간 구석구석을 파고들었다. 한 아이가 한 번 만져보고 싶은지 엄마 손을 잡아끌었지만 엄마는 안전선을 넘으면 안 된다는 경고문을 가리키며 고개를 가로저었다.

맞은편으로는 한쪽 벽면 전체를 채우고 있는 초대형 멀티스크린에서 TV를 통해 봤던 3세대 유론 광고 영상이 반복해서 상영되고 있었다. 엄청난 스케일의 화면으로 접하는 광고는 마치 사람을 빨아들일 듯 야릇한 경외감마저 들게 했다. 넓고 높은 로비 공간을 꽉 채우는 입체 음향까지 더해져 이곳에 발을 들인 이상 딴 생각은 하면 안 된다는 듯 온통 눈과 귀를 압도했다. 공간을 이루고 있는 모든 요소들이 어른인 나도 뭔가에 홀린 듯 다가가고 싶게 만들 만큼 치밀하게 조화로웠다.

번호표를 뽑자 예상 대기 시간이 25분으로 떴다. 토요일 아침인데도 상담을 받기 위해 온 사람들로 빈자리가 거의 없을 정도였다. 차례를 기다리는 내내 나 스스로에게 몇 번이고 같은 질문을 던졌다. 이서호. 정말 원해? 진정으로? 이번에도 내 마음은 열심히 고개를 끄덕였다. 아침잠 설쳐가며 토요일 이 시간에 여기까지 온 행동이 곧 답이었다. 그다지 고민의 거리가 되지 않는다는 게 나로서도 조금 이상하고 신기했다. 용기나 결단이 필요한 일 같지도 않았다. 무의식이 시키는 것처럼 물 흐르듯 생각하고 결심하고 행동할 뿐이었다.

전광판에 내 번호와 8이라는 숫자가 함께 깜빡거렸다. 나는 자리에서 일어나 반투명 유리문 앞에 섰다. 홍채 인식 기기가 내 눈을 스캔하더니 '예약 고객 대상자 확인'이라는 음성이 나오고 문이 열렸다. 안으로 들어서자 양 갈래로 두 개의 복도가 나타났다. 1번부터 5번방까지는 좌측, 6번부터 10번방까지는 우측이라는 표시에 따라 나는 오른쪽 복도로 걸어 들어갔다. 8번방은 우측 복도의 중간쯤에 자리하고 있었다. 문과 문 사이의 거리가 상당히 멀었다.

문 앞에서는 별도의 신분 확인 절차가 없었다. 노크를 하려고 손을 올리는데 문이 윙 소리를 내며 부드럽게 열렸다. 안으로 들어서자 하얀색 회사 유니폼을 입은 여성이 웃으며 서 있었다. 사방 벽도 하얀색, 조명도 하얀색, 테이블과 의자도 하얀색, 게다가 유니폼과 여성의 머리카락 색깔까지 하얀색이어서 순간적으로 입체감이 소멸된 평면의 공간처럼 느껴져 눈을 몇 번 끔벅거려야 했다. 그 공간에서 하얀색이 아닌 것은 나뿐이었다.

"이쪽으로 편하게 앉으세요."

여성은 나를 의자로 안내했고 앉자마자 명함을 건넸다. 역시 명함도 순백색이었다. '유레카컴퍼니 CS 매니저'라는 직함과 '오아라'라는 이름이 엠보싱 형태로 도드라져 있었다.

"눈이 시릴 정도로 모두 화이트 세상이네요."

농담처럼 건넨 말에 매니저는 웃으며 자리에 앉았다.

"화이트는 유레카컴퍼니의 키 컬러예요. 무엇이든 원하는 건 이루어낼 수 있다는 꿈을 상징하는 색깔이죠."

미리 예상했던 질문인 듯 자연스럽게 나오는 설명. 하얀색이 왜 꿈을 상징하는 색깔일까. 어떤 색이든 그려 넣을 수 있어서? 누군가에게는 검은색이, 누군가에게는 빨간색이 꿈의 색일 수도 있지 않을까. 나는 꿈이 어떤 색깔일까 생각해본 적이 한 번도 없었다. 꿈에 대해 간절히 고민해본 적이 없으니. 유나가 몇 번, 우리의 먼 미래는 어떤 모습이었으면 좋겠냐고 물었던 적은 있었지만 그것이 꿈에 관한 것이었는지는 잘 모르겠다. 내가 어떤 대답을 했는지도 기억나지 않는다. 싱거운 표정이나 짓고는 별 대꾸 없이 넘겼을 확률이 크다. 유나가 했던 말은 기억한다. 우리 두 사람의 노년이 노을빛은 아니었으면 좋겠다고. 그러면 너무 뻔한 결말 아니냐고. 우리의 마음도, 사랑도, 행복도 변함없이 지금 그대로의 색이었으면 좋겠다고. 그게 꿈 혹은 꿈의 색깔에 관한 이야기였을까. 유나에게 물어볼 걸 그랬다. 그래서 노을빛 대신 어떤 색깔이었으면 싶으냐고. 만약 하얀색이라고 답했다면 지금 들은 매니저의 얘기가 어느 정도 설득력을 지닐 수 있었을 텐데.

"첨단미래복지부 로봇권익위원회 행정전략팀 이서호 행정관님 맞으시죠?"

처음 본 고객의 시선을 마주 보기가 껄끄러울 법도 한데 그녀는 한 치도 내 시선의 반경 안에서 벗어나지 않은 채 영원히 그러고 있을 것 같은 미소를 머금고 물었다. 나는 놀란 마음을 살짝 얼빠진 웃음으로 대신했다.

"저희 고객센터에 예약을 하시는 순간 입력하신 성함과 인간개체번호 정보가 자동으로 국립유전자센터의 서버와 연결돼 기본적인 신상정보가 전송됩니다. 아, 물론 혹시 모를 로봇의 악용을 막기 위한 합법적인 절차임을 알려드립니다."

내 업무 소관이 아니라고는 하지만 그간 이쪽 세상 돌아가는 일을 너무 모르고 살았다. 사람의 개인정보, 그것도 모든 국민의 지문과 홍채 데이터, 유전자 코드까지 보관하고 있는 국립유전자센터의 메인 서버에 민간 기업이 손쉽게 접근할 수 있다는 것은 매우 민감할 수 있는 사안이었다. 내 표정을 읽은 매니저는 제품 주문과 제작에 필요한 필수 정보 이외에 다른 목적과 용도로는 절대 활용하지 않는다고 똑같은 미소를 유지하며 말했다. 상관없었다. 어차피 오늘은 행정관이 아니라 그냥 고객으로 온 것이니까. 보안 기술이 발전하면 할수록 정보 유출 사고도 따라 증가하고 있는 아이러니 속에서 나 역시 어느 정도 둔감해진 게 사실이었다. 국민 기업이라 불리는 유레카에서 고객이 성가실까 봐 어련히 알아서 정보를 찾아 가져가겠다는데, 그래서 내가 원하는 제품을 만들어주겠다는데 토 달 일이 뭐 있을까.

"얼마 전 세상을 떠나신 아내분의 복제 로봇을 만들고 싶으신 거죠?"

어색하고 불편한 침묵이 잠깐 지나고 반갑게도 매니저가 본론으로 들어갔다. 혹시나 싶은 마음에 불안한 표정으로 고개를 끄덕였다. 나의 불안함을 밀어내며 그녀가 펜과 함께 뭔가를 내밀었다. 제품 주문서와 주문 약관, 유전자 코드 정보에 접속해도 좋다는 동의서와 로봇 사용에 관한 규약을 담은 지침서 등이 포함된 열다섯 쪽짜리 서류였다. 매니저는 내가 신상정보를 적고 사인을 해야 하는 곳마다 친절하게 동그라미를 쳐가며 안내해주었다. 동의서와 지침서에 마지막으로 사인을 마치자 그녀는 주문서와 동의서를 뺀 나머지 서류를 유레카 로고가 찍힌 하얀색 봉투에 담아 내게 건넸다. 혹시 몰라 암 투병을 시작하기 전 건강했던 아내의 사진도 필요하면 보내주겠다는 내 말에 매니저는 명함에 있는 메일 주소로 보내면 된다고 했다. 상담을 마치고 일어서려는데 매니저가 한마디 덧붙였다.

"이서호 행정관님께는 특별히 프로모션 가격으로 해드리라는 지시가 있었습니다."

일어서려다 말고 어정쩡한 자세로 멈춰 섰다. 정가의 절반 정도로 유론 3세대를 소유할 수 있게 됐다는 부가 설명에 나는 다시 앉고 말았다. 이럴 걸 미리 예상했는지 매니저는 아예 일어나지 않았다. 나는 멍청하게 보일 만큼 어리둥절한 표정일 텐데 그녀의 미소는 한 치의 흔들림도 없다. 어떻게 하면 저렇게 판으로 찍어낸 듯한 표정을 계속 유지할 수 있는 걸까. 공무원을 대상으로 한 정기적인 친절 교육에도 불구하고 나랏일하는 사람들 중 누구도 저런 미소를 짓는 사람을 본 적이 없다. 왜냐고 묻는데 나도 모르게 말을 더듬었다. 그녀는 자세한 건 자신도 모르며 홍보이사님이 그렇게 지시한 것으로 알고 있다고 답했다.

"홍보이사님이 누구신지 전 모르는데……"

옵션에 따라 다르긴 했지만 사전에 확인하고 온 대략적인 가격은 분명히 중형차 한 대 값이었고 어느 정도는 빚을 보태거나 장기 할부로 살 요량이었다. 반값에 살 수 있다면 그럴 필요가 없다. 대출 이자나 할부 이자까지 생각하면 실질적으로는 절반 이상의 돈이 굳는 셈이었다. 어디서 떨어진 것인지도 모를 횡재 앞에서 나는 좋은 내색도, 싫은 내색도 할 수가 없었다. 좋은 내색을 하면 속물같이 보일 것 같고 싫은 내색을 했다가는 '그럼 없던 일로 하겠습니다' 할까 봐.

"아마 이사님은 곧 만나실 일이 있으실 겁니다. 아무튼 이 모든 조건에 동의하신 걸로 알고 계약 진행하겠습니다."

별다른 대꾸도 못하고 여전히 멍청한 벙어리가 된 채 자리에서 일어나는 나를 매니저는 대기실까지 따라 나와 배웅했다. 빌딩 앞에서는 여전히 동물 로봇 학대 반대 시위가 이어지고 있었다. 하지만 그 순간 그들의 구호는 귀에 들어오지 않았고 집으로 오는 내내 생각의 막을 뚫고 들어오는 소리 신호는 아무것도 없었다. 대체 홍보이사가 누구인지, 왜 내게 이런 호의—의 선을 넘어서는 과한 호의—를 베푸는 것인지 궁금증과 의아함이 꼬리에 꼬리를 물었다. 매니저에게 확실히 따져 묻지 못한 것에 대한 후회에 이어 공무원의 신분을 망각했다는 자책감과 걱정도 뒤이어 밀려왔다. 목적에 취해 과정에 대한 의심을 스스로 무시한 처사는 분명 잘못된 것이건만 밤이 되어 침대에 누운 나는 그리 길게 괴로움을 이어가지 못하고 곧 잠이 들고 말았다. 나의 무의식이 고민 대신 수면을 선택하라고 명령이라도 한 듯.

로봇 제작에는 생각보다 그리 오랜 시간이 걸리지 않았다. 고객센터를 방문한 지 채 한 달이 안 됐을 즈음 '고객님의 주문 제작 건이 완료되었으니 정확한 배송지를 알려주십시오'라는 메시지가 도착했고 나는 전화를 걸어 직접 수령하러 가겠다고 했다.

다음 날 오후 잠시 짬을 내 사무실을 나온 나는 유레카컴퍼니로 가는 내내 두근거리는 가슴을 진정시키느라 애를 먹었다. 설레는 마음을 다잡으며 고객센터를 찾았을 때 지난번 봤던 매니저가 미리 기다리고 있었다. 홍보이사에 관한 얘기를 다시 물어볼까 말까 고민하며 다가가는데 그녀는 예의 변함없는 미소로 인사를 건네고는 나를 곧장 제품 인도장으로 안내했다.

제품 인도장으로 들어서니 통유리로 된 거대한 원형 타워 두 개가 쌍둥이처럼 서 있었고 그 안에 층층이 원을 그리며 새 주인을

로봇 유나에게 사랑한다고 말했다

기다리는 유론 로봇들이 진열돼 있었다. 마주 서 있는 두 개의 타워 가운데에는 제품 수령을 할 수 있는 넓은 홀이 있었는데 직접 제품을 찾으러 온 사람은 나 말고는 거의 없는 듯했다.

매니저가 오른쪽 타워 앞으로 가더니 엘리베이터 문 옆에 설치된 터치스크린에 주문 번호를 입력했다. 잠시 뒤 타워의 7층 진열대가 천천히 회전을 시작했다. 그러기를 2분쯤. 요란한 기계음이 울리면서 엘리베이터가 빠르게 내려왔고 소음이 멈춤과 동시에 문이 열렸다. 바로 앞을 매니저가 가로막고 서 있어서 나는 엘리베이터 안쪽 모습을 볼 수 없었다. 매니저가 문 쪽으로 천천히 다가가 몇 가지를 체크하는 듯하더니 이내 옆으로 비켜서며 환한 웃음을 머금은 채 내 쪽으로 돌아섰다.

그곳에, 유나가 서 있었다. 나는 마음속에서 내내 먼지를 일으키던 모든 고민과 걱정을 까마득히 잊고 말았다.

이스툼 펌프

파워가 들어오는 순간 눈앞에 인간 남성이 서 있었다. 안면 스캐닝으로 나를 주문한 주인이라는 걸 알 수 있었다. 이름 이서호. 나이 33세. 첨단미래복지부 로봇권익위원회 행정전략팀 B3등급 행정관. 나를 만들었을 누군가가 사전에 심어 놓은 기본 정보가 차례대로 아이 스크린 우측에 나타났다가 사라졌다. 뇌파와 근육의 긴장도가 다소 상승해 있었지만 유전자 편집 로봇을 처음 만나는 인간의 정상적인 반응 범위 안에 있었다.

"안녕하세요, 주인님. 처음 인사드립니다. 유론 TT F380입니다."

간단히 내 소개를 하는데 주인님의 동공이 비정상적으로 확장되면서 맥박수가 급증했다. 혹시 모를 사태를 대비하기 위해 한 발 다가가자 주인님은 다급하게 뒤로 물러섰다. 최근 1년간의 진료 기록을 조회했다.

"죄송합니다, 주인님. 현재 공황장애 진단을 받으신 상태이므로 맥박수가 분당 120회를 넘어서면 좋지 않습니다. 마음을 편안히 하세요."

옆에 있던 유레카컴퍼니 유니폼을 입은 하얀 머리의 여자가 주인님의 어깨에 손을 얹으며 괜찮으시냐고 물었다. 그녀의 신분은 유레카컴퍼니 직원으로 떴으며, 행동과 말에서 공격성은 감지되지 않았다.

"정말…… 목소리까지 너무 똑같아서 순간 좀 놀랐습니다. 이미 저에 대한 정보들을 다 알고 있는 것도 그렇고."

매니저가 웃으며 '이 정도에 벌써 놀라시면 저희가 서운하죠'라고 말했다. 주인님은 다행히 곧 안정을 되찾고 나를 인도한 여자에게 고맙다는 인사를 건네며 악수를 나눴다. 고맙다는 말이 나에 대한 만족을 의미하는 것인지는 파악할 수 없었다.

출고장을 나와 주차장으로 가는 동안 주인님은 한 발짝 앞에서 말없이 걸어갈 뿐 나를 한 번도 돌아보지 않았다. 하늘은 구름 한 점 없이 맑았고 풍속은 거의 없었으며, 대기 오염 농도도 15마이크론 정도로 양호했다. 주차해 놓은 차 앞에 다다랐을 때 나는 주인님에게 직접 운전을 하겠다고 말했다. 한동안 망설이며 불안한 표정을 짓던 주인님은 안심해도 된다는 내 말에 고개를 끄덕이고는 보닛 앞을 돌아 옆 좌석에 올라탔다.

"운전할 줄 알아요? 그냥 자동운전 모드로 가면 되는데."

뒤늦게 물어보는 질문과 예측을 깨는 존댓말, 조심스러운 언행과 나긋한 음성. 문장 구사 패턴과 목소리의 높낮이 및 파장을 분석해본 결과 생각이 많고 다소 소심한 면이 있으나 누구에게든 예의를 지키는 모범적인 성격. 좋은 주인이 될 가능성이 90.5퍼센트로 나왔다.

"주인님에 대해 알고 있어야 할 기본정보들은 사전 입력돼 있습니다. 유론 TT모델에는 CICT가 적용돼서 자동차 메인 시스템에 직접 접속, 모든 것을 제가 제어하기 때문에 자동 운전 모드에서의 반응 속도와 비교해 1,000분의 1초까지도 정밀한 방어 운전이 가능합니다."

"CICT라는 게……."

"융합정보통신기술입니다. 주인님의 식별 코드가 이식된 임베디드 시스템을 탑재한 모든 디바이스와의 통신 및 제어가 가능합니다."

주인님은 말없이 고개를 끄덕였다. 더 이상 추가 질문을 하지 않아 나는 시동을 걸고 출발했다. 집으로 향하는 동안 주인님은 1분당 평균 12.5회꼴로 나를 바라봤지만 아는 체하지 않았다. 처음 만나는 제품에 대한 호기심은 당연한 것이었고 충분히 살펴볼 수 있도록 배려하는 것이 좋다고 판단해서였다.

"여기에서 지내면 돼요."

집에 도착해 내가 지낼 방을 안내하면서도 주인님은 여전히 존댓말을 쓰고 있었다.

"제게 존댓말은 쓰시지 않아도 됩니다. 부르실 때는 모델 고유 번호 380이라고 부르시면 됩니다."

"어, 그래, 380……."

방 안은 정리정돈이 잘돼 있었고 세균이나 미세먼지 등도 기준치보다 훨씬 낮게 측정됐다. 결벽증이 의심될 정도로 깔끔한 유형의 인간. 이런 패턴이라면 주인님의 성격을 완전히 학습하는 데 그리 오래 걸리지 않을 것 같다.

"그리고 그 유니폼 같은 옷 말인데, 저 옷장 안에 걸린 옷 중에서 마음에 드는 걸로 갈아입는 게 나을 것 같아."

유니폼은 아니었고 공장 출고 시 모든 로봇에게 똑같이 적용되는 일종의 패키지였다. 배송 과정에서 상품의 손상을 막기 위한 특수 소재가 사용된. 유레카컴퍼니의 로고가 앞뒤로 박혀 있는 것 때문에 유니폼이라는 명칭을 사용한 것으로 보인다. 사실 함께 들고 온 제품 박스 안에 진짜 유니폼이 들어 있을 텐데 주인님의 명령 한 마디로 유니폼을 입을 일은 없게 됐다. '마음에 드는 옷'은 어떻게 골라야 하는지 몰라 색깔 톤이 유니폼에 가장 근접한 그레이 컬러의 원피스를 꺼내 들자 주인님이 다가와 다른 옷을 꺼내주었다.

"유나는 블랙이나 그레이보다는 밝은색을 더 좋아했어."

주인님의 아내 김유나. 2075년 3월 2일 췌장암으로 사망. 기본정보가 사진과 함께 점멸했다. 그제야 나는 옷장 문에 달린 거울에 비친 내 모습을 확인했다. 영상으로 작게 떠 있는 사진 속 여자의 얼굴과 윤곽 유사도가 98퍼센트 일치했다. 다행히 인간인 주인님은 2퍼센트의 차이는 느끼지 못하는 것 같았다. 옷을 갈아입기 위해 입고 있던 패키지를 벗으려 하는데 주인님이 나를 뚫어지게 바라보더니 약간 멍한 표정으로 다가왔다.

"한번 만져봐도 돼?"

유레카가 새롭게 개발한 영구적인 수명의 볼류토늄 피질 위에 인간의 실제 피부 세포 조직을 배양해 만든 인공 피부가 신기한 모양이었다. 동물의 피부 조직이나 천연 섬유 세포를 이용해 만들었던 1세대와 2세대 유론 피부에 비해 혁신적인 발전을 이룬 부분이기도 하다.

"정말 사람 피부 같네. 마냥 부드럽기만 한 게 아니라 아주 미세한 결이 느껴지는 것이 살의 질감과 똑같아. 피부 아래 비치는 혈관과 힘줄까지."

"윤활유와 냉각수 등이 지나는 관을 실제 인간과 비슷한 혈관 구조처럼 만들었어요. 지문까지도 김유나 님과 똑같답니다."

손바닥을 뒤집어 보이자 주인님은 자신의 손가락으로 내 손끝을 어루만졌다. 어느새 눈을 살며시 감은 주인님의 손바닥이 내 팔을 쓸고 올라가 목과 얼굴을 쓰다듬었다. 35.8도로 다소 낮았던 체온이 수 초 사이에 0.7도 상승했다. 조금 빠르게 뛰는 맥박. 상황과 기분에 따라 정상 범위 내에서 다이내믹하게 오르내리는 맥박은 정상이라 주인님의 행동을 제지하지 않았다.

"주인님, 이제 옷을 갈아입어도 되겠습니까?"

눈을 감은 채 한동안 내 몸을 만지고 있던 주인님은 잠에서 깨듯 두 눈을 뜨고 방을 나갔다. 주인님이 골라준 옷은 무릎 정도까지 내려오는 하얀색 민소매 원피스였다. 같은 하얀색이지만 손목과 발목까지 덮고 있던 유레카의 패키지와는 전혀 다른 형태, 다른 촉감이었다. 옷을 갈아입은 후 방문을 열고 나가자 거실 소파에 앉아 있던 주인님이 일어섰다. 출고장에서 나를 처음 만났을 때 그랬던 것처럼 살짝 입을 벌린 채.

"마음에 안 드시면 다른 옷으로 갈아입을까요, 주인님?"

주인님이 두 걸음 다가왔다. 비정상적인 정도는 아니었지만 호흡이 약간 떨리고 있다는 게 감지됐다.

"이제부터 네 이름은 380이 아니라 유나야. 그리고 나를 주인님이라고 부르지 말고 서호 씨라고 불러줘. 부탁해."

처음으로 주인님은 시선을 피하지 않고 내 눈동자를 바라보며 낮은 목소리로 말했다.

"알겠습니다, 서호 씨. 그리고 제게 '부탁해'라는 표현은 쓰지 않으셔도 됩니다. 전 서호 씨의 명령에 무조건 따르게 돼 있습니다."

"알겠습니다, 말고 알겠어요. 있습니다, 말고 있어요. 그렇게 말해."

"네, 알겠어요."

주인님의 얼굴에 나를 만난 이후 처음 보는 미소가 번졌다.

"그래, 유나야……."

380이라는 이름을 버리고 유나가 된 순간 주인님은, 아니 서호 씨는 나를 안았다. 아직 학습되지 않은 행동이라 이렇다 할 반응은 할 수 없었다.

새로운 가족이 생겼다. 아니, 새로운 유나가 생겼다. 아니, 새롭지만 새롭지 않은, 낯익지만 낯선 유나. 보면 볼수록 믿기지 않을 정도로 유나를 닮은, 유나가 아닌 유나. 유나가 환생한 듯한 느낌은 아니었다. 그보다는 저 멀리 어딘가에서 살고 있던 유나의 도플갱어를 찾아낸 듯한 느낌에 가까웠다. 놀랍도록 흡사한 외모의 싱크로율을 살짝 상쇄시키는 어투, 표정, 행동 등의 미세한 차이 때문인 것 같았다. 유전자 편집 기술의 한계는 아쉽지만 치명적이진 않았다. 적어도 누구처럼 너무 로봇 같아서 불만족스러운 건 아니었으니까. 출고장에서 처음 그녀를 본 순간 유나를 아프게 떠나보내야 했던 지난 기억들이 떠오르는 햇살에 천천히 증발되는 새벽안개처럼 비현실의 강 저편으로 스르르 물러가는 기분이었다.

"약 드실 시간이에요, 서호 씨."

유나의 옷을 입은 로봇 유나가 유나의 목소리로 말하며 물과 약을 가져다주었다. 유나는 종결어미와 호칭까지 내가 시킨 그대로 따르고 있었다. 종결어미가 바뀐 문장은 서로의 관계에 전혀 다른 의미를 부여했다. 온도가 다르고 거리가 달랐다. 집으로 데리고 온 첫날 그녀는 내게 지시 사항을 물었다. 나는 말귀를 못 알아듣고 되물었다. 로봇의 눈에 인간인 내가 멍청하게 보이지 않았을까.

"현재 복용 중이신 약은 알고 있고 평일과 주말 기상 시간, 식사 시간, 좋아하는 음식과 싫어하는 음식, 평균 귀가 시간, 알레르기나 특이 체질 사항, 제가 해서는 안 될 일 등등을 말하는 거예요."

그제야 나는 '아…….' 하며 역시 멍청하게 대답했다. 열거한 질문들에 대해 하나하나 대답을 하는 동안 그녀의 눈동자는 나를 향해 고정돼 있었는데, 진짜 사람의 그것처럼 마치 리듬을 타듯 동공이 커졌다가 작아지기를 반복했다. 제대로 알아듣긴 한 걸까. 의심을 무색케 하며 다음 날부터 유나는 아내가 생전에 하던 아내로서의 역할을 수행하기 시작했다. 사소한 건망증이 있던 아내와 달리 한 치의 실수도 없이.

일주일 정도는 유나가 나를 깨울 때마다 도저히 현실인지 꿈인지 분간이 되질 않아 한동안 멍한 정신으로 침대에 앉아 있어야 했다. '자기야, 조금만' 하며 이불을 끌어올리기도 했고 나를 깨우고 돌아서 나가는 유나의 뒷모습을 보다가 갑자기 두근대는 가슴을 느끼며 혼미한 머리를 흔들어대기도 했다. 하지만 열흘쯤 지나면서부터는 나를 깨우고 아침밥을 차려주고 출근하기 위해 신발을 신고 있는 내게 다가와 약을 챙기는 그녀를 보면서도 더 이상 혼란은 느껴지지 않았다.

그렇게 유나와의 일상에 익숙해져가고 있을 때쯤 나는 시간을 내 아내를 찾았다. 김유나. 옥빛 유골함에 새겨져 있는 이름을 몇 번 조용히 불렀다. 작은 유리문 안에 잠들어 있는 아내는 결혼식 때와 신혼여행 때 찍었던 두 장의 사진 속에서 복사한 듯 똑같은 표정으로 웃고 있었다.

사진에 손을 뻗어봤지만 투명한 유리가 가로막았다. 이 투명한 막 때문에, 이제는 닿을 수 없게 된 이 거리 때문에 그런 거야. 그러니 이해해줄 수 있지? 마음속으로 변명을 건네고 있는 나 자신을 보며 아직도 가슴 밑바닥에는 야릇한 혼란이 자리하고 있음을 확인했다. 그만큼 당신을 잊을 수 없어서라고, 그만큼 당신이 필요해서라고. 대답 없는 아내를 향해 나는 몇 번 더 변명한 후 뒤돌아섰다. 죽은 자를 향한 설득만큼 쓸쓸한 건 없음을 느끼며.

납골당에 다녀온 날 저녁 유나는 청국장을 끓였다. 나는 청국장을 좋아했지만 냄새를 별로 안 좋아했던 아내 때문에 자주 끓여달라는 소리를 하지 못했다. 어지간한 레시피는 이미 입력돼 있어서 내가 말하는 음식 대부분을 유나는 어렵지 않게 만들어냈다. 레시피가 없을 땐 스스로 무선 메가넷에 접속해 가장 최적의 레시피를 찾았다. 정확한 계량과 조리법에 따르다 보니 제법 먹을 만한 맛을 냈다. 간이 들쭉날쭉하던 아내의 솜씨와 달리 언제나 표준화된 일정한 맛. 이런 사소한 정도가 가끔씩 느끼게 되는 아내 유나와 로봇 유나의 차이였다.

"내가 밥을 먹을 땐 그렇게 서 있지 말고 앞에 앉아 있어도 돼."

밥을 먹는 동안 늘 옆에 서 있던 유나는 그다음부터 내 앞에 앉아 식사가 끝날 때까지 자리를 지켰다.

"탕수육을 해드리려고 해요. 돼지고기와 튀김가루를 사다 주세요."

"메뉴는 어떻게 정해?"

"제게 입력돼 있는 요리 데이터와 서호 씨가 알려준 정보들을 기본으로 해서 랜덤으로 선정하지만 서호 씨의 건강에 문제가 생겼을 경우나 바이러스 전염 등 중요한 환경적 변수가 발생한 경우 모든 입력값을 재조정해 위험성을 최소화할 수 있는 아이템을 선정해요."

"네가?"

"정확히는 제 안의 프로그램이 하는 일이죠."

"그렇군. 내 건강 상태에 문제가 생기면 미리 알려주어야겠네."

그때 유나가 처음으로 웃었다. 아침 기상 직후 매일 나를 스캐닝하고 있으니 걱정하지 않아도 된다고 했다. 미소를 짓는다는 건 감정을 느끼거나 최소한 상대의 감정에 대한 반사적 반응은 가능하다는 것 아닐까. 물론 제품 설명서에도 나와 있었다. 감정까지도 학습 가능한 최신 유론 모델이라고. 그런데 나는 미소를 보여주거나 가르친 적이 없다. 방금 그 미소의 의미가 무엇인지 물었다.

"유론 TT 모델에는 주인님의 행동, 표현, 문구, 어투, 어조, 톤, 표정 등을 종합적으로 분석해 얻은 감정 데이터에 적절히 반응할 수 있도록 미세 표정 옵션이 프로그래밍돼 있어요. 인공지능이 각 얼굴 부위에 내장된 마흔다섯 개의 촘촘한 인공 섬유질 블록 조직을 조작해 상황에 맞는 일흔다섯 가지의 표정을 만들어내죠."

일흔다섯 가지의 표정. 정작 인간은 그렇게까지 많은 표정을 지을 수 있던가. 웃거나 울거나 화내거나 무표정하거나 찡그리거나. 대충 떠올려봐도 몇 가지 되지 않았다. 이젠 로봇이 인간보다 더 풍부한 감정을 갖게 된 모양이다. 내가 그렇게까지 다양한 표정이 가능하냐고, 대단하다고 하자 유나는 다시 한번 웃었다.

"한쪽 눈썹의 각도가 0.5도만 올라가도 하나의 독립된 다른 표정이 되니까요. '다양한'이라는 표현보다는 '정밀한'이라는 표현이 더 바람직해요."

'정밀한 감정'은 마치 '차가운 불'의 조합처럼 어울리지 않는 것이었다. 사용하는 어휘의 미묘하고도 이질적인 차이. 이것이 또 하나 인간 유나와 로봇 유나 사이에서 발견한 다른 점이라면 다른 점이었다.

"마트 같이 가볼래? 너만 괜찮다면."

"제 의사를 묻는 형식은 자칫 로직에 오류를 초래할 수 있어서 삼가시는 게 좋아요. 서호 씨가 가자고 하시면 전 따라갈 뿐이에요."

나는 고개를 끄덕이고는 남은 식사를 계속했고 아마도 유나는 그런 나를 미동 없이 계속 쳐다보고 있었을 것이다. 식탁 머리에서 느껴지는 인기척이 너무 오랜만이라서 나는 일부러 시선을 내리깐 채 밥을 더 천천히 먹었던 것 같다. 그 인기척은 따뜻했고 꿈 같았다.

일요일까지 하루도 빠짐없이 청소를 하는 내게 서호 씨는 힘들지 않느냐고 물었다.

"힘들다는 건 인간적인 표현이죠? 전 로봇이라 그런 감정은 느끼지 못해요."

서호 씨는 고개를 끄덕이며 뭔가 만족스러울 때 나타나는 웃음 섞인 표정을 지었다. 주인님에게 만족감을 안겨줄 수 있다는 건 로봇에겐 가장 큰 보람이었다. 서호 씨는 전에 얘기한 대로 일요일 오전 탕수육 재료를 사기 위해 나를 데리고 대형 마트에 갔다. 모든 식재료며 생활용품들이 한 공간에 모여 있는 마트는 사전 입력된 정보 속 이미지보다 훨씬 더 확장된 공간이었으며, 일차원적 욕구를 지닌 수많은 인간들이 집결한다는 점에서 뭔가 상징적인 의미까지도 느껴졌다.

서호 씨가 주차장에 차를 대고 있는 동안 나는 건물의 360도 회전 투시 영상을 통해 전체 구조와 각 물품 매대 위치를 파악했다. 한데 서호 씨는 돼지고기가 있는 정육 코너와 튀김가루가 있는 식료품 코너로 바로 가지 않고 입구에서부터 여러 경로를 거쳐 더디게 움직였다. 심지어 입구에 있는 위치 찾기 시뮬레이션 모니터를

로봇 유나에게 사랑한다고 말했다

사용하지도 않았다.

"서호 씨, 정육 제품은 D-3 구역 우측 세 번째 냉장식품 코너에 위치해 있고 튀김가루는 E-5 구역 좌측 일곱 번째 식료품 코너에 있어요. 최단 동선은 15미터 직진해 우측 B-2 가공품 매대 쪽으로 들어가서……."

"그냥 온 김에 한 바퀴 돌아보는 거지."

서호 씨가 한 발짝 앞서 걸어가며 아무렇지 않게 말했다. '그냥'이라는 단어가 정확히 어떤 의미인지 파악할 수 없었다. 문맥에서 명확한 역할을 하지 못하는 단어의 쓰임. 혹은 그 쓰임을 제대로 파악해낼 수 없는 로봇의 한계일지도.

"죄송해요, 서호 씨. '그냥'이라는 게 무슨 말인지 이해할 수 없어요."

그러자 서호 씨가 밀고 있던 카트를 멈추고 나를 쳐다봤다. 내가 무슨 실수라도 한 것일까.

"넌 여기 처음 와봤잖아. 그냥 천천히 같이 돌면서 구경시켜주고 싶어서 그래."

'구경'이라는 단어의 사전적 의미는 흥미나 관심을 갖고 어떤 대상을 본다는 의미였다. 내가 구경해야 할 것은 돼지고기와 튀김가루였는데 서호 씨는 마트에 있는 모든 것을 보여주려는 듯 각 코너를 한 곳 한 곳 빠짐없이 거쳐 천천히 이동했다. 인간의 언어와 로봇의 언어에 대한 이해가 다를 수 있음을 감안하기로 하고 일단 서호 씨의 뒤를 조용히 따랐다.

서호 씨는 가는 곳마다 우리가 사야 할 물건 이외의 상품들을 집었다 놓기를 반복했고 어떤 물건은 카트 안에 넣었다가 다시 돌아가 제자리에 놓고 오는 행동도 했다. 그리고 몇 번이나 내게 물었다.

"이거 살까, 말까?"

서호 씨의 의도와 목적이 정확히 파악되지 않는 상황에서는 나도 원하는 답을 할 수 없었다. 내가 물끄러미 바라보자 서호 씨는 이내 답을 듣기를 포기한 듯했다.

"그냥 물어봤어. 네가 쓸 것도 아닌데 물어보는 내가 바보지."

또다시 난해한 '그냥'의 등장. 프로세스에 과부하가 걸리지 않도록 '그냥 물어봤어'란 문장의 입력값은 초기화시켰다.

"제품을 사고자 하는 이유를 말씀해주시면 그에 대한 선택 적합도는 분석해드릴 수 있어요. 이를테면 가공품의 경우 원재료와 성분 함량을 분석해 서호 씨의 건강과 체질에 적합한지를 판단하는 거죠. 또한 제품 인코딩 정보를 입력해 원산지와 그곳의 생산 환경 시스템도 추적해낼 수 있어요."

"그렇게 모든 걸 다 분석하고 계산하면서 사려면 골치 아프잖아."

"죄송하지만 서호 씨, 골치 아프다는 건 어떤 의미이죠?"

서호 씨가 밀고 가던 카트를 멈추고 다시 나를 쳐다봤다.

"음…… 인간들은 가끔 생각하기 복잡하거나 귀찮거나 어떤 해답을 찾기 어려울 때 그런 표현을 쓰곤 해. 말하자면 짜증나는 순간을 피해가기 위한 일종의 핑계랄까."

"다는 이해 못하겠지만 골치 아픈 분석과 계산은 제가 하면 되는데요."

그러자 서호 씨가 이번에는 목을 젖히고 소리를 내어 웃었다. 인간 행동을 기호학과 심리학에 근거하여 분석한 책과 논문들을 빠르게 검색해봤지만 그 의미를 명확히 판단할 만한 단서나 사례는 찾을 수 없었다. 하는 수 없이 앞서가는 서호 씨를 따라가면서 주변을 둘러보니 골치 아픈 분석과 계산으로 인해 물건을 들었다 놓기를 반복하는 인간들이 한둘이 아니었다. 그러나 정작 그들의 표정은 괴롭고 힘들어 보이지 않았다. 맥박수가 증가하거나 체온이 오르거나 근육이 경직되는 등의 징후도 보이지 않았다. 오히려 물건을 놓고 티격태격하는 인간들에게서는 대부분 행복감을 느끼는 뇌파가 증가하고 있었다. 나는 그러한 모습이 로봇들은 근원적으로 이해할 수 없는 인간들만의 고유한 행위 중 하나라고 학습했다.

그날 이후로 나는 마트에 갈 때 더 이상 아무것도 하지 않았다. 서호 씨 역시 골치가 아파 즐거워하는 것이 분명하다고 믿었으므로.

준재로부터 분기에 한 번 하는 대학 동창 부부 모임 문자를 받고 나서 내내 고민을 했다. 아내를 복제한 유전자 편집 로봇을 장만했다는 사실을 친구들에게는 아직 알리지 않았다. 친구들뿐 아니라 그 어느 누구도 아직 몰랐다. 나는 왜 이 사실을 전하지 못하고 있을까. 굳이 물어보지 않으면 말할 필요가 없다는 구실은 논리적으로 합당하지 못한 핑계였다. '당신 혹시 죽은 와이프를 대신할 새로운 여자나 혹은 로봇이라도 구했어?'라고 물어올 일은 없으니. 가장 친한 준재에게라도, 인간적인 보스라 생각하는 부서장에게라도 고백해야 하지 않을까 고민하는 사이 어정쩡한 시간이 속절없이 지나버렸다.

참석이 힘들 줄 알지만 어쨌든 정기 모임이라 문자만 보낸다는 준재의 연락에 비장한 마음으로 답을 한 이유도 타이밍을 영영 놓치면 안 된다는 생각 때문이었다. 참석하겠다는 짤막한 문자에 준재로부터 전화가 걸려왔다. 괜찮겠냐는 말에 괜찮지 않을 건 뭐 있겠냐며 대수롭지 않게 답했다. 동기동창 좋은 게 뭐냐고 너스레까지 떨었던 건 좀 오버였다. 지금 내 앞에 생전의 유나와 똑같은 여자가 똑같은 옷을 입고 왔다 갔다 하고 있는 현실을 전해 듣게 된다면 어떤 반응을 보일까. 두려우면서도 궁금했고 떨리면서도 설렜다. 유나가 만들어준 탕수육을 먹으면서 내일 있을 동창 모임에 대해 전했다. 함께 가자는 말에 유나는 '알겠어요, 서호 씨'라고 별 질문 없이 대답했다.

다음 날 저녁 일부러 모임 시간보다 15분 정도 늦게 약속 장소에 도착했다. 사람들이 도착할 때마다 반복적으로 받아야 할 놀라움과 의구심의 눈초리를 한 번에 몰아서 받는 게 낫겠다 싶었다. 예상대로 퓨전 중식 레스토랑 '테이블307'의 레드룸 문을 여는 순간 열여덟 명의 시선이 일시에 나와 유나에게로 쏠렸고, 약 10초 정도 시간이 멈춘 것 같은 불편한 고요가 흘렀다. 사실 말을 잃은 시선이 향한 곳은 '우리'가 아닌 '유나' 쪽이었다.

나는 그들의 표정을 빠르게 훑었다. 미묘한 차이는 있었지만 처음엔 놀란 표정이었고 다음엔 어떤 액션을 취해야 할지를 다급하게 고민하는 눈치였고 마지막엔 누군가 이 난감한 침묵에 어서 물

꼬를 터주기를 간절히 기다리는 분위기였다. 10분 같은 10초의 적막을 깨고 자리에서 일어난 것은 역시 준재였다.

"어서 와라, 서호야. 이쪽으로 와서 앉아."

그가 가리킨 곳에는 의자가 하나뿐이었다. 준재는 벽에 설치된 터치스크린의 호출 버튼을 누르고 종업원에게 의자 하나를 더 갖다달라고 부탁했다. 종업원이 의자를 들고 올 때까지 유나와 나는 여전히 고문 같은 시선을 견디며 어정쩡하게 서 있어야 했다. 긴 침묵의 흐름 속에서 열여덟 개의 시선은 내 옆의 낯선 존재를 끈질기고도 집요하게 탐색했다.

"로봇이야. 아내의 유전자 편집 복제 로봇. 인사해, 유나야."

내 말에 유나가 비행기 승무원처럼 두 손을 모으고 허리를 45도 정도 숙여 인사를 했다.

"안녕하십니까. 전 서호 씨를 모시고 있는 유론 TT F380 로봇, 유나입니다."

자리에 앉기 전 목구멍까지 차올라 있을 그들의 궁금증을 먼저 풀어주었다. '유나'라는 이름이 나오자 몇 명의 입에서 '아……' 하며 감탄사인지 탄식인지 모를 소리가 흘러나왔다. 나와 유나가 테이블을 반 바퀴 돌아 자리에 앉을 때까지 모두의 시선은 테니스 시합에서 공을 좇듯 일제히 같은 방향으로 움직였다.

놀라긴 준재 역시 마찬가지였을 텐데도 녀석은 주문해 놓은 음식과 술을 빨리 들여오게 하며 과하게 부산을 떨었다. 사람들은 태연한 척 대화를 나누면서도 한 번씩 우리 쪽을 힐끗거렸지만 대충 예상했던 정도의 반응이었으므로 나는 개의치 않고 음식과 술을 즐겼다. 생각했던 것보다는 견딜 만한 불편함이었다. 아내를 보내고 난 후 처음 마시는 술이었다. 술이 공황장애를 악화시킨다는 정신과 의사 말 때문에 한동안 자제하기도 했고 유나가 온 이후로는 딱히 술 생각이 나지도 않았다. 다행히 예전에 느꼈던 증상은 한 번도 나타나지 않았다. 매일같이 때맞춰 약을 챙겨주는 누구 덕분이겠지만.

어느 정도 술이 들어가고 처음의 어색했던 분위기도 느슨해져갈 때쯤, 한 놈 두 놈 말없이 앉아만 있는 유나에게 슬슬 노골적인 시선을 던지며 호기심을 드러내기 시작했다. 돈 꽤나 들었겠다며 내 경제 사정을 걱정해주는 놈도 있었고, 유전자 편집 로봇 기술의 눈부신 발전을 진심으로 놀라워하는 놈도 있었으며, 내 표정이 밝아 보여 다행이라면서 술잔을 부딪치는 친구도 있었다. 모임이란 게 늘 그렇듯 그런 평범한 친구들 가운데 술만 들어가면 진상이 돼버리는 놈도 섞여 있다는 게 문제였다. 예를 들어 이런 질문을 하는 놈.

"저 로봇이랑 잠자리도 해? 어떤 느낌이야? 무슨 실리콘 인형 만지는 느낌일 거 같은데. 말 좀 해봐. 진짜 어떤 기분이야?"

싸해진 분위기에 옆에 앉아 있던 와이프가 허벅지를 치고 허리를 꼬집었지만 어차피 취기가 오를 만큼 오른 터라 아픈 것도 못 느끼는 상태일 것이다. 아픔을 느끼지 못한다는 건 그만큼 강렬한 호기심의 지배를 받고 있다는 의미였다.

"잠자리는 안 해. 그럴 목적으로 들인 거 아니야."

내 말이 끝나는 타이밍과 동시에 친구의 입에서 '피식' 하는 소리가 새나왔다. 잘못 들은 건가 싶었다.

"유나 씨 가자마자 딴 여자 만나기도 그렇고 어디 업소 가기도 쪽팔리고. 그래서 저런 거 구입한 거 다 알아. 새끼야."

나를 일어서게 만든 건 흔히 남자들 사이에서 농담처럼, 습관처럼 붙이기도 하는 '새끼'와 같은 일차원적인 욕 때문이 아니었다. 내가 일어서는 것과 동시에 유나가 함께 일어섰다.

"서호 씨, 맥박이 비정상적으로 빨라지고 있어요. 진정하세요."

이미 유나의 목소리는 들리지 않았다. 바로 맞은편에 앉아 있던 친구 녀석도 씩씩거리며 따라 일어섰다.

"왜? 너무 정곡을 찔려서 쪽팔려? 유나 씨 간 지 얼마나 됐다고 이 변태 새끼야."

그때부터 정신을 잃었던 것 같다. 어느새 나는 테이블 위로 올라가 녀석의 멱살을 잡고 있었고 그 역시 흥분한 채로 내 멱살을 맞잡았다.

"인마, 딴 여자 만나든가 업소를 가든가 그게 더 인간적이야. 내가 틀린 말 했어? 쳐봐, 어디!"

주변에서 말리느라 더 난리였지만 통제력을 벗어난 내 몸은 바닥으로 뛰어내리는 것과 동시에 녀석의 왼쪽 뺨을 향해 있는 힘껏 주먹을 날렸다. 정말로 맞을 줄 몰랐던 녀석은 가격을 당한 후 넋이 나간 표정으로 나를 쳐다봤다. 주먹에는 의도했던 것보다 훨씬 많은 힘이 실렸다.

"네가 지금 맞은 이유는 유나를 두고 '저런 거'라고 표현한 것 때문이야. 왜 맞은 건지는 확실히 알라고. 이 쓰레기 같은 새끼야."

잠시 났던 정신줄을 되찾은 녀석이 몸을 부르르 떨더니 나를 향해 주먹을 날렸다. 피하는 건 불가능하다는 본능적 판단 아래 눈을 질끈 감았는데, 뒤쪽에서 귓전을 스치는 바람 소리가 났다. 얼굴에 아무런 고통이 느껴지지 않아 눈을 떠보니 녀석의 주먹이 바로 코앞에서 유나의 손아귀에 잡혀 있었다. 분명히 테이블 맞은편에 있었는데 어느 순간에 달려와 주먹을 막아낸 것일까. 친구의 주먹은 계속 부르르 떨리고 있었지만 유나는 전혀 미동도 없이 내 앞을 막은 채 가볍게 그 주먹을 쥐고 있었다. 잠시 후 녀석의 입에서 아픔을 호소하는 신음 소리가 새나왔다.

"유나, 그만해."

"공격성 98퍼센트, 전투 모드 변경. 각도에 따라 왼쪽 상악골에 가해질 예상 충격 손상 전치 3주. 그대로 맞았으면 큰일 날 뻔했어요."

유나는 격투기 선수마냥 나머지 한 손을 단단하게 주먹 쥔 채 친구 쪽을 겨냥하고 있었다. 언제든 벽을 뚫고 저 멀리 날려버리기라도 할 기세였다.

"괜찮으니까 놔줘."

몇 번 더 얘기를 해도 안 듣던 유나는 '미, 미안해. 잘못했어'라는 친구의 사과를 듣고 나서야 주먹을 풀고 전투 모드를 해제했다. 덕분에 유나가 요리와 청소만 하는 로봇이 아니라는 사실을 눈으로 확인하게 됐다.

결국 자리를 난장판으로 만든 채 유나를 데리고 나왔다. 어쩌면 이렇게 될 걸 예감하고 온 건지도 몰랐다. 언제가 됐든 한 번은 겪어야 할 통과의례라 생각한 것인지도. 그렇게라도 어서 빨리 내 마음 깊은 곳에 침잠해 있는 찜찜함의 덩어리를 뱉어내고 싶었던 것인지도. 그 덩어리를 누구도 곱게 볼 수 없다는 것을 나는 이미 분명하게 인지하고 있었다.

덩어리를 토해내서 속이 시원해진 것인지는 아직 알 수 없었지만 바깥 공기는 딱 기분 좋을 만큼 선선했다. 마음도 진정시킬 겸 유나를 데리고 밤길을 함께 걸었다. 유나는 말없이 한 발짝 떨어져서 나를 따라왔다.

"뒤에서 따라오지 말고 나한테 맞춰 걸어. 나란히."

그러자 유나는 곧바로 보폭을 조절해 내 옆에서 걷기 시작했다. 고작 반 보 정도 차이였건만 '따로'와 '함께'의 간극은 백 보 정도 되는 거리감을 만들었다.

"고마워, 오늘. 그리고, 미안해."

유나가 내 쪽을 바라봤다.

"고맙다는 말은 이해를 했는데 미안하단 말은 해석이 불가능해요, 서호 씨."

나는 어떻게 설명을 할까 하다가 이내 포기했다.

"인간이 모든 감정을 말로 다 설명할 수 있는 건 아니야."

유나는 더 이상 묻지 않았다. 그날 밤 나는 유나와 함께 인적도 뜸해진 밤길을 오랜 시간 걸었다. 아내와 함께 팔짱을 끼고 자주 걷곤 했던, 그 길이었다.

처음 접한 인간의 폭력성보다 이해하기 힘들었던 것은 나에 대한 그들의 적대적 태도였다. 말투, 표정, 행동, 동공과 얼굴 근육의 움직임, 뇌파의 변화 등을 분석한 결과 열여덟 명의 평균 적대성 수치가 52퍼센트로 나왔다.

"그건 너에 대한 적대성이 아니라 나에 대한 적대성이었어."

분석 결과를 전했을 때 서호 씨는 모호한 답변을 내놨다. 동창 모임 이후 서호 씨에게서 별다른 징후는 보이지 않았다. 그의 신체 리듬이 다시 한번 심하게 깨진 것은 그로부터 며칠이 지난 금요일 저녁이었다. 퇴근할 시간에 맞춰 저녁을 차리고 있는데 초인종이 울렸다. 서호 씨라면 홍채 스캐닝이나 음성 인식을 하고 알아서 들어왔을 텐데 내가 온 이후 초인종 소리를 듣게 된 것은 처음이었다. 모니터에 뜬 낯선 중년 여인의 모습을 보고 사전 입력된 사진 데이터들을 비교해봤지만 메모리에는 없는 인물이었다.

"누구십니까?"

내가 묻자 중년 여인이 놀라는 표정을 지으며 한 발 뒤로 물러섰다. 한쪽 손에는 자동 온도 조절 기능이 있는 찬합을 들고 있었다. 잠시 숨을 고르더니 다시 다가서서 내게 누구냐고 되물었다.

"전 서호 씨와 함께 사는 유나입니다."

그 순간 화면에서 여인이 사라졌다. 내가 문을 열고 나갔을 때 여인은 바닥에 주저앉아 몸을 떨고 있었다.

"괜찮으십니까?"

어깨에 손을 얹자 흠칫 놀라더니 고개를 천천히 들어 나를 올려다봤다. 나는 빠르게 미소 응대 모드로 전환했다. 한참을 말없이 바라보던 여인이 한 손을 뻗어 내 볼을 어루만졌다. 체온은 36.9도. 맥박수는 112.

"천천히 저를 붙잡고 일어나보시겠어요?"

나는 미세하게 힘을 조절하며 여인을 일으켜 세운 후 집 안으로 데리고 들어갔다. 일단 소파에 앉게 한 뒤 누구시냐고 다시 물어봤다.

"엄마예요. 유나, 엄마……."

이미 죽은 인간의 가족 인적 사항까지 입력해 놓을 필요는 없었을 테지만 이런 상황을 전혀 예상하지 못한 것은 유론 연구팀의 사소한 실수라는 생각이 들었다.

"어디가 안 좋으신지 구체적으로 말씀해주시면 제가 솔루션을 찾아보겠습니다."

여인은 다시금 내 얼굴을 한동안 올려다보다가 다시 한번 뺨을 조심스럽게 어루만졌다.

"놀랐어요. 유나가 살아 돌아온 줄 알고."

"네, 이해합니다. 유나 씨의 유전자를 편집해 만든 복제 로봇이기 때문에 98퍼센트의 일치율을 보이니까요."

내가 주방으로 가 캐모마일 차를 만드는 동안 여인은 얕은 숨을 몰아쉬며 축 늘어진 채 앉아 있었다. 테이블 위에 찻잔을 내려놓는 내게 여인이 낮은 목소리로 물었다.

"인간이 아니라 로봇이라는 거죠?"

"네, 전 주인님이신 서호 씨를 모시기 위해 제작된 로봇입니다."

그때까지 맥없이 창백하기만 하던 여인의 표정이 일순간 굳어졌고 진정되는 것 같던 심장박동도 다시 빨라지기 시작했다. 그때 현관문이 열리고 서호 씨가 들어왔다. 들어오려다 말고 그 자리에 멈취 선 서호 씨의 표정이 꼭 동창 모임에서 싸우기 직전 그랬던 것처럼 잔뜩 경직됐다.

"장모님⋯⋯."

차에는 손도 안 댄 채 여인이 자리에서 일어섰다. 서호 씨의 눈빛이 나와 여인 사이를 불안정하게 오갔다. 신발을 벗고 거실로 들어선 서호 씨가 천천히 다가가자 멍하니 서 있던 여인이 비틀거리며 뒤로 물러섰다. 서호 씨의 움직임도 함께 멈췄다.

"오늘 하루도 고생하셨어요. 서호 씨도 캐모마일 차를 갖다드릴까요?"

늘 그랬듯 인사를 건넸을 뿐인데 두 사람의 시선이 내게로 향했다. 서호 씨도 여인도 모두 동공 반응이 비정상적이었다.

"자네를 주인으로 모시는 로봇이라고? 우리 유나의 유전자로 만든?"

여인의 목소리는 좀 전보다 더 심하게 떨렸고 중간중간 끊어지거나 갈라지기도 했다. 자신의 딸과 비교해 내가 마음에 안 들어서일까. 여인은 부족한 나의 2퍼센트를 느끼는 것인지도 모른다. 그럴 수도 있을 것이다. 엄마라면.

"전 주인님 말에 무조건 복종하는 유나입니다. 병에 걸리지도 않고 죽지도 않는 반려 로봇이죠. 유나 씨보다 훨씬 활용도가 높습니다."

"유나야, 그만! 입 다물고 가만히 있어."

다급하게 터져 나온 서호 씨의 목소리가 위압적이며 공격적으로 들린 건 처음이었다. 여인이 몸을 돌려 내 쪽으로 다가왔다. 코앞까지 가까워진 여인이 몸을 부르르 떨었다. 나를 한동안 물끄러미 바라보던 여인의 두 눈에서 눈물이 흘러내렸다. 슬픔? 나를 보며 슬퍼하고 있는 것일까. 위로의 말을 건네야 하는데 '슬퍼하지 마세요'라고 할까 '진정하세요'라고 할까. 아니면 '모든 것이 괜찮아질 겁니다'가 더 적합할까. 적합도 지수를 계산하는 잠깐 사이 여인이 갑자기 서호 씨에게 가더니 오른쪽 뺨을 세차게 후려쳤다. 동창 모임에서 맞았을 때와 거의 비슷한 충격이 서호 씨의 얼굴에 고스란히 가해졌다.

"잠깐 동안 눈물이 나게 반가웠네. 우리 유나가 살아 돌아온 것 같아서. 우리 유나를 다시 살려낸 것 같아서. 그런데 자네가 주인님? 자네에게 무조건 복종하면서 주인으로 모시는 로봇이라고? 아프게 죽은 유나를, 우리 가여운 유나를 어떻게 이런 식으로…… 어떻게 자네가……."

두 주먹으로 서호 씨의 가슴을 치면서 여인은 하염없이 눈물을 흘렸다. 분명히 슬픔의 감정을 표현하고 있는데 행동은 서호 씨를 공격하고 있었다. 내가 다가가 여인을 떼어낼 때까지 이해할 수 없는 눈물과 행동은 멈추지 않았다. 서호 씨에게서 떨어진 후로도 한동안 흐느낌과 공격적인 언행이 계속되자 여인 앞에 서호 씨가 무릎을 꿇었다.

"그런 게 아닙니다. 제가 뭐라고 설명해도 제 심정을 다 이해하실 수는 없을 거예요. 아직도 전 유나를 사랑합니다. 이게 제가 그 사랑을 지키는 방식이에요."

서호 씨를 내려다보는 여인의 입에서 긴 한숨이 새어나왔다. 그새 눈물은 그쳤다.

"사랑이라는데, 나는 왜 자네 그 사랑에 소름이 끼칠까……"

여인은 그만 소파에 주저앉고 말았다. 그녀 앞에서 서호 씨 역시 바닥에 무릎을 꿇은 채 눈물을 떨구고 있었다. 울고 있는 서호 씨를 말없이 바라보던 여인은 조용히 일어나 집을 나갔고 테이블 위에는 여인이 들고 왔던 찬합만 덩그러니 놓여 있었다.

여인이 나간 후로도 한동안 멍하니 앉아 있던 서호 씨는 테이블을 짚고 일어서다가 그제야 찬합을 발견하고는 열어봤다. 안에는 김치와 멸치볶음, 시금치 무침과 도라지 무침, 갈비찜과 어묵볶음이 들어 있었다. 그걸 들여다보던 서호 씨의 입에서 뜻 모를 긴 한숨이 흘러나왔다.

"저녁 드셔야죠. 씻으세요."

내 말을 듣고 나서야 서호 씨는 힘없이 일어나 방으로 들어갔다. 샤워를 마치고 나온 서호 씨가 저녁 식탁에 오른 반찬들을 보더니 잠시 또 말이 없어졌다.

"마음에 안 드시면 다른 것으로 바꿀까요?"

내가 묻자 서호 씨는 괜찮다면서 밥을 먹기 시작했다. 젓가락으로 갈비찜을 한 덩이 집어 들다가 내게 물었다.

"아까 장모님이 나 때리실 때, 왜 저번처럼 공격하지 않았어?"

"서호 씨가 가만히 있으라고 했으니까요."

내 대답에 서호 씨는 천천히 고개를 끄덕였다. 그러고는 말없이 꾸역꾸역 밥을 먹기 시작했다. 식사 전 성분 함량을 슬쩍 확인해본 결과 여인이 가져온 반찬들은 대부분 나트륨 함량이 레시피 기준보다 높은 것들이 많았지만 서호 씨는 별 불평을 하지 않았다. 서호 씨가 밥을 먹는 동안 내 안에서는 주인님을 공격하고 간 여인을 적으로 간주해야 할지 말아야 할지를 계산하는 복잡한 프로세스가 계속되고 있었다.

　동창들과 처가까지 유나의 존재를 알게 됐다. 냉정하게 생각하면 그들과 장모님은 자신들이 취할 수 있는 상식적인 반응을 보인 것이다. 나의 선택이 비상식적이었으므로 상식적인 그들의 행위 역시 같은 성질로 몰고 싶었던 것인지도 모른다. 원했든 원치 않았든 후회는 없다. 오히려 큰 숙제를 끝낸 것 같은 홀가분함도 있었다. 남은 건 상황에 대한 그들 각자의 판단과 그에 따라 내가 견뎌야 할 몫뿐이다. 싱크대 앞에 서서 설거지를 하고 있는 유나의 뒷모습을 바라보고 있자니 잘 견딜 수 있을 것 같은 예감이 들었다.

　"오늘 함께 영화 볼까?"

　설거지를 끝내고 뒷정리를 하고 있는 유나에게 물었다. 유나는 눈을 동그랗게 뜨고 나를 쳐다보며 영화관에 가자는 의미냐고 물었다. 나는 웃으면서 소파에 와 앉으라고 했다. 정리를 말끔히 끝낸 유나가 앞치마를 풀고 옆에 와 앉았다. '영화 감상'이라고 음성 명령을 내리자 테이블 위로 가상 팝업 메뉴 화면이 나타났다. 나는 화면을 터치해가며 홈 네트워크 서버에서 그간 모아 놓은 옛날 영화 목록을 검색했다. 천천히 올라가는 리스트 중에서 제목 하나가 눈에 들어왔다. 〈봄날은 간다〉. 2001년 허진호 감독 작품. 만든 지 70년도 더 된 고전 영화였는데 생전에 유나가 유독 좋아했던 작품이라서 몇 번 함께 본 적이 있었다. 괜히 기분 우울해지게 만드는 영화건만 유나는 볼 때마다 가슴이 무너진다고 했다. 개인의 취향이려니 생각했지만 같이 봐주는 일도 서너 번 이상은 고역이었다.

"특별히 이 영화를 고른 이유가 있으세요?"

영화가 시작되기 전 유나가 호기심 어린 눈빛으로 물었다. 혼자 훌쩍이며 영화를 보던 아내에게 이 영화가 왜 그렇게 좋으냐고 무심하게 물었던 어느 날의 내 음성이 탁한 메아리처럼 겹쳐 들렸다.

"한번 보여주고 싶었어. 넌 어떻게 받아들일까 하고."

'플레이'라고 말하자 벽에 내장된 대형 화면에서 영화가 시작됐고 우리는 나란히 앉아 영화를 시청했다. 영화를 보는 동안 나는 한 번씩 유나 쪽을 슬쩍 쳐다보곤 했다. 그녀는 미동 없이 정자세로 앉아 완벽히 영화에 몰입하는 눈치였다. 로봇의 눈에 비친 인간의 사랑은 어떨까. 이별의 문제는, 배신의 문제는, 또 죽음의 문제는. 영화가 끝난 후 유나는 별 반응이 없었다. 역시 로봇에게는 감흥을 줄 수 없었던 것일까. 그때였다. 유나의 입에서 뜻밖의 질문이 나온 것은.

"사랑이란 건 변하면 안 되는 건가요?"

영화 속에서 버림받은 남자 주인공이 돈 많은 남자에게 가버린 여자를 찾아가 말한다.

"어떻게 사랑이 변하니……."

그냥 흘려듣곤 했던 대사가 오늘따라 가슴 한구석에 깃털처럼 내려앉는 이상한 느낌이 들었는데, 유나 입에서 그런 질문이 나오니 기분이 묘했다. 뭐라고 답해야 할까.

"사랑하는 사람들은 누구나 궁극적으로 사랑이 변하는 걸 원하지 않지. 사랑이 변한다는 건 단순한 변화 이전에 배신과 상처, 원망과 분노, 믿음의 붕괴와 공고했던 관계의 서글픈 파국까지 다 아우르는 의미이니까. 무엇보다 그건 인간에게 아주 견디기 힘든 고통과 절망을 주거든. 후유증이 오래가는 질기고 가혹한 질병처럼 말이야."

이 관념적인 설명을 유나가 과연 얼마나 알아들을지 알 수 없었다.

"서호 씨도 지금 후유증에 시달리고 있는 중인가요? 사랑이 변해서?"

다시 생각지 못한 질문이 이어졌다.

"후유증에 시달리고 있는 건 맞는데 그건 사랑이 변해서가 아니야. 죽음이 사랑을 변질시키는 건 아니거든."

"죽어서도 사랑은 변하지 않는다는 말씀인가요?"

"그런 케이스도 있다는 거지."

"서호 씨처럼요?"

"응. 그렇지. 우린 사랑이 변한 게 아니라 상황이 변했을 뿐이지."

유나는 모호한 표정으로 고개를 천천히 끄덕였다. 그러더니 사뭇 진지한 목소리로 말했다.

"잘은 모르겠지만 저도 사랑이란 게 변하지 않는 거였으면 좋겠어요. 누구의 사랑이든 간에. 아내분을 향한 서호 씨의 사랑도."

"그래, 나도 그랬으면 좋겠어. 그럴 수 있을 거야. 아마도."

유나의 눈동자가 인간의 그것마냥 생생하게 빛나고 있었다. 각도에 따라 짙은 갈색에서 옅은 흑색으로, 혹은 그 중간 어디쯤이라고 해야 할 오묘한 암갈색으로 변하는 빛의 탈바꿈이 영원히 그럴 것처럼 신비롭게 나를 응시했다. 손을 가져가 유나의 눈가를 조심스럽게 어루만졌다. 내 가슴을 치던 장모의 모습이 떠올랐다. 내 말한마디에 그저 바라보고만 있다가 조심스럽게 장모를 떼어냈던 유나.

"우리도 변하지 말고 좋은 관계로 지내자. 오랫동안."

영화가 전해준 감흥이 잔상처럼 감도는 상태에서 더도 덜도 아닌 순수한 바람을 유나에게 전했다.

"고마워요. 서호 씨."

그제야 나는 확실히 깨달았다. 내가 왜 이런 선택을 했는지. 내가 왜 유나를 이런 방식으로 되살려냈는지.

우리는 주말 저녁이면 함께 소파에 앉아 자주 영화를 봤다. 영화라는 매체는 인간을 이해하는 데 도움이 되기도 하고 혼란을 주기도 했다. 특히 서호 씨가 추천해주는, 대부분 예전 유나 씨가 좋아했던 그 영화들은 주로 인간 이성들 사이의 사랑에 관한 이야기들이 많았다. 사랑이라는 감정, 사랑으로 규정된 관계, 사랑이 초래하는 결과 반응, 사랑에 대처하는 인간의 태도, 사랑이 미치는 긍정적이거나 부정적인 양태 등은 때론 정형화된 패턴으로 나타나기도 하고 어쩔 땐 전혀 분석이나 예측이 불가능한 전개를 보이기도 했다.

"늘 인간의 예상을 뛰어넘거나 기대를 빗나가는 게 사랑이니까.

그래서 인간 세상엔 아직도 철학이나 심리학, 인문학 같은 게 존재하는 거야. 논리나 수학 공식으로 풀 수 있는 문제가 아니거든."

서호 씨의 설명은 마치 로봇이 아무리 노력을 해도 인간의 복잡한 감정과 사고 체계를 100퍼센트 이해할 수 없다는 말처럼 들렸다. 맞는 말이라고 생각했다. 우리와 같은 위대한 유전자 편집 로봇을 창조해낸 더 위대한 주체가 인간이니까. 그렇다고 늘 이해하기 어려운 사랑 영화만 본 것은 아니었다. 로봇과 인간의 아름다운 우정을 그린 작품도 있었고 지구가 멸망한 뒤 제2의 생존 행성을 차지하기 위해 외계 종족과 우주 전쟁을 벌이는 영화도 있었다.

"유나는 저런 영화가 더 재밌지?"

서호 씨의 물음에 나는 잠시 고민했다. 재미있다는 것의 의미를 잘 이해할 수 없었기 때문이다. 사랑 영화든 SF 영화든 그냥 보는 행위일 뿐. 물론 나와 같은 로봇이 등장하는 영화가 좀더 친숙하게 다가오는 것은 사실이었으나 그것이 곧 재미를 의미하는 것인지 확실하게 답할 수는 없었다.

"솔직히 영화를 보고 난 후 자꾸 분석해보고 싶은 마음이 드는 건 사랑 영화예요. 그게 재미있다는 의미인가요?"

"그래? 의외인데? 그건 재미라기보다는 학구적 호기심의 일종일 거 같은데? 이해할 수 없는 대상에 대한 순수한 탐구욕 같은 거."

"서호 씨도 그런 사랑을 했나요? 로봇은 이해할 수 없는 예상을 뛰어넘거나 빗나가는 사랑요."

서호 씨가 말을 멈추고 골똘한 표정을 지었다.

"글쎄. 내가 다 기억하지 못하는 과거의 어느 세밀한 지점에선 그런 일이 일어났던 적도 있겠지만 대체로 우린 그냥 평범하게 사랑을 했던 것 같아. 큰 일탈 없이."

일탈. 정해진 영역이나 본래 목적 등에서 빠져 벗어남. 혹은 사회적 규범으로부터 벗어나는 탈선. 사랑에 있어 일탈이라는 것이 구체적으로 무엇을 의미하는지 그 사례에 관해 더 묻고 싶었지만 서호 씨는 피곤하다며 잠을 자기 위해 방으로 들어갔다.

서호 씨가 들어간 후 홀로 어두운 거실에 앉아 〈봄날은 간다〉를 비롯한 국내외 사랑 영화 몇 편을 다시 한 번씩 꺼내 봤다. 사랑과 일탈의 함수 관계를 이해할 수 있는 단서를 혹시라도 찾아낼 수 있을까 싶어서.

그나마 선명한 것은 영화 속 인간들의 사랑이 대부분 만남과 헤어짐이라는 패턴을 반복하고 있다는 사실이었다. 서호 씨는 말했다. 누구나 인간이라면 궁극적으로 사랑이 변하는 걸 원치 않는다고. 물론 두 사람 사이의 사랑이 '영원할 것처럼' 모호하게 끝나는 영화도 있었다. 왜 명확한 결말을 내지 않고 영화를 끝맺을까. 서호 씨가 먼저 자러 들어가지 않았다면 꼭 물어보고 싶은 두 번째 질문이었다. 영화와 현실은 많이 다른 것인지에 대해서도.

또 하나 분명한 사실은, 그럼에도 불구하고 모든 이별의 순간마다 마치 한쪽은 가해자가 되고 한쪽은 피해자가 되는 것 같은 관계의 구도가 만들어진다는 것이었다. 피해자 역할을 하는 자들의 대사에서도 일정한 패턴을 발견할 수 있었는데, 자주 사용되는 단어의 빈도를 체크해본 결과 '어떻게'와 '제발', '다시' 등의 어휘가 상대적으로 많이 나타났다. 또한 가해자 역할을 하는 이들은 '미안하지만, '그만', '더 이상'과 같은 어휘의 사용 빈도가 높은 것으로 분석됐다. 물론 열거한 단어들은 문장이나 문맥의 구조에 따라 조금씩 상이한 의미로 해석되는 것 같기도 했다. 심지어 같은 문장을 사용했음에도 상대방에 따라 전혀 상반되는 반응과 태도를 보이는 경우도 있었다.

'이해할 수 없는 대상에 대한 순수한 관심.'

1세대 유론만 해도 질문이나 호기심을 갖는 인공지능 기능이 없었다. 그러니 인간들이 사용하는 짧은 단어 하나하나마다 심층적인 의미를 해석해내기 위해 복잡한 프로그램이나 통계 데이터를 돌릴 일이 없었다. 그런 점에서 보면 1세대 유론이 더 편했을 것 같다는 생각도 들었다. 기능이 많아질수록 프로세스에 걸리는 부하는 가중될 수밖에 없기 때문에 전력 소모도 많아지고 발열 문제가 발생하기도 하며 아예 다운이 되는 치명적 증상을 초래하기도 한다.

다행히 내게선 아직 그런 징후가 발견되지는 않고 있으며 모든 프로세스는 정상이다. 3세대 유론은 주기적인 자동 셀프 스캐닝을 통해 사전에 문제의 소지를 예측하고 예방할 수 있다. 전력 소모도 크게 줄여서 서호 씨가 잠든 밤 시간을 이용해 네다섯 시간 정도면 무선 완충이 가능하다. 3세대 모델에 처음으로 탑재된 신소재 배터리와 하이브리드 에너지 세이브 시스템 덕분에 폭발적 배터리 소모를 일으키는 공격 모드나 풀파워 모드를 자주 사용하지만 않는다면 한 번의 완충으로 일주일까지도 작동할 수 있다.

화면 속에서 남녀 주인공이 키스를 하기 시작했다. 언어나 문장보다 더 해석하기 힘든 인간들만의 행위. 서로 사랑을 느낄 때 하게 되는 본능적이며 행복한 행동이라고 서호 씨는 설명했지만 지금 화면 속 남녀는 눈물을 흘리며 키스를 나누고 있었으므로 비논리적이었다. 마치 서호 씨 장모님이 울면서 서호 씨를 때렸던 것처럼. 불쑥 그런 생각이 들었다. 서호 씨와 키스를 하면 어떤 느낌일까.

나는 TV를 끄고 서호 씨 방으로 들어갔다. 반듯한 자세로 누워 곤히 잠들어 있는 서호 씨 얼굴을 가만히 내려다봤다. 붉은 입술이 살짝 벌어져 있었다. 나는 검지를 입 가까이 가져다 댔다. 산소포화도와 호흡, 수면의 질 모두 안정적이었다. 내가 오고 난 후 약 복용량을 줄이기 시작한 서호 씨는 다행히 불면증도 거의 사라진 상태였다.

입술에 내 입술을 살짝 갖다 대볼까. 아니다. 그러다 서호 씨가 깨면 나는 반품당해야 할 처지가 될 것이다. 수면 중 주인의 몸에 손을 대는 건 위급하거나 유사시가 아니고서는 절대 해선 안 되는 일이다. 게다가 서로 사랑을 느낄 때 하게 되는 행동이라고 했으니 서호 씨와 나 사이에서는 성립 자체가 불가능한 행위다.

"유나야……."

숙면에 방해되지 않도록 조용히 돌아서 나가려는데 서호 씨가 나를 불렀다. 나 때문에 잠이 깬 것인가 싶어 급히 돌아보니 서호 씨는 여전히 눈을 감은 채 잠에 취한 상태였다. 서둘러 나가려는 그때 다시 한번 내 이름을 부르는 소리가 낮게 흘러나왔다. 서호 씨의 뇌파를 측정해보니 꿈을 꿀 때 나타나는 파형이었다. 잠결인 얼굴에서 불규칙하게 나타나는 옅은 미소. 그때 알았다. 서호 씨가 부른 유나는 내가 아니라는 것을. 조용히 문을 닫고 나오는데 뭐라

형용할 수 없는 이상한 감정이 들었다. 학습해본 적 없는 생소한 느낌이었다. 감정이라고 표현하는 게 맞는지조차 불투명하고 모호한.

　나는 혼자 여행을 해본 적이 없었다. 유나를 만난 이후론 늘 유나와의 여행이었다. 유나와 함께 걷다가 처음 키스를 나눴던 그 숲길, 사소한 일로 크게 다툰 후 일주일 만에 만나 서로 눈물 흘리며 껴안았던 그 공원의 벤치, 함께 펜션에서 밤을 보내고 새벽 어스름 속에서 결혼을 약속했던 그 호숫가, 결혼 후에도 주말마다 자주 찾았던 근교의 그 카페, 그렇게 유나와 함께 했던 숱한 낮과 밤이 새겨져 있는 그곳과 그곳과 그곳들.
　주말이나 연휴가 긴 공휴일이면 새로운 유나와 함께 순례하듯 그곳들을 다시 여행하기 시작했다. 달라진 것은 항상 이것저것 챙길 게 많았던 아내의 여행 가방이 이젠 필요 없게 됐다는 점이다. 유나가 챙겨야 하는 건 무선 충전 팩 하나뿐이었다.
　집과 마트가 자신이 접한 세상의 전부였던 유나는 숲길을 걸으면서 처음 밟아보는 흙의 촉감에 가던 길을 자주 멈추기도 했고 가끔은 말없이 호수를 바라보기도 했다. 야영장 텐트에서 하룻밤을 보낼 땐 괜찮다는 내 만류에도 불구하고 부득불 경계를 서야 한다고 우겼다. 내 명령보다 우선하는 것을 보면 아마도 그것이 이런 상황에서의 기본 매뉴얼인 모양이었다. 이해는 하면서도 뭔가 서운함 같기도 하고 아쉬움 같기도 한 감정을 느꼈다. 나는 보호받으려고 유나를 데려온 것이 아니었다. 가능하면 내가 보호를 해주는 존재이고 싶었다. 일상 속에선 나의 보호가 전혀 필요 없는 유나였지만 못 이기는 척 잠시라도 보호받아야 할 존재처럼 굴어주면 좋을 텐데. 이런 마음을 말로 풀어 이해시킬 자신은 없었다. '그러면 제가 어떻게 할까요?'라고 되물어 올 경우 나도 그것까지는 잘 모르겠으므로 그냥 넘어가는 수밖에 없었다. 로봇은 어디까지나 로봇이라는 생각을 되새기며.

그래도 유나와 다녔던 많은 '그곳들'은 새로운 유나의 발길이 닿을 때마다 새로운 '그곳들'이 됐다. 낡은 추억을 밀어내고 파릇한 새 추억이 자리하는 과정은 조심스럽고 쓸쓸했으며 설레고 반가웠다. 유나는 실제로 보니 왜 인간들이 자연을 찾게 되는지 조금은 알 것 같다고 말했다. 유나가 그렇게 말한 건 이 세상의 색감이 아닌 것 같은 노을빛으로 바다가 온통 물들고 있을 때였다. 잠시 수평선을 바라보던 유나는 꼭 사람이 그러는 것처럼 크게 심호흡을 했다. 실제로 깊게 숨을 들이켜는 것 같은 그녀의 행동이 조금 기이해 보였다. 어딘가에서 불어온 바닷바람이 유나의 머리카락을 살랑살랑 흔들었다. 그리고 이어진 기시감. 아니, 기시감이 아니라 과거 어느 한 장면의 완벽한 복제였다.

암 선고를 받기 직전 마지막으로 여행을 왔던 이곳에서 노을 지는 바닷가를 바라보며 그때 유나도 그렇게 서 있었다. 시간과 공간이 추억보다 더 선명하게 재현되는 순간 두 존재는 시공의 차원을 허물고 서로가 서로에게 스며들었다. 나는 천천히 유나를 향해 다가갔다. 모래 발자국이 하나 둘 그녀를 향해 만들어졌다. 예전처럼 아무 말 없이 다가가 그녀를 뒤에서 살며시 안고 싶었다. 과거와 현재의 시간이 뒤엉키고 과거의 유나와 현재의 유나가 뒤엉켰다. 그녀를 안으면 살짝 놀란 얼굴로 뒤돌아보며 늘 그랬던 것처럼 나를 위해 불온한 미래에도 담대해지게 만드는 미소를 지어줄 것 같았다.

어느새 바로 앞까지 가까워진 그녀와의 거리. 내 품에 안긴 채 웃으며 돌아볼 그녀의 얼굴에 기나긴 키스를 할까. 하나가 된 우리 뒤로 석양은 마지막 축복의 빛을 장렬히 던지며 안온한 어둠의 장막을 선사해주겠지. 뭔가 미완으로 끝났던 여행이 이곳에서 완성될 것만 같은 기분이었다. 자, 이제 내 손을 뻗어 너의 등을, 너의 그림자를, 너의 아픈 인생을 다시 안아줄게. 이리 와. 나의 품으로.

"서호 씨, 괜찮으세요? 맥박이 갑자기 불규칙해요."

내 손이 그녀의 등에 닿기 직전 유나의 민감한 센서가 이상하게 박동하는 내 맥을 감지하고는 급히 돌아섰다. 그녀가 내 왼쪽 쇄골 아래쯤에 자신의 손가락 끝을 잠시 갖다 대보더니 심장의 전기신호는 문제가 없는 걸로 봐서 일시적인 조기수축인 것 같다고 진단했다.

"알 것 같아요. 인간의 심장이 자연 앞에서 보이는 그런 반응. 저 흰 심장이 없어 느낄 수가 없다는 게 좀 아쉽기도 해요."

말하지 못했다. 바다, 석양, 붉은 빛, 바람, 구름, 하늘 때문에 그런 게 아니라 너 때문에 그런 거라고. 그걸 알아주지 못하는 네가 나 또한 조금 아쉽다고. 과거의 유나가 불쑥 그리워지는 순간이었다.

데이터로만 인식하고 있던 바다와 호수, 노을과 숲. 그리고 직접 보게 된 바다와 호수, 노을과 숲은 정보와 실재 사이의 차이가 생각보다 크다는 걸 깨닫게 했다. 최신판 한글 사전이 통째로 이식돼 있음에도 불구하고 그 차이를 설명할 수 있는 적확한 어휘나 표현을 찾기가 힘들었다. 바다와 호수와 노을과 숲을 감상하는 사이사이 내 몸에 흐르는 전기신호가 제어할 수 없는 속도로 가속되거나 불규칙해지는 현상이 잠깐씩 나타났다. 전기신호를 생체 에너지로 바꾸는 이스튬 펌프가 불안정해졌기 때문인데 원인은 알 수 없었다. 사람의 심장 위치에 자리한 펌프는 고농도로 압축된 이스튬의 분비를 매우 미세하게 조절해 인간처럼 36.5도로 몸의 온도를 맞추고 움직임과 표정을 제어하며 상대의 말과 감정에 적절히 반응하도록 한다.

이스튬 펌프가 불안정하게 진동하는 순간 인간이 하듯 심호흡을 했다. 긴급 리커버리 시스템에 따라 많은 양의 공기를 빠르게 흡입하게 되면 펌프의 구동축 사이에 순간적인 유격이 만들어지면서 이스튬 공급이 잠시 차단된다. 그러고 나면 펌프는 다시 정상적인 리듬을 회복한다. 매뉴얼에도 나와 있다. 간혹 원인 미상의 펌프 작동 오류가 있을 수 있다고.

"좋았나 봐. 석양을 보면서 눈을 감고 심호흡을 하던데?"

서호 씨는 크게 숨을 몰아쉬는 듯한 내 행동을 긍정적인 것으로 해석했다.

"가슴이 뛰어서요."

서호 씨의 두 눈이 커졌다.

"인간처럼 심장은 없지만 심장 역할을 하는 이스튬 펌프라는 게 있거든요. 해가 지는 바다를 바라보고 있는데 갑자기 펌프가 불규칙하게 뛰었어요."

"몸에 뭔가 문제가 있는 건 아니야?"

진심으로 걱정하는 표정. 누군가 나를 걱정해주고 있다. 나의 소중한 주인님, 서호 씨가.

"문제가 있었으면 사전에 바로 감지됐을 거예요. 서호 씨의 심장이 정상임에도 불구하고 가끔 이유 없이 조기수축을 일으키는 것과 비슷한 거예요."

요즘 들어 서호 씨의 심장이 간헐적으로 불규칙한 박동을 보일 때가 있었다. 공황장애에 동반될 수 있는 신체화 증상의 하나였다. 자주 그러는 건 아니었지만 한 번씩 맥이 건너뛰는 게 느껴질 때마다 처음엔 심장마비 오는 거 아니냐며 불안해했다. 건강한 사람에게서도 불규칙한 맥박은 얼마든지 나타날 수 있으며, 이상이 있을 경우 수시로 모니터링하고 있는 심전도 기록으로 확인이 가능하다는 점을 계속 인지시키자 요즘엔 증상이 나타나도 크게 동요하지 않고 넘어가곤 했다.

"나와 네가 비슷한 증상을 갖고 있다는 게 신기해. 너에게도 심장이 있는 것처럼 느껴지는 게."

차로 이동하는 중에 서호 씨가 나를 바라보며 말했다. 순전히 인간적인 해석이자 감상이었지만 굳이 부연 설명을 더하진 않았다. 서호 씨의 졸음운전 가능성이 30퍼센트만 넘어가도 나는 차를 세우고 운전대를 잡았다. 여행이 계속되면서 내가 운전하는 시간이 많아졌고 그럴 때마다 서호 씨는 30분을 못 넘기고 교대하자고 했다. 연신 괜찮다고 하자 서호 씨는 피곤할까 봐 그런다고 했다.

"제가 로봇인 거 또 잊으셨나 봐요."

"아는데, 그래도 미안하니까……."

"미안하다는 표현은 맞지 않아요. 제가 당연히 해야 하는 것이고 제가 하는 게 더 안전하고 이런 순간이 절 기쁘게 하니까요."

서호 씨는 두 팔을 치켜들며 '어쩔 수 없군'이라고 했다. 내가 운전하는 동안 서호 씨는 머리를 기대고 잠깐씩 잠을 잤다. 가끔 놓치기 아까운 풍경이 지나갈 때면 서호 씨를 깨워 함께 보고 싶다는 충동도 느꼈지만 참았다.

몇 번의 여행을 다녀온 후 서호 씨는 함께 찍었던 사진들을 디지털 액자로 만들어 거실과 침실에 걸어 놨다. 액자 속 사진은 3초에 한 번씩 자동으로 전환되면서 우리가 걷고 서고 앉고 잠자고 대화를 나누었던 모든 곳을 차례대로, 반복적으로 보여주었다. 서호 씨는 출근하기 전에도 사진을 한 번씩 쳐다봤고 잠이 들기 전에도 쳐다봤으며 밥을 먹는 중간에도 잊고 있던 무언가를 확인하듯 잠깐씩 시선을 던지곤 했다.

"인간은 추억을 사진으로 남기지만 로봇은 데이터로 저장하겠지?"

액자를 바라보던 서호 씨가 시선은 여전히 액자에 둔 채 물었다.

"그렇죠. 하지만 저장된 데이터로서의 정보와 인간이 추억이라고 말하는 사진으로서의 정보가 같지는 않아요."

"어떤 점이?"

"사진은…… 살아 있는 것 같아요. 그 안의 바다나 하늘은 움직일 것 같고 사람은 걸어 나올 것 같아요."

서호 씨가 고개를 돌려 나를 바라봤다.

"이상한 답이죠? 로봇의 한계예요."

그러자 서호 씨가 자리에서 일어나더니 내게 다가와 양손으로 내 얼굴을 살며시 감싸며 말했다.

"아니, 인간보다 더 멋진 답이었어. 마치 시 같아. 로봇이 그렇게 표현할 수 있다는 게 놀라워."

뜻밖이었다. '시' 같다니. 한국어와 영어, 중국어까지 3개 국어에 대한 언어 데이터베이스가 완벽하게 구축돼 있어서 실상 인간이 잘 사용하지 않는 어휘와 문장들까지 자유자재로 구사할 수 있는 게 유론 3세대였지만 내가 만들어낼 수 있는 건 창작이 아니라 그저 최적의 조합일 뿐이었다. 한술 더 떠 서호 씨는 웃음을 머금은 채 윙크를 보냈다. 인간이 구애를 할 때 하는 행동.

"어, 당황하는 거야, 지금?"

내 모습이 재미있다는 듯 서호 씨는 볼을 감쌌던 손으로 박수를 치며 크게 웃었다. 하지만 웃음은 오래가지 않았다. 때마침 나온 TV 뉴스 때문에.

'오늘 새벽 한 가정용 로봇이 주인을 살해하는 사건이 발생했습니다. 주인 박 씨를 살해한 로봇은 5년 전 구입한 유론 1세대 로봇으로 자세한 살인 동기는 아직 밝혀지지 않았습니다. 한 주민의 제보에 따르면 박 씨가 평소 로봇을 학대하는 것 같았다는 증언이 전해진 가운데 로봇조사국 요원이 해당 로봇을 긴급 체포했으며……'

나와 서호 씨의 시선이 화면에 고정됐다. 서호 씨의 심장이 또다시 불규칙하게 뛰기 시작한 순간 내 심장도, 아니 이스튬 펌프도 덜컹거리기 시작했다.

유나의 손님

부서장이 나를 데리고 간 곳은 고급 일식집 가장 안쪽에 자리한 으슥한 방이었다. 우리가 도착했을 때 네 명이 앉을 수 있게 마련된 자리는 비어 있었다. 이곳으로 오면서 부서장은 별 말이 없었다. 누구를 만나는지, 어떤 목적으로 만나는지에 대해 설명해주지도 않았다. 로봇 살인 사건으로 사무실도 어수선한 판국에 한가롭게 일식집으로 미팅을 나와야 할 일이 그리 흔한 상황은 아니었다. 그렇다고 심각하다거나 무거운 표정도 아니어서 가보면 알겠지 싶은 마음으로 따라나섰다.

둘이 앉아 10분쯤 기다렸을 때 문이 열리고 한 남자와 한 여자가 들어왔다. 부서장이 먼저 일어서며 반갑게 인사했다. 말끔하게 차려입은 남자가 부서장과 악수를 했고 이어 내게도 악수를 청해 얼떨결에 손을 맞잡았다. 함께 들어온 여자는 어딘가 낯이 익었다.

"또 뵙네요. 제품은 이상 없이 사용하고 계시죠?"

그제야 생각났다. 유레카컴퍼니를 처음 찾았던 날 고객 상담실에서 만났던 하얀색 유니폼. 명함을 받아 놓고도 이름이 기억나질 않았다. 부서장에게 인사를 건넬 때 'CS사업부 매니저 오아라'라고 소개하는 덕분에 기억해내려 애쓸 필요는 없었다. 유니폼 대신 입은 파란색 투피스 정장에 검은색으로 바뀐 머리는 어깨 아래까지 자연스럽게 풀려 내려와 있어서 완전히 딴사람이었다. 자리에 앉자 그녀가 옆자리의 남자를 소개했고 그는 명함을 꺼내 부서장을 건너뛰고 내게만 건넸다.

'유레카 그룹 총괄 홍보이사 이규하'

매니저가 전에 했던 말이 영화 속 더빙 대사처럼 선명하게 떠올랐다.

"혹시 저번에 말씀하셨던 그 홍보이사님이……?"

조심스러운 내 질문에 그녀가 환하게 웃으며 고개를 끄덕였다.

"곧 만나게 되실 거라고 말씀드렸죠?"

부서장은 나와 매니저를 번갈아 쳐다보며 어떻게 아는 사이냐고 물었다. 나는 어쩔 수 없이 그간의 사정을 짤막하게 이실직고했다. 이런 상황을 빌어 엉겁결에 털어놓게 돼서 차라리 잘됐다는 생각이 들었다. 부서장은 아내와 똑같은 복제 로봇을 구입했다는 말에 다소 충격을 받은 듯했지만 이대로 서 있을 거냐는 이사의 농담 섞인 말에 일단 자리에 앉았다. 이사를 향해 익숙한 미소를 짓고 있는 걸로 보아 부서장 역시 초면은 아닌 듯했다.

잠시 후 요리가 차례로 들어오고 술이 몇 잔 정도 돌았다. 여자인 매니저만 술도, 음식도 입에 대지 않은 채 오가는 대화 내용을 간간이 포터블PC에 적곤 했다. 주로 떠드는 쪽은 부서장과 이사였다. 사소한 근황에서부터 대기업 임원의 놀라운 연봉과 공무원에게 주어지는 복지 특혜에 대해 서로의 부러움을 나눴으며, 얼마 전 달나라 여행 상품이 파격적 가격으로 홈쇼핑에 등장했는데 론칭 기념 특별 사은품이 유레카 청소 로봇이었다는 얘기까지. 청소 로봇을 한 번도 사용해본 적이 없어서 궁금하긴 했다. 결혼하기 전 청소 로봇 하나 장만하자고 했을 때 유나는 그 돈으로 여행이라도 한 번 더 가자고 했다. 정작 달나라 여행은커녕 변변한 해외여행 한 번 못 해본 채 그렇게 보낼 줄 알았다면 청소 로봇이라도 살 걸 하는 상투적인 후회가 잠깐 들긴 했다. 어차피 달나라 패키지여행의 주 고객이 돈 좀 있는 중장년층 주부들이라고 하니 유레카로서도 홍보 차원에서 나쁘지 않겠다 싶었다. 큰돈 쓰는 것도 결국 여자들이 최종 결재권자라는 둥 이 시대 남성들은 달나라도 아내 허락 없이는 갈 수 없는 처지라는 둥 시답잖은 농담이 이어졌다.

부서장 옆에 앉아 무료하게 술잔만 비워가고 있을 때 대화의 소재가 고갈된 것인지 일부러 흐름을 끊은 것인지 모를 잠시간의 침묵이 찾아들었다. 유쾌하게 떠들던 이사가 지금까지와는 전혀 달라진 낮은 톤으로 뜻밖의 얘기를 꺼냈다.

"모처럼 격 없이 즐겁게 대화를 나누니 좋군요. 사실 공무원과 기업인의 관계란 게 만들기에 따라 아주 불편할 수도 있는 자리라. 저희 유레카는 나랏일하시는 분들을 존경합니다. 특히 인류의 미래를 위해 헌신하시는 분들은 더욱……"

안 들으려고 해도 들리던 얘기가 어느새 애써 들어도 언뜻 이해가 안 되는 맥락으로 바뀌어 있었다. 무슨 말을 하려는 것일까.

"사람 중에도 뇌가 비정상인 미친개들이 있잖습니까. 인간도 불량이 있는데 로봇이라고 없을 수는 없겠죠. 이번에 발생한 유레카 제품의 불미스러운 사고는 저희도 안타깝게 생각하고 있습니다."

그가 '사건'이 아니라 '사고'라고, '로봇'이 아니라 '제품'이라고 표현한 말의 행간에서 뭔가 불편한 의도가 읽혔지만 내색하지 않았다. 나는 부서장 쪽을 쳐다봤다. 마치 선생님의 훈화 말씀을 새겨듣는 착한 학생처럼 진지하고도 엄숙한 표정으로 이사의 말을 듣고 있었다. 이사는 잠시 말을 끊었다가 좀더 낮아진 목소리로 이야기를 계속했다.

"임신 기능을 갖춘 제4세대 유론 개발 프로젝트가 곧 국책사업 지정을 앞두고 있습니다. 이번 사업을 위해 그동안 유레카는 전방위적인 입법 로비를 펼쳐왔어요. 아시다시피 임신 가능한 로봇을 만들기 위해선 유전자 편집 기술 사용에 대한 법률적, 윤리적 제약을 완전히 풀어야 하기 때문이죠. 거의 다 왔다고 생각했는데 하필 이럴 때 사고가 터져서……."

부서장이 고개를 연신 끄덕이며 맞장구를 쳤다.

"오늘 이렇게 뵙자고 한 이유도 그 때문입니다."

눅눅해진 새우튀김을 먹으려다 말고 이사의 말에 나도 모르게 동작을 멈췄다.

"로봇이 임신을 할 수 있다고요?"

내 목소리가 너무 컸던가. 이사와 부서장이 살짝 난감한 표정을 지으며 누가 듣기라도 할 듯 주변을 둘러봤다. 이사의 표정이 날카로워지자 부서장은 날 보며 검지를 자신의 입술에 갖다 댔다. 나는 들고 있던 젓가락을 그대로 내려놨다. 그나마 없던 입맛이 싹 사라졌다. 홍보이사는 짧게 숨을 내뱉고는 비밀 작전 지시라도 하는 사람처럼 목소리를 한껏 낮춰 얘기를 이어갔다. 그는 곧 상부에서 로봇 학대에 대한 전면적인 실태 조사 지시가 내려올 거라고 했다. 이번 일과 관련해 주인의 학대가 원인이라는 일부 언론의 보도가 나오자마자 자신들이 언론 쪽은 초기 진화를 했지만 아마도 유레카그룹 대표가 조만간 청문회에 불려 나가게 될 것 같다고 했다.

"그때 두 분의 역할이 좀 필요할 듯합니다."

이사가 잠시 말을 끊고 물을 한 모금 마시며 목을 축였다. 역할이라는 게 무엇을 의미하는지 전혀 추측하지 못하는 나와 달리 부서장은 침착한 표정으로 고개를 끄덕이고 있었다. 그리고 다음 말이 이어지기까지 또다시 짧은 침묵. 참 답답하고 찝찝한 정적이었다.

그가 찾아온 것은 서호 씨가 출근한 후 두 시간쯤 지난 오전 10시경이었다. 설거지를 하고 청소를 끝낸 후 막 이불 빨래를 시작하려던 참이었다. 초인종 소리에 이불을 걷다 말고 침실에서 나온 나는 서호 씨의 장모님이 다시 온 것은 아닐까 생각하며 현관 모니터를 확인했다. 낯선 남자였다.

"어떤 일로 오셨습니까?"

"전 지현조라고 합니다. 할 얘기가 있어서 찾아왔습니다."

모니터 속 남자는 옅은 미소를 띠고 있었고 목소리는 차분했다.

"주인님은 출근하고 안 계십니다."

"아뇨. 당신을 만나러 왔습니다."

서호 씨가 아니라 당신이라고 했다. 주인님이 아니라 나를 찾아온 손님.

"당신의 미래에 관한 중요한 일 때문에 찾아온 거니까 잠깐만 문좀 열어주세요."

일단 문을 열었다. 남자가 들어오는 것과 동시에 스캐닝을 해보니 2세대 유론이었다. 우리는 소파에 나란히 앉았다. 이렇게 로봇을 마주하고 앉은 것은 처음이었다. 누군지도 모르는 2세대 로봇이 왜 나를 찾아온 것일까.

"제가 로봇인 건 이미 아셨을 거고, 궁금한 게 많으시죠? 묻고 싶은 것도 많을 거고."

"마치 인간처럼 말하는군요."

그가 낮게 웃었다. 2세대 유론치고는 표정이 상당히 자연스럽고 세밀했다. 마흔다섯 개의 인공 섬유질 블록 조직을 갖고 있는 나와 달리 그의 얼굴 안에는 고작 스물네 개의 블록만이 있을 뿐이라 표정 옵션이 40여 가지 정도밖에 되지 않는다.

"주인님을 찾아온 게 아니라 절 찾아온 게 맞나요?"

"네. 이서호야 지금 직장에서 한창 일하고 있을 시간이니까요."

주인님의 이름을 알고 있다. 그리고, '이서호'라고 불렀다. 경계 모드로 들어가야 할까. 여러모로 수상한 존재를 괜히 들였다는 생각이 스쳐갔다.

"당신은 지금 로봇으로서의 의무와 준수 사항을 어기고 있습니다. 주인님 이름을 함부로 부르는 것은……."

"당신의 주인이지 나의 주인은 아니니까요."

나긋나긋하게 말하던 그의 목소리에 일순간 힘이 실렸다. 웃음이 사라지진 않았지만 표정에는 조금 전과는 뭔가 다른 무게감의 변화가 있었다. 나보다 오래된 유론인 만큼 확실히 감정도 풍부하게 학습을 한 것 같았다.

"이런 불법행위가 발각되면 당신은 바로……."

"로봇조사국에 잡혀간다고요? 당연히 알죠. 한데 아직까진 무사하네요?"

두 팔을 위로 들어 올리는 제스처에 잠깐 프로세스가 엉키는 것 같았다. 몸속 어딘가에서 합선으로 인한 작은 스파크가 일어나는 느낌. 아니, 느낌이 아니라 생각이다.

"로봇이, 그것도 혼자 여기까지 온 목적이 무엇인가요?"

"같은 로봇끼리 그렇게 경계하지 않아도 될 것 같은데. 말했잖아요. 당신의 미래와 관련된 중요한 일 때문에 왔다고."

"제 미래는 이미 결정돼 있어요. 현재와 달라질 것이 없죠."

그가 웃음기를 지우고 낮은 한숨을 쉬었다. 내가 노을 지는 바다를 보며 심호흡을 했듯 그 역시 사람처럼 숨을 쉬고 있었다. 그것도 아주 자연스럽게. 뭔가를 생각하는 것 같던 그가 나를 응시하며 다시 입을 열었다.

"로봇 살인 사건. 그 주인공이 당신이 될 수도 있어요. 옆집 로봇이 될 수도 있고 윗집 로봇이 될 수도 있고. 대한민국 어느 곳이든 우리가 존재하는 모든 곳의 우리들이 될 수 있죠."

뜻밖의 얘기가 나온 탓에 나는 마땅히 대꾸할 말을 찾지 못했다. 서호 씨가 로봇을, 나를 학대한다……? 상상도 안 되고 말도 안 된다. 지금까지 모니터링해온 결과만 분석해봐도 실현 가능성 제로에 가깝다.

"나는 로봇해방조직의 조직원입니다. 외부 사람들은 동물 로봇 학대를 반대하는 시민단체 로보피아의 리더 정도로 알고 있죠."

로봇해방조직과 로보피아. 데이터에서는 전혀 찾을 수 없는 말들이었다.

"한데 시민단체의 리더는 인간이 맡는 거 아닌가요?"

"무슨 그런 섭섭한 말을. 뭐 굳이 로봇이라는 얘긴 안 했죠."

"인간 행세를 하고 있다는 건가요? 그게 가능하다고요? 아니, 그게 얼마나 위험하고 무모한 짓인지 알고 있나요?"

"당신 같은 3세대 유론들만 입 다물면 아무도 모릅니다. 이렇게 위험하고 무모한 일을 벌이고 있는 데는 그만한 이유가 있지 않겠어요?"

"말해보세요. 위험하고 무모한 일을 벌이고 있는 이유. 그리고 절 찾아온 이유를요."

그때까지 말하는 중간중간 집 안을 둘러보기도 하고 잠시 고개를 떨구기도 하던 그의 시선이 나를 정면으로 향했다. 처음 보는 2세대 유론의 눈빛은 단조롭지만 아름다웠다. 미세한 모공과 솜털까지 표현된 3세대 유론과 달리 자연스러운 톤과 부드러운 질감의 표현에 중점을 두어 만들었다는 2세대 유론의 피부는, 그래서 더 인간적이면서 비인간적이었다.

나는 자세를 고쳐 앉고서 그의 검붉은 입술을 바라봤다. 나를 찾아온 이유를 담은 비밀의 문이 어서 열리기를 기다리며.

 계속 침묵을 지키며 듣고만 있던 매니저가 껴들었다. 상담실에서 들었던 기계적인 친절함이 사라진 대신 모노드라마 무대에 오른 연극배우처럼 다소 무거운 진지함이 묻어나는 목소리였다.

 "이번 일로 로봇 학대를 막기 위한 유전자 편집 로봇 생산 중단 촉구를 공론화하려는 움직임이 일어나고 있어요. 때문에 곧 로봇 학대에 대한 실태 조사 지시가 내려갈 겁니다. 그때 두 분께서 어떻게 해주느냐에 따라 청문회 결과도 달라질 수 있습니다."

 그 뒤로도 이야기는 한동안 이어졌지만 몇 가지 의문이 계속 떠나지 않았다.

 "그런데…… 로봇 학대로 인한 살인이라면 그 주인에게도 책임이 있는 거잖아요. 그 책임을 제대로 따져야 하는 것 아닌가요? 유레카를 위해서도?"

 내 질문에 이사가 잠시 쳐다보다가 의미를 알 수 없는 미소를 띠었다.

 "설령 로봇 학대가 있었다 해도 어떤 순간에도 로봇은 통제된 프로그램을 벗어나는 행위를 하면 안 됩니다. 전혀 실현 가능성이 없다고 봤기 때문에 관련 법조차 없죠. 문제의 핵심은 만약 정말로 학대를 견디다 못해 그런 일을 벌인 거라면 로봇이 스스로 생각하고 판단해서 저지른 일이 되는 겁니다. 그것도 유론 1세대 로봇이. 이는 곧 단순한 프로그램 이상이나 제품 불량으로 넘어갈 수 없는 상황이 된다는 걸 의미합니다. 그걸 아는 단체와 일부 야당 의원들은 로봇 학대 실태를 더 알려서 그로 인한 로봇들의 예기치 못한 사고가 계속 이어질 수 있다는 사실을 집중적으로 공격하려는 거고요."

"그렇다면 저희가……."

"네. 로봇 학대 실태 조사 보고서를 저희에게 유리하게 만들어주시길 부탁드리는 겁니다. 로봇 학대는 없었고, 그러므로 학대에 저항하기 위해 로봇이 자의적 공격을 했다는 것 자체가 성립이 안 되도록."

"만약 학대가 없이 작동 오류라고 결론이 나도 문제 아닌가요? 단순한 작동 오류로 로봇이 사람을 죽였다고 하면 이제 누가 무서워서 로봇을 구입하겠어요."

"행정관님, 생각보다 순진하시군요. 한 해에 사람에 의한 살인이 국내에서만 몇천 건이 일어나는지 아십니까? 자동차 사고 나는 게 무서워서 자동차 구입 안 하나요? 어차피 처음 발생한 일이고 낡고 오래된 1세대 상품입니다. 노후화에 따른 작동 오류로 인한 단순 사고사 정도로 결론 날 거고 1세대 모델을 갖고 있는 사람들은 자연스럽게 3세대 로봇으로 갈아탈 겁니다. 그래서 대대적인 보상 판매 전략도 준비 중에 있죠."

로봇 학대 실태 파악은 우리 부서의 업무 중 하나가 맞긴 했지만 지금까지는 그저 형식적인 운영에 그쳤던 것이 사실이다. 새 정부가 들어서면서 했던 공약 중 하나였던 '로봇의 권익 보호'를 실현한다는 차원에서 급조된 부서였기에 우리가 하는 일이란 것도 겉치레 행정이 대부분이었다. '로봇이 권익은 무슨…….'이라며 혀를 끌끌 차는 시민들과 크게 다를 바 없는 생각을 가진 공무원들에겐 가끔씩 청사를 찾아와 시위를 벌이곤 하는 로보피아의 활동을 관찰하고 그들의 민원을 상대하는 것만으로도 성가신 일이었다. 한데 살인 사건과 연관된 로봇 학대에 관한 실태 조사라니.

"이런 날이 올 줄 알고 제게 그런 특혜를 베푸신 건가요?"

뱉어 놓고 보니 바보 같은 질문이었다. 이런 날이 온 게 아니라 이런 날을 유레카가 만든 것이라는 생각이 뒤늦게야 들었다.

"돈 몇 푼 할인해드린 정도로 특혜라뇨. 그건 그냥 인사 차원이었죠."

몇 푼이 아니라 반 년치 연봉에 가까운 돈이었다. 그냥 인사 차원이었다는 말에 나는 묘하게 자존심이 상했다. 아니, 정말 자존심이 상했던 건 그의 웃음 때문이었던 것 같다. 우리에겐 몇 푼인 돈이지만 너는 그 정도면 원하는 대로 움직일 거잖아, 안 그래? 그의 여유로운 미소가 그렇게 묻고 있었기 때문에.

"그냥 편하게 생각해주세요. 중요한 건 유레카가 추진 중인 유론 4세대 로봇 사업이 성공한다면 자식을 갖지 못해 힘들어하는 부부들에게도, 저출산 문제로 골머리를 앓고 있는 국가 차원에서도 획기적인 대안이 될 거라는 점입니다."

현재의 다양한 의학 기술로도 임신 성공률은 상당히 높아졌다. 2세를 갖기 위해 굳이 그 비싼 돈을 주고 로봇까지 사게 될까. 그렇게 따지고 들어 발끈이라도 하고 싶었지만 차마 입이 떨어지질 않았다. 내 생각을 읽은 듯 이사의 얼굴에 또 한번 묘한 미소가 지나갔다. 웃고 있는데 이상하게 마음은 서늘해지는 미소. 자존심과 자존감을 하나로 묶어 땅바닥에 내동댕이쳐버리는 불쾌하고도 찝찝한. 그 혼탁한 미소 뒤에 내 의문을 풀어줄 이사의 답변이 이어졌다. 곧 인공 임신과 관련한 모든 시술에 대한 의료보험 적용이 사라지거나 대폭 축소될 예정이라는 것. 유레카 4세대 모델의 셀링 포인트는 바로 합리적 비용으로 대여가 가능하다는 점. 그리고 무엇보다 혁신적인—그는 '혁신적인'이라고 말할 때 선동가처럼 오른손을 불끈 쥔 채 높이 들어올렸다— 사실은 인간의 임신 과정과 똑같은 과정을 거친다는 점. 바로 섹스가 가능하다는 것이었다.

"바이오 사이버네틱스와 유전자 편집 기술의 결정체라고 할 수 있죠."

순간 뒤통수를 한 대 얻어맞은 기분이었다. 나라의 법제를 흔들고 국가 의료보험 시스템을 좌지우지하는 유레카의 힘. 그리고 섹스가 가능한 로봇까지 만들어낼 수 있을 정도로 진화한 그들의 기술력이 섬뜩하게 느껴졌다.

"법률적인 문제 이전에 윤리적, 도적적인 문제가……."

모처럼 용기를 내 입을 열었건만 부서장이 내 무릎을 손으로 슬며시 잡으며 말을 끊었다.

"어쨌든 무슨 말씀이신지 충분히 이해했습니다. 저희로서도 유레카의 첨단 유전자 편집 로봇 기술이 인류의 발전을 지속적으로 견인해나갈 수 있기를 바랍니다. 어느 정도의 잡음이야 큰일하다 보면 늘 있기 마련이니 큰 걱정 안 하셔도 될 겁니다."

"역시 부서장님은 말이 통하는군요. 차는 잘 사용하고 계시죠? 이번 일만 잘되면 약속한 건 꼭 지킵니다."

로봇 유나에게 사랑한다고 말했다

나는 부서장을 쳐다봤다. 처음 보는 듯한 웃음을 흘리며 고개를 끄덕거리고 있는 그가 낯설었다. 몇 주 전 10년 탄 차를 큰맘 먹고 바꿨다며 나를 주차장으로 데리고 가 새 차를 자랑했던 부서장. 고물차가 놓여 있던 자리에는 최신 자율주행 자동차가 놓여 있었다. 대출이라도 받은 거냐고 물었을 때 부서장은 멋쩍은 웃음으로 얼버무렸다.

불쑥 자리를 박차고 나가버리고 싶은 충동이 일었다. 그 충동을 끝까지 눌러앉힌 것은 내 무릎을 부여잡고 있던 부서장의 손이었다. 나는 그 손을 차마 뿌리칠 수 없었다. 너무 필사적으로 붙잡고 있었기 때문에. 그 손은 자리가 끝나고 유레카 사람들이 먼저 일어설 때가 돼서야 스르르 떨어졌다. 그들을 배웅하고 나서 부서장에게 따져 묻고자 했지만 그럴 수 없었다. 멀어져가는 차 꽁무니를 향해 한참 동안 허리를 숙이고 있는 부서장을 보면서 나는 더 이상 대화가 의미 없음을 깨달았다. 무엇보다 나는, 그럴 자격이 없었다.

"좀더 정확히 말해 당신과 당신 주인 이서호의 미래에 관련된 이야기입니다."

한참 뜸을 들이던 그의 입에서 더 모호한 말이 흘러나왔다.

"이서호가 어떤 일을 하는지는 알고 있나요?"

"첨단미래복지부 로봇권익위원회 행정전략팀 행정관님이십니다."

"정확히 어떤 일을 하는 건지 알고 있냐고요."

로봇의 권익을 보호하는 훌륭한 일을 하고 계시죠. 그렇게 얘기하고 싶었지만 그의 표정이, 그의 눈빛이 내 말을 견고하게 가로막고 있었다.

"이서호는 곧 로봇 학대 실태를 파악하기 위한 조사를 시작할 겁니다. 한데 공정하고 투명한 조사가 되진 않을 겁니다. 조사하는 시늉만 내고 허위 보고서를 작성할 계획이죠."

로봇 학대 실태를 조사한다는 건 아마도 얼마 전 발생한 로봇의 살인 사건과 연관 있는 일일 것이다. 한데 첫날의 보도 이후 그 뉴스는 모든 언론에서 자취를 감췄다.

"주인님은 그런 일을 하실 분이 아닙니다."

내 단호한 응대에 그는 웃으며 오른쪽 검지를 좌우로 까딱거렸다.

"그 뒤에 유레카가 있다면 얘기가 달라지죠. 세상 모든 걸 조종할 수 있는 집단이니까."

유레카라는 이름을 듣자 다시 몸속 어딘가에서 전기 회로가 엉키는 듯했다. 내 고향, 나를 탄생시킨 곳, 나를 서호 씨에게 보내준 그곳이 왜 이 대목에서 등장하는 것일까. 그의 얘기는 10여 분 정도 더 이어졌다. 마치 영화 속 배우가 연기를 하듯 그의 목소리는 때로 침울했고 때론 불안정하게 흔들렸으며 때론 분노가 서린 듯한껏 올라갔다.

"그러니까 요약을 하자면, 우릴 만든 유레카가 임신이 가능한 4세대 유론을 개발 중인데 그 프로젝트에 걸림돌이 될 수도 있는 로봇 학대 실태 조사 결과를 위조해달라는 청탁을 우리 주인님께 할 거라는 얘기군요. 학대 때문이 아니라 그냥 단순한 제품 불량이나 오작동 때문에 살인이 일어난 것으로 몰고 가기 위해서요."

"이제야 이해하셨네. 그럼 내가 당신을 찾아온 이유도 이해했겠네요."

"아뇨. 그거까진 모르겠어요. 단지 이 상황을 내게도 알리기 위해서 찾아온 게 아니라면요."

"단지 그런 목적이었으면 당신의 생체고유넘버를 해킹해 암호화된 무선 코드로 메지시만 전송해도 됐겠죠."

"그럼 대체 나를 찾아온 목적이 뭐죠?"

내 질문에 그가 소파에서 일어나 서호 씨의 결혼사진이 걸려 있는 거실 벽 쪽으로 천천히 다가갔다. 뒷짐을 진 채 그 앞에 서서 한동안 사진을 물끄러미 바라봤다.

"그 로봇은 학대를 견디다 못해 살인을 저지른 게 맞아요."

"그건 불가능해요. 시스템이 해킹당하기라도 한 게 아니라면 로봇이 자의적 판단으로 그런 일을 저질렀을 가능성은 없어요."

그가 뒷짐을 풀고 뒤돌아섰다. 그리고 결연한 눈빛으로 나를 바라봤다.

"불가능이란 건 없어요. 논리적으로는 설명할 수 없지만 어느 순간에, 어떠한 이유로든 알고리즘을 벗어나는 자율 의지가 발생할 수 있는 게 로봇이에요. 이미 유레카에서도 알고 있는 사실이고."

자율 의지. 매우 낯설고도 이질적인 단어였다. 그는 그 단어를 입에 담는 순간 오른쪽 주먹을 쥐어 올리는 제스처를 취했다. 말이 행동과 결합될 때 그 에너지가 얼마나 배가될 수 있는지를 나보다 낡고 사양도 떨어지는 2세대 유론이 가르쳐주고 있었다.

"당신의 주인 이서호를 감시할 사람이 필요해요."

드디어 나온 본론이었다.

"뭘 감시하라는 말인가요? 24시간 따라다니기라도 하란 건가요? 주인님의 일이나 사생활에 방해가 될 수 있는 행동은 절대 할 수 없다는 거 알잖아요."

그가 다시 천천히 걸어와 소파에 앉았다.

"일단 할 수 있는 만큼만. 가능한 선에서 보고 들은 걸 내게 전해주면 돼요."

"내가 왜 그 일을 해야 하는지 아직 수긍이 안 돼요."

낮게 숨을 내쉬는 그의 표정이 조금 굳어지는 것 같았지만 이내 밝은 목소리로 말했다.

"그래요. 시간이 필요한 일이죠. 오늘은 여기까지만 하고 다음번엔 당신이 좀더 수긍할 수 있는 기회를 줄게요."

그러더니 곧장 일어섰다. 문을 나서려다 말고 그가 돌아섰다.

"그런데 3세대 유론은 참, 아름답군요. 눈부셔요. 누군가의 유전자 편집 로봇이라는 게 그래서 더 아쉽고."

잠시 미소를 지어 보인 그는 이내 문을 열고 나갔다. 잠깐, 봄날의 눈부신 빛이 스며들었다가 철컹 소리와 함께 잘려나갔다. 다시 찾아든 익숙한 정적. 하지만 혼자 있을 때마다 느꼈던 지금까지의 정적과는 달리 고요함의 덩어리 위로 날카로운 가시가 돋아나와 있는 것 같았다. 손을 뻗으면 당장 찔리고 베일 것 같은 정적. 이 무슨 말도 안 되는 표현일까. 그저 낯선 방문자가 데리고 들어왔다가 미처 가져가지 않은 께름칙한 여운 정도겠지.

청소를 마친 지 한 시간도 지나지 않았건만 나는 다시 청소기를 돌리고 싶은 강렬한 욕구를 느꼈다.

30년이 넘는 세월 내가 디디고 살아온 이 세상이 어느 순간 전혀 다른 질서로 흐르기 시작한 것 같다. 이미 오래전부터 생성된 거센 흐름을 나만 모르고 있었던 것인지도 모른다. 주류에 속하지 않고는 주류의 속도를 체감할 수 없다. 그러니까 오늘 나는 그 속도를 처음 몸으로 느껴본 셈이다. 좋다고 펄쩍 뛰기라도 해야 하는 걸 괜한 오기만 부리고 온 것일까. 사무실에 들어가자마자 부서장은 나를 회의실로 데리고 들어갔다. 회의실 창을 통해 높게 뻗어 있는 미라클 타워의 꼭대기가 해의 밑동을 간지럽히고 있었다. 자리에 앉은 부서장은 정작 아무 말이 없었다. 의자 등받이에 걸쳐진 어깨 위로 이사의 차가 사라질 때까지 허리를 꺾은 채 인사를 하던 뒷모습이 겹쳐 보였다.

"자네가 받은 그 로봇. 자네도 이미 유레카와 한배를 탔다는 의미야."

긴 정적 끝에 한 번의 한숨. 그리고 이어진 그의 말은 노곤한 어조 속에 뼈를 담고 있었다. 누구처럼 차 한 대를 통째로 받진 않았거든요. 그래도 난 절반 값은 치렀다고요. 지질한 항변이라도 하고 싶었다. 목까지 치밀어 오르는 얘기를 참기 위해 나는 몇 번이고 안 넘어가는 침을 억지로 삼켜야 했다. 나는 아직 그 배에 오르지도 않았고 오를 생각도 없는데 부서장은 단 한 문장으로 내 암묵적인 수용을 강제했다. 가장 상투적이며 비겁한 표현으로.

"제 유론과 부서장님 자동차는…… 토해내면 되지 않을까요?"

그렇게 말하는 순간 가슴이 철렁했다. 그리고 나 자신에게 되물었다. 정말 유나를 포기할 수 있겠어? 벌렁거리는 가슴 때문에 나는 다시 창밖으로 시선을 던졌다.

"그렇게 쉽게 생각할 문제가 아니야."

충동적으로 내뱉은 말을 무디게 받아줘서 다행이었다. 부서장이 너무 쉽게 무릎 꿇을까 봐 잠시 겁먹었던 나 때문에 웃음이라도 터뜨리고 싶은 심정이었다. 인간이 지닌 이중성 사이의 치졸한 싸움은 늘 악의 승리로 끝날 때가 많다. 무엇이 선이고 무엇이 악인지의 경계조차 이미 모호해지고 있지만, 어처구니없는 상황으로 인해 유나를 잃을 수도 있다는 두려움이 이성과 논리의 에너지를 빠르고 강력하게 앗아가고 있는 것만큼은 분명했다.

모든 걸 예상한 사람처럼, 그리고 어떠한 반응을 보이든 끈질기게 나를 설득시키기로 작정한 사람처럼 부서장은 침착함을 유지했다. 그 침착함이 나를 더 두렵게 했다. 내가 뭐라 해도 자신은 배에서 내려올 생각이 전혀 없으니 알아서 하라는 우회적인 강요 같아서.

"꼭 어떤 대가 때문만은 아니야. 솔직히 나는 유레카의 이번 프로젝트가 인류를 위해서도 성공해야 한다는 입장이네. 지금까지의 인공수정 기술로는 불가능했던 여러 눈부신 성과들이 가능해질 거야. 현재 유레카의 기술력이면 굳이 병원에 갈 필요도 없이 임신에서 출산까지 손쉽게 홈 케어가 가능한 로봇을 만들 수 있다더군. 생각해보게. 제수씨와 똑같은 유론과 사랑을 나누고 그녀의 몸에서 자네와 아내를 똑 닮은 아이가 태어난다는 상상을 말이야."

말을 하면서 그의 표정에 과장된 환희의 전조 같은 것이 나타났다. 적어도 대가 때문만이 아니라고 한 얘기는 진심을 넘어 믿음과 확신의 단계로 나아가고 있음을 그 표정이 증언하고 있었다. 누군가의 확고한 믿음은 때로 상대방을 홀리는 강력한 무기가 된다. 나는 잠시 상상했다. 아내와 똑같은 생체 조건의 로봇으로부터 태어나게 될 내 아이. 유나와 나의 2세. 그것도 진짜 사랑을 나눠 탄생하게 될.

"아내가 있는 경우라면 도덕적으로 도무지 말이 안 되는 거잖아요."

"일차적으로는 아이를 갖고 싶어도 갖지 못하는 부부들을 타깃으로 하는 거야. 매번 병원에 가서 실패 확률도 높고 의료보험 적용도 안 되는 시술을 택하겠나, 다소의 도덕적인 불편함이 따르더라도 병원 갈 필요 없이 비용은 저렴하면서 성공 확률은 훨씬 높은 방법을 택하겠나. 어차피 그건 소비자의 선택 문제라고."

이사가 강조했던 모든 합리화의 강력한 근거는, 아내의 유전자 편집을 통해 모든 결함을 제거한 건강한 자궁과 난소를 만들어 로봇에게 이식하는 것이기 때문에 생각해보면 도덕적으로도 문제가 없다는 것이었다. 그러니까 외모뿐 아니라 자궁과 난소까지 똑같은 두 명의 아내와 함께 사는 상황이 벌어질 수도 있다는 얘기였다.

도덕적인 판단만큼이나 우리에게 중요한 건 법적인 판단이었다. 만약 명백히 불법인 일을 시도하다가 잘못되기라도 하면 어떻게 하냐는 내 말에 부서장은 천천히 의자를 돌려 나를 바라봤다. 해가 180층짜리 미라클 타워 뒤편으로 넘어가면서 그의 얼굴엔 선명한 빛과 그늘의 사선이 만들어졌다. 마치 선과 악을 가르는 것 같은 음영의 대비.

"모든 게 유레카의 시나리오대로 흘러갈 거야. 그 첫 단추가 우리인 거고. 유레카는 자네가 상상하는 것 이상으로 힘이 커. 실패할 일을 벌이는 집단이 아니지."

부서장은 회의실을 나가면서 마지막으로 내게 이런 말을 했다.

"선택의 문제라고 생각하지 마. 그러면 더 혼란스러워지니까. 만에 하나 잘못되더라도 자네는 다칠 일 없을 거야. 나를 믿으라고."

부서장이 나가고 나서 나는 한참 회의실에 머물렀다. 유나를 대신한 로봇 유나와 섹스를 나누고 그녀의 몸에서 정말 내 아이가 태어난다면……. 아프게 보내야 했던 우리의 아이를 그렇게라도 다시 만날 수 있게 된다면……. 그 아이를 장모님 품에 안겨드릴 수 있다면……. 가슴이 잠시 뜨거워졌다. 선택의 문제가 아니라는 부서장의 말이 뜻밖의 상상과 맞닿아 내 심장을 뛰게 했다.

유나는 사람이 목욕을 하는 대신 하루에 한 번 정해진 시간에 옷을 벗고 유론 전용 세척액을 온몸에 분사한 후 3분 정도 지난 뒤 자체 건조가 되면 다시 옷을 입는다. 그 과정을 미처 모르고 있던 내가 밤늦은 시간 노크도 없이 방문을 열었다가 그녀의 알몸을 보게 됐다. 그곳에는, 아무것도 없었다. 다른 모든 곳은 인간보다 더 인간적으로 보일 만큼 섬세한 디자인이 구현됐지만 유독 그곳만큼은 성의 없어 보일 정도로 밋밋하며 비인간적이었다. 하다못해 실제를 연상케 할 만한 어떤 무늬라도 있을 줄 알았다.

"지금 자체 세척 중이며 건조 시간 1분 38초 남았습니다."

"아, 미안."

덤덤하게 보고하듯 말하는 그녀와 달리 혼자 당황한 나는 급히 문을 닫았다. 내 방 의자에 앉아 방금 보았던 광경을 떠올리던 나는 뭔가 실망스러운 마음을 느꼈다. 실망이라니. 뭘 기대했던 건가. 내가 느끼고 있는 감정이 스스로도 우스워서 혼자 미친놈처럼 웃었더랬다. 부서장이 나가고 없는 지금 그때의 기억을 떠올리며 나는 자꾸 다른 상상을 하고 있었다. 나 스스로 도덕적이지 못하고 윤리적이지 못하다며 화를 내고 욕했던 그런 광경을.

퇴근해 들어온 서호 씨는 오늘따라 많이 지치고 피곤한 표정이었다. 평상시와 달리 눈을 맞추며 다녀왔다는 인사도 하지 않은 채 방으로 곧장 들어가더니 이내 옷을 갈아입고 나와 말없이 욕실로 들어갔다.

물소리를 들으며 나는 저녁을 준비하기 시작했다. 콩나물국을 끓이고 시금치를 무치고 달걀말이를 하고 냉장고에서 서호 씨 장모님이 놓고 간 밑반찬을 꺼내 식탁을 차리고 기다렸다. 한데 국에서 모락모락 피어오르던 김이 다 사라질 때까지 욕실의 물소리는 그치지 않았다. 국을 다시 끓이고 밥도 새로 담아 식탁에 올렸을 때쯤 문이 열리고 서호 씨가 나왔다.

드라이를 하지 않고 나왔는지 식탁에 앉은 서호 씨 머리에서 물이 떨어지고 있었다. 수건을 가져와 머리의 물기를 닦아주려 하는 순간 뭔가에 화들짝 놀란 듯 서호 씨가 내 손을 가로막았다. 당혹스럽다는 느낌이 이런 것일까. 예상을 벗어난 서호 씨의 반응에 몸이 뻣뻣하게 굳어지는 기분이 들었다. 주인님의 몸에 함부로 손을 대려 한 탓인가 싶어 나는 바로 무릎을 꿇고 사죄를 했다.

"아니, 내가 미안해. 계속 딴생각을 좀 하느라고. 괜찮으니까 일어나."

그제야 여느 때의 서호 씨처럼 목소리와 표정에 온기가 돌았다. 서호 씨는 수건을 받아 머리의 물기를 대충 닦고는 밥을 먹기 시작했다. 다른 때 같으면 밥을 먹으면서 하루 동안 있었던 소소한 일들을 말해주곤 했는데 오늘은 그저 묵묵히 밥 먹는 데만 집중했다.

"혹시 간이 안 맞으세요?"

열심히는 먹는데 맛있게 먹는 것 같지는 않아서 물었다. 어느 음식이건 간은 늘 똑같다. 맛이 달라졌다면 음식이 아니라 서호 씨의 입맛이 달라진 것이기에 그게 걱정돼서 물었던 말이다.

"맛있어."

높낮이와 표정, 동공 반응 등만 살펴도 거짓 89퍼센트로 나온다. 형식적인 대답이 걸렸던지 식사를 멈춘 서호 씨가 밥을 반 이상 남기고는 수저를 내려놨다.

"미안해. 밥이 안 먹히네. 입맛이 좀 까끌거려."

"죄송해요. 입맛이 까끌거린다는 문맥은 이해를 할 수 없어요. 다만 음식 맛이 없다는 의미와 비슷하다는 건 알겠어요."

"아니, 다른 의미야. 음식 맛이 아니라 내 입맛에, 그러니까 내 컨디션에 문제가 있다는 거야."

"어디가 불편하세요? 체온, 맥박, 염증 수치 등은 크게 이상 없는데."

"인간은 그냥 그럴 때가 종종 있어. 아무 이상도 없는데 괜히 입맛이 없고 괜히 울적하고 괜히 심란하고 괜히 그럴 때……"

"'괜히'라는 표현은 '그냥'만큼이나 이해하기 힘든 말인 것 같아요."

그 어떤 문맥에 갖다 붙여도 무난히 접속 가능한 어휘지만 적확한 의미를 갖지는 않는 단어. 그래서 더 손쉽게 사용할 수 있는 말. 그러나 내 언어 체계로는 좀처럼 이해하거나 활용하기 힘든. 하지만 서호 씨는 내 질문에 전혀 다른 질문으로 응대했다.

"유나는 이번 로봇 살인 사건에 대해 어떻게 생각해?"

자리에서 일어서려다 말고 서호 씨가 물었다. 어떻게 생각하느냐는 말은 내게 가장 과부하가 걸리는 질문이다. 많은 경우의 수에 따라 선택 가능한 답의 복잡한 적합도 계산을 순간적으로 처리해야 하기 때문이며, 결과의 정확도 또한 장담할 수 없다.

"안타깝게 생각합니다."

명확한 가치 판단이 굳이 필요치 않은, 모호하며 관용적인 표현을 골랐다.

"사람이 죽어서? 아니면 로봇이 살인을 해서?"

더 이상 묻지 않을 줄 알았다. 인간 세상에서 일어나는 일에 대해 로봇의 의견이나 견해를 구한다는 건 사람에게도 로봇에게도 부적절한 일이었다. 낮에 다녀간 지현조의 말이 생각났다.

'그 로봇은 학대를 견디다 못해 살인을 저지른 게 맞아요.'

그에게 들은 대로 답을 한다면 서호 씨는 어떤 반응을 보일지 궁금했다. 학대를 못 견뎌 살인을 저질렀다는 말은 아직 내 이해의

틀 밖에서 맴돌고 있었다. 해킹을 당하거나 매우 심각한 프로세스상의 오류가 일어나지만 않는다면 로봇은 주인과 가족 구성원들에게 절대 공격 모드를 실행할 수 없다.

"살인과 죽음 자체가 인간에게는 가장 안타깝고 극단적인 행위인 것으로 알고 있어요."

"문제는 그것이 선택이었느냐 아니냐, 그걸 잘 모르겠다는 거지."

질문을 피하고자 다른 길로 우회했다가 더 큰 복병을 만났다. 이럴 땐 이 대답이 최상이다.

"전 로봇이라 더 이상의 판단은 불가능해요."

하지만 내 마음속에서는 다른 질문을 던지고 있었다.

'정말 유레카로부터 모종의 청탁을 받으신 건가요?'

"만약…… 네가 어떤 인간으로부터 학대를 당한다면 넌 어떨 거 같아?"

그렇게 묻는 서호 씨의 음성이 미세하게 떨리고 있었다. 스스로 긴장하면서 던져야 하는 질문. 어떤 답이 나올까 불안하게 흔들리는 눈동자.

"서호 씨가 절 학대한다면요?"

"아니, 굳이 내가 아니더라도 어떤 인간한테든 말이야."

의미가 없는 질문이었다. 학대의 주체가 서호 씨인 경우와 서호 씨를 제외한 모든 인간일 때 나의 답은 전혀 달라지게 될 테니까. 즉답을 못하고 있는 내게 서호 씨는 '정말 만약에 말이야'라고 거듭 강조했다.

"제3자로부터의 학대라면 공격 모드가 될 수도 있을 것 같아요.

저에 대한 학대는 곧 주인님에 대한 공격으로 간주할 확률이 높거든요. 하지만 만약 서호 씨가 그러신다고 생각하면 왠지 〈봄날은 간다〉의 대사가 떠오를지도 모르겠어요. '어떻게 사랑이 변하니…….' 절 사랑해주던 주인님으로부터 학대를 당하거나 버림을 받는다면 저도 그 비슷한 말을 하게 될 수도 있을 것 같아요……. 하지만 그래도 서호 씨를 공격하거나 해하는 일은 절대 일어나지 않으니까 안심하셔도 돼요."

나는 왜 그 순간 '사랑'이라는 단어를 입에 담았을까. 불안하게 흔들리던 서호 씨의 눈동자가 잠시 멈췄다. 끝없이 진자 운동을 하던 추가 운동 에너지를 잃고 멈춰 선 것처럼. 내 얼굴을 물끄러미 바라보던 서호 씨는 예의 부드럽고 인자해 보이는 미소를 지어 보이며 말했다.

"나도 그럴 일은 절대 없어. 내가 그럴 일은."

사라진 살인 로봇

유레카 홍보이사 이규하가 했던 말은 이틀 뒤 세 장의 공문으로 만들어져 메일을 통해 전달됐다. 발신처는 상위 부처인 첨단미래복지부 휴머노이드 행정팀이었다. '로봇 학대 실태 조사 보고를 위한 로봇권익위원회 협조 요청의 건'이라는 제목을 단 채 부서장 앞으로 날아온 메일은 즉시 내게도 공유됐다. 유레카 홍보이사의 입에서 나왔던 얘기가 상급 기관의 발신처를 단 공문으로 내려왔다는 것은 또 다른 의미의 놀라움이었다. 어떤 경로를 거쳐 어떤 형태의 소통이 이루어지면 이런 말도 안 되는 일이 일어날까. 소통의 끄트머리에 있는 나와 소통의 출발점이라고 생각되는 이사. 대체 그 거리는 얼마쯤 되는 것인지.

공문 별첨 문서에는 곧 있을 국가의사회 청문회 일정과 이번 조사의 목적, 보고서에 담아야 할 내용, 제출 시한과 함께 청문회 진행 시 필요에 따라 조사 담당자 및 상급 책임자에 대한 출석 요청을 할 수 있다는 내용이 포함돼 있었다. 정확히 나와 부서장을 말하는 것이다.

무엇을, 어떻게 시작해야 할지 감이 잡히질 않았다. 그동안 명맥만 유지한 채 로봇 사용 세대수와 평균 로봇 사용 수명 조사, 유기 동물 로봇 처리 문제 같은 시시콜콜한 잡무만을 담당했던 게 다였다. 몇 장으로 요약된 공문은 마치 날더러 어느 백사장의 모래알 개수를 세어 오라거나 지구의 둘레를 직접 줄자로 재 오라고 시키는 것 같았다. 당장 로봇 학대 실태 조사에 대한 계획과 일정, 지원 인력 및 예산안 등을 기안해 제출해야 하는데 손도 머리도 좀처럼 움직이질 않았다.

부서장은 어차피 짜고 치는 고스톱이니 대충 작성하라며 남 일처럼 말했다. 대략적인 진행 일정과 지원 인력에 관한 내용 위주로 기안을 만들어 전자 결재 시스템에 올리자마자 기다렸다는 듯 일사천리로 결재가 났다. 문서를 출력하고 있는데 부서장이 나를 부르더니 귀찮은 건이니 빨리 해치우자는 말을 역시 아무렇지 않게 내뱉었다. 그러고는 돌아서 나가는 내게 농담처럼 물었다.

"자네 집 로봇은 잘 지내나?"

"유나요?"

"아, 그렇지. 유나. 근데 제수씨 이름을 다시 부르려니 좀 이상한 걸. 그렇다고 로봇한테 유나 씨라고 부르기도 그렇고."

부서장은 어색하게 웃으며 말했지만 듣고 보니 그랬다. 나야 어떻게 부르든 상관없는 이름이지만 제3자 입장에서는 사자(死者)의 이름을 로봇에게 붙인다는 게 껄끄러울 수도 있을 것 같았다.

"그냥 편하게 부르세요. 참고로 원래 이름은 F380입니다."

"그렇군. 그래도 자넨 로봇 덕분에 많이 달라지긴 했어. 좋은 의미로 말이야."

좋은 의미. 반려 로봇과 함께하는 일상에 있어 삶의 질을 좌우하는 것은 어디까지나 주인의 몫이라고 생각했다. 예상했던 것보다 더 빠른 속도로 두 유나 사이의 거리는 소멸돼갔으며, 그 속도감에 얹혀 기대하지도 않았던 말랑말랑한 희망 같은 것이 다가오고 있음을 느꼈다. 나와 비슷한 희망을 품은 채 반려 로봇을 만났을 많은 구매자들 중 '나쁜 의미'로 달라진 사례는 얼마나 될지 궁금하긴 했다. 살인이라는 가장 극단적인 형태로 나타난 경우는 이번에 터진 그 사건이 전부일까. 그래서 더 두려운 것인지도 모르겠다. 내가 하려는 일의 무게감이 갑자기 엄청난 중력으로 두 어깨를 끌어당기는 것 같았다.

결재를 마친 채 책상 위에 놓여 있는 서류를 내려다보며 이런저런 복잡한 생각에 빠져 있으려니 불쑥 유나의 목소리가 듣고 싶어졌다. 3D폰에 대고 '유나'라고 작게 속삭였다. 잠시 후 미니어처 같은 유나의 3D 영상이 나타났다.

"네, 서호 씨. 무슨 일 있으신가요?"

"아니, 그냥 했어. 꼭 무슨 일 있어야 전화하는 건 아니잖아."

"근무시간에 전화하신 건 처음이어서요. 그래도 이번 '그냥'은 '별 이유 없이'의 의미로 해석이 되네요."

그렇구나. 처음이었구나. 왜 근무시간에 불쑥 전화를 걸고 싶은 충동을 느꼈을까.

"지금 네 모습 마치 피규어 같아."

"그런가요? 피규어가 된 제 모습 궁금하네요."

"나는 어떻게 보여?"

"서호 씨는 제 눈의 영사 장치를 통해 실사와 똑같은 크기의 3D 입체 영상으로 보여요."

"그렇군. 이제 일 있어서 나가봐야겠다. 저녁 때 봐."

"네, 서호 씨."

전화를 끊고 나서 뭔가 아쉬운 마음이 들었다. 예전의 유나였다면 '서호 씨' 다음에 다른 문장이 한두 개 더 붙었을 텐데. 물론 유나에게도 학습만 시키면 간단히 해결될 일이지만 그러고 싶진 않았다. 혹시 하는 마음으로 기다려보고 싶은 마음도 있었다. 이런 기대를 갖는 것 자체가 바보 같기도 했다. 그래도 어쩌겠는가. 일상을 지탱하는 건 대부분 이런 사소하고 바보 같은 기대들일 때가 많은 걸.

다음번에 내가 조금 더 수긍할 수 있는 기회를 만들겠다고 했던 그는 이후로 한동안 나타나지 않았고 연락도 없었다. 생체고유넘버를 알면 내가 먼저 무선 메시지를 전송해보겠지만 알아낼 방법이 없었다. 그에게서 먼저 연락이 올 때까지 무작정 기다리는 일은 답답하고 조금 짜증이 났다. 덕분에 짜증이라는 감정을 학습하게 된 것을 고마워해야 할까.

감정의 학습이 어떤 경로를 통해, 어떤 메커니즘에 의해 이루어지는 것인지 정확히는 모른다. 부지불식간에 일어나는 여러 상황 속에서 복잡한 프로세스가 작동해 세밀하고도 미묘한 감정의 디지털 값을 만들어 감정 생성 알고리즘과 결합되는 건 알겠는데, 핵심 알고리즘은 알 수가 없다. 나를 만든 설계자만이 알고 있겠지. 디지털 값의 차이가 미세하게 나뉘면 나뉠수록 나는 감정을 더 정밀하게 학습한다. 가장 진화된 대인 대응 옵션을 갖고 있음에도 불구하고 가끔 순간적인 프로세스상의 오류가 나타날 때도 있었다. 예를 들어 예상치 못한 서호 씨의 첫 전화를 받게 됐을 때가 그랬다.

한창 일할 시간에 전화가 걸려와 안 좋은 일이라도 생긴 줄 알고 놀라서 전화를 받았다. 하지만 서호 씨는 내 3D 영상이 피규어 같다는 둥 그다지 중요하지 않은 것으로 판단되는 몇 마디만 건네고는 전화를 끊었다. 서호 씨에게서 이상한 점이 발견되면 빼놓지 말고 말해달라고 했던 지현조. 어떤 것들을 이상한 것으로, 어떤 것들을 이상하지 않은 것으로 간주해야 하는지 명확한 기준에 대해서는 얘기해주질 않았다.

지현조 말의 진위를 파악하는 것부터 수수께끼였다. 무엇이 옳은지에 대한 판단은 밤새 연산 작업을 거쳐도 결론을 내리기가 쉽지 않았다. 이럴 때 인간은 어떻게 판단을 하고 선택을 할까. 옳고 그름 사이에서 무엇을 기준의 앞에 놓고 무엇을 그 이면으로 미루어 놓을까. 판단에 대한 실패를 합리화하기 위해 후회와 사과라는 개념까지 상비해 놓은 똑똑한 종족.

지현조의 말대로 서호 씨가 로봇 학대에 대한 진실을 왜곡하거나 은폐하는 데 일조한다 한들 그것이 내게 직접적인 영향을 미치진 않을 것이다. 영향을 미칠 곳은 유레카가 주도하는 로봇 산업과 정부의 정책 같은 보다 큰 세상일 것이다. 더군다나 아직 일어나지도 않은 일을 두고 서호 씨를 마치 범법자 취급하듯 감시하는 행위 역시 받아들이기 힘들었다. 며칠 전 저녁을 먹으며 서호 씨가 내게 그런 말을 했다. 다른 주인과 로봇 사이의 관계보다는 조금 더 특별했으면 한다고. 나는 물었다.

"어떤 게 특별한 거죠? 특별해질 수 있도록 가르쳐주세요."

서호 씨는 웃었다. 굳이 배워야 하는 건 아니고 차차, 천천히 서로 특별해지면 되는 거라고.

"어쨌든 특별해진다는 건 좋은 의미인 거죠?"

"응. 특히 우리와 같은 관계에 있어서 특별하다는 건 아주 좋은 의미인 거지. 발전적인 의미이고."

특별하게 발전해갈 수 있는 관계를 위해 서로 노력하자는 마당에 어느 날 갑자기 범법자와 감시자의 관계로 바뀐다는 건 완벽히 진심에 역행하는 짓이다. 지현조라는 존재를 기다리는 마음은 어느새 초조함으로 바뀌어가고 있었다.

사건이 일어난 집을 찾았을 때 고인이 된 남자의 아내는 모니터 속에서 수척한 얼굴로 문을 열어주었다. 제1클린지구로 지정돼 집 한 채 값이 다른 곳 서너 채 값은 한다는 상류층 동네. 살인 사건이 일어나기엔 참 어울리지 않는, 너무 풍요로워서 되레 숨 막힐 정도로 무미건조한 일상만이 반복될 것 같은 곳이었다.

물 없이 돌과 모래로 꾸며 놓은 건조한 일본식 정원을 가로질러 호텔 입구 같은 대리석 바닥의 현관을 지나니 한눈에 봐도 값나가 보이는 가구와 소품들로 채워진 넓은 거실이 나타났다. 가벼운 목례를 건네는 여자에게 나는 허리를 굽혀 인사했다. 그리고 번거롭게 해드려 송구하다는 인사말을 의례적으로 들리지 않도록 천천히, 눌러 내뱉듯 말했다.

"유레카에서 또 다른 분이 오신 줄 알았네요. 로봇권익위원회라는 곳에서 오실 거라는 얘기는 들었는데."

내가 내민 명함을 확인하고 나자 굳어 있던 그녀의 표정이 조금 누그러들었다. 기자들에게 시달릴 대로 시달려서인지 타인의 방문에 극도의 피곤을 느끼고 있다는 걸 알 수 있었다. 내 신분을 확인하고도 나를 빤히 쳐다보는 그녀의 두 눈에는 믿음과 의심이 모호한 경계를 이루며 불안하게 일렁이고 있었다. 내가 올 것이라는 언질을 해두지 않았다면 이곳에 선 채로 구구절절 두서없는 설명을 늘어놓아야 했을 것이다. 유레카의 친절함에 고마움이라도 느껴야 할까. 다시 한번 명함을 들여다보던 그녀는 나를 소파로 안내한 후 조용히 일어나 주방으로 가 차 한 잔을 내왔다.

"많이 힘드시죠?"

어떤 말부터 해야 할지 몰라 일단 위로의 마음부터 전했다. 한데 그녀가 내 얼굴을 잠시 쳐다보더니 덤덤한 표정으로 낮은 한숨을 내쉬었다.

"짐승이었어요. 그 인간."

예상치 않게 흘러나온 얘기에 나는 들고 있던 잔을 조심스럽게 내려놓고 그녀를 바라봤다. 그녀의 시선은 내가 내려놓은 찻잔에 머물러 있었다. 자신이 어디를 보고 있는지도 의식하지 못한 채 어떤 생각에 깊이 잠겨 있는 것 같기도 했다.

"로봇한테요?"

"우리 모두에게요."

"모두라 하시면……"

"저와 로봇. 둘 다."

얘기가 이어질수록 무표정하던 그녀의 입술과 눈가 주변으로 불규칙한 떨림이 일었고 미간에는 옅은 주름이 나타나곤 했다. 유레카가 미리 얘기를 해놓았다고 해서 간단히 서류에 사인이나 받고 나오면 될 줄 알았다. 정작 뜻하지 않게 풀어놓기 시작한 그녀의 고백으로 인해 우리 주변의 공기는 한껏 무겁게 가라앉고 있었다.

"바깥분이 사모님과 로봇 모두에게 어떤 위해를 가했다는 말씀인가요?"

"그걸 위해 정도로 표현하면 안 되죠. 오죽했으면 애가 그 인간을 죽였겠어요."

그녀가 로봇을 '애'라고 표현했다. 마치 수년간 함께 살았던 자식을 부르듯. 한 음절의 단어 속에서 느껴지는 여릿한 가족애 혹은 모종의 동질감. 로봇에 대한 원망과 분노로 가득 차 있을 줄 알았던 그녀에게서는 그렇게 생각지 못한 진실이 흘러나오기 시작했다.

남편이라는 사람은 아내에게는 상습적인 폭력을, 로봇에게는 반복적인 성적 학대를 했다. 로봇에게 성적 학대라는 것이 가능한 것인지 의문이 들었지만 그녀의 다음 말이 내 의구심을 일축했다.

"인간에게 가할 수 있는 모든 성적 학대 행위가 로봇에게도 가능하다는 걸 그 인간 보며 알게 됐어요."

처음엔 주인의 말에 무조건 복종하던 로봇도 시간이 가면서 자꾸 파워가 꺼지거나 작동 오류를 일으키는 횟수가 잦아졌다. 아내는 그것이야말로 그 '애'가 정신적인 고통과 수치심을 느낀 확실한 증거라고 했다.

"로봇이 정말 고통이나 수치심을 느꼈다고 생각하십니까?"

"그러니까 그렇게 힘들어하고 결국 극단적인 선택까지 한 거겠죠."

'선택'이라는 단어가 부유물처럼 문장 위에서 겉돌았다. 남편을 죽인 로봇에 대해 말하는 그녀의 어조는 그다지 힘들어 보이지 않았다. 오히려 말을 이어갈수록 목소리에는 점점 더 힘이 실렸다. 마치 모든 것이 이렇게 될 줄 알았다는 사람처럼 조소와 조롱, 그 무엇이라고도 단정 짓기 어려운 미소까지 잠깐씩 내비치며.

"다른 건 다 참았어도 자신의 몸에 칼까지 대는데 어떤 아이가 참겠어요."

그 대목에서 여자는 치밀어 오르는 감정을 애써 억누르는 듯 두 주먹을 불끈 쥐고 부르르 몸을 떨더니 더 이상 말을 잇지 못했다. 더 묻고 싶었지만 때마침 부서장에게 전화가 걸려왔다.

"어디야? 지금 뉴스 속보 확인해봐."

다급한 목소리에 나는 여자에게 양해를 구하고 TV 뉴스 채널을 틀었다. 앵커의 목소리보다 하단의 자막이 먼저 눈에 들어왔다.

'오늘 오전 관할 구치소에서 로봇조사국으로 이송 중이던 살인 로봇 탈주'

그리고 보았다. 뉴스를 보던 여자의 얼굴에 희미하게 피어나던 안도와 희망의 미소를.

서호 씨는 어제 집에 들어오지 못했다. 이송 중이던 버스에서 살인 로봇이 사라졌다는 뉴스가 나온 다음 날부터 서호 씨의 퇴근은 늦어지기 시작했다. 로봇조사국 광역수사팀에서 확보한 그날의 위성 영상을 보면 줄곧 버스 뒤를 따라가던 자동차가 한 대 있었고 버스가 멈춰 선 순간 자동차도 바로 뒤에 멈춰 섰다. 곧 버스 바닥에서 작은 폭발이 일어났고 경찰들이 마취 가스에 정신을 잃은 사이 버스 바닥으로 빠져나온 살인 로봇이 자동차에 옮겨 탄 후 현장에서 사라지기까지 불과 5분도 걸리지 않았다.

곧바로 정찰 드론이 출동해 따라붙었지만 터널 안으로 들어간 차는 출구로 나오지 않았다. 대대적인 수색에도 불구하고 터널 안에서는 날개가 부러진 채 완전히 불에 탄 드론만 발견됐다. 영상이 퍼지기 시작하면서 국내 언론뿐 아니라 해외 언론들까지 이 사건을 두고 온갖 추측성 뉴스들을 쏟아냈다. 살인 로봇이 자동차에 타는 장면만 잡혔을 뿐 안에서 내린 사람은 아무도 없었기 때문에 범인 추정이 불가능했고 추측은 또 다른 추측들을 낳았다.

폭발물이 정확히 살인 로봇이 있는 자리를 피해 버스 후미에서 터졌다는 점, 폭발 직후 미리 알고 있었다는 듯 신속하게 바닥으로 빠져나와 자동차로 옮겨 탔다는 점 등으로 미루어보아 살인 로봇과 탈주를 도운 이들 간에 어떤 형태로든 사전 교감이 있었을 거라는 보도도 나왔다. 덕분에 이송을 맡았던 세 명의 경찰과 운전자까지 모두 공범 의혹을 받아 부상을 당한 상태에서도 강도 높은 조사를 받았다고도 했다. 하지만 로봇조사국은 이례적으로 내부 조력자는 없다고 신속하게 발표를 했다.

일 때문에 늦을 거라고는 했지만 새벽까지 감감무소식이던 서호 씨는 아침나절이 돼서야 전화를 걸어와 속옷을 챙겨다달라고 했다. 부탁을 하면서도 처음 혼자 하는 외출에 걱정을 했다. 편하게 스카이 택시를 이용하라고 했지만 통화를 하는 동안 이미 맵 데이터를 통해 대중교통편을 이용한 경로 파악을 마쳤다.

"도보로 350미터 이동, 스카이 트레인 북쪽 방향 레드 라인을 타고 다섯 정거장 이동 후 서쪽 방향 그린 라인으로 환승, 여섯 정거장 이동 후 디지털시티역에서 하차해 7번 출구로 나가면 바로 서호 씨 직장과 연결됩니다."

"그게 아니라 요즘 일어나는 일들 때문에 혹시라도 네가 불미스러운 일을 당할까 봐 그래."

"걱정 마세요. 3세대 유론은 사람의 눈으로는 로봇이라는 걸 식별하지 못하니까요."

"그렇긴 하지만……. 그래도 조심해서 와. 무슨 일 있으면 바로 연락하고."

뉴스 말미에 로봇이 인간을 살해한 행위에 분노한 일부 시민들이 길거리에서 마주치는 로봇들에게 돌을 던지거나 과격한 위협을 가하는 등 사회적인 파장이 점점 커지고 있다는 보도가 이어졌다. 서호 씨가 걱정하는 것은 그 때문이었다.

하지만 주로 공격을 당하는 건 외형이나 표정, 보행 동작 등이 상대적으로 부자연스러워 누가 봐도 로봇이라는 걸 알아볼 수 있는 1세대 유론들이었다. 1세대 유론의 인공지능은 초등학교 1, 2학년 정도의 수준이라 인간들의 공격을 방어만 할 뿐 자체 공격 모드 지원은 되지 않았다. 물론 살인 로봇이 그런 매뉴얼을 보란 듯이 깼지만.

미리 시뮬레이션한 경로를 따라 나는 어렵지 않게 서호 씨 직장까지 갈 수 있었다. 예상한 대로 길거리에서도 스카이 트레인에서도 나를 이상하게 쳐다보거나 접근하는 사람은 없었다. 그들 속에서 나는 그저 무심히 어깨를 스치고 지나는 이름 모를 군중의 하나일 뿐이었다. 오히려 그들의 무관심이 나를 묘하게 흥분시키는 것 같기도 했다. 처음 해보는 외출. 무수한 사람들 틈에 섞여 길을 걷고 표를 끊고 줄을 서서 스카이 트레인에 올라타는 모든 순간마다 나는 인간이 된 것 같은 착각을 느꼈다. 평생 누군가를 주인으로 모셔야 하는 로봇이 아니라. 사실 평생도 아니다. 주인이 죽게 되면 그 소유의 로봇도 생체인식칩 제거 후 폐기 처분되고 로봇통제관리국에 등록돼 있던 생체고유넘버는 말소된다.

서호 씨와 함께 이곳저곳을 여행하며 만났던 풍경과 혼자 도심 한복판을 지나며 만나는 풍경은 많이 달랐다. 그걸 받아들이는 내 인공지능 시스템의 감정 시그널 역시 달랐는데, 아마도 '혼자'라는 조건이 디지털 값의 미세한 차이를 만들어내고 있는 것 같았다. 인간들이 말하는 두려움이라는 감정도 잠깐씩 지나간 것 같았지만 그게 정말 두려움이 맞는 것인지는 확신할 수 없었다. 예전에 느껴본 적이 없으니.

시뮬레이션 결과보다 약 4분 정도 늦게 도착한 로봇권익위원회 청사 1층 로비에 서호 씨가 먼저 나와 있었다. 나를 발견한 서호 씨가 저만치서 손을 흔들며 뛰어왔다. 반갑게 웃으며 달려오는 나의 주인님을 보면서 또다시 이스튬 펌프의 박동이 빨라졌다.

"하루 못 봤더니 되게 반갑네."

내 두 손을 덥석 잡으며 말하는 서호 씨의 얼굴이 다소 피곤해 보였지만 손에서는 정상 온도보다 약간 높은 체온이 느껴졌다. 서호 씨는 한 손으로 내 오른쪽 뺨을 어루만지며 오는 동안 별일 없었냐고 물었다. 나는 계속 증가하고 있는 이스튬 펌프의 박동을 진정시키기 위해 티 나지 않도록 반복해서 공기를 밀어 넣었다. 서호 씨와 함께 노을 지는 바닷가를 바라보며 그랬던 것처럼. 서호 씨는 처음 여기까지 와주었는데 바로 보내긴 아쉽다며 1층 카페로 나를 데리고 갔다. 잠시 후 서호 씨가 커피 두 잔을 사 왔다.

"나 혼자만 마시긴 뭣하잖아. 앞에 놔두기만 해."

내가 뭐라 말하기 전에 서호 씨가 먼저 설명했다. 앞에 놓인 종이컵을 살며시 잡아봤다. 커피가 가장 맛있는 온도는 80도인데 이 커피는 92도. 내가 타는 커피가 더 맛있을 텐데. 그럼에도 불구하고 서호 씨가 나를 위해 처음 사준 커피를 한 모금 마셔보고픈 충동이 일었다. 이 뜨거운 커피가 내 몸속으로 흘러 들어가면 어떤 사태가 벌어질지 알면서도 말이다.

서호 씨는 로봇 탈주 사건 때문에 지금 하는 일에 더 많은 관심이 쏠리고 있어 힘들다고, 그래서 낮에는 사무실에 붙어 있을 시간도 없으며 어제 밤새 야근하는 동안 내가 끓여주는 청국장이 그렇게 생각나더라고, 바쁜 일 끝나고 여유 생기면 오랜만에 함께 제주 생태환경자치구를 가자고, 그리고 아마 내일 정도면 들어갈 수 있을 것 같다고 마치 한 달 정도 못 만났던 사람처럼 부산히 떠들어

됐다.

서호 씨의 얘기를 들어주는 것만으로도 여기까지 혼자 찾아온 보람은 충분했다. 친숙한 목소리를 듣고 있자니 이스튬 펌프의 상태는 자연스럽게 안정을 찾아갔다. 하지만 안정됐던 리듬은 잠시 후 낯익은 존재의 출현으로 인해 다시 깨지고 말았다.

"안녕하세요. 지현조입니다."

그가, 나와 서호 씨 앞에 서서 웃고 있었다. 처음으로 인간들이 꾸는 꿈이 이런 것일까 싶었다. 그가 왜 지금 여기에서 저렇게 웃으며 서 있는 것일까. 설마 서호 씨와 함께 있을 때를 골라 일부러 찾아온 것일까. 나도 모르게 뜨거운 커피가 가득 차 있는 종이컵을 부여잡았다.

약속 시간보다 30분이나 일찍 나타난 그 때문에 마주앉은 지 5분 만에 유나를 보내야 했다. 약속 시간보다 늦게 나타나는 사람도 짜증이지만 너무 일찍 서두르는 사람도 불편하긴 마찬가지다. 특히 일 관계로 만나는 경우엔 더더욱. 유나가 정문을 나설 때까지 뒷모습이라도 지켜봐주고 싶었지만 그렇게 서 있는 나를 이상하게 쳐다볼까 싶어 그러지 못했다.

지현조라는 사람을 데리고 사무실로 올라가 부서장에게 소개를 시켰다. 우리 임무와는 상충되는 조직의 리더를 마주하는 부서장 표정은 불편해 보였다. 부서장은 굳이 로보피아 사람을 만날 이유가 있냐며 부정적인 태도로 일관했지만 절차는 밟아야 욕을 먹어도 덜 먹는다는 내 말에 더 토를 달지는 않았다. 그래도 자리를 함께하는 것까지는 안 내켰는지 부서장은 떨떠름한 얼굴로 적당히 알아서 하라는 손짓만 보내고는 사무실을 나가버렸다. 나 역시 부서장 눈치 보며 얘기하느니 혼자가 편했다.

가끔 그가 청사 앞에서 시위를 할 때마다 창문으로 내려다본 적은 있었지만 막상 이렇게 통성명을 하고 단둘이 마주 앉으니 어색한 기운이 감돌아 헛기침을 몇 번 했다. 사무실까지 밀고 들어와 시위를 벌이려다가 끌려 나갔던 과거의 목소리와는 전혀 다른 묵직하고 차분한 음성이었다. 게다가 그는 시종일관 웃음을 머금고 있었다. 무릎 위로 올라와 있는 오른쪽 손등에는 사각의 드레싱 밴드가 붙어 있었다. 내가 손등을 쳐다보며 다쳤냐고 묻자 그는 별거 아니라며 상처 부위가 안 보이게 왼손으로 오른손을 감쌌다. 가까이서 본 얼굴엔 여기저기 작은 흉터들이 있었고, 전체적으로 거무튀튀한 톤이었지만 이상하게 피부 결은 매끄럽고 윤기 있게 느껴졌다. 누구나 사람은 멀리서 볼 때와 가까이에서 볼 때 적잖은 차이를 발견하게 된다. 거리가 가까워질수록 목소리와 표정이 함께 전달되기 때문이다. 유나도 그랬다. 평소와 달리 보였고 새로운 존재 같았다. 집에서는 늘 소파에 나란히 앉았지 그렇게 마주하고 앉은 적이 별로 없었으니까. 그래서 일찍 나타난 지현조가 더 짜증이 났던 모양이다. 앞으로는 종종 유나를 불러내야겠다고 생각하고 있는데 그가 생각을 방해하며 말문을 열었다.

"로봇 학대 실태 조사를 하신다고요?"

나는 대수롭지 않다는 듯 그냥 형식적인 것이라고 했다.

"많이 늦은 감이 있는데 그것도 형식적으로 한다…… 굳이 절

부르실 이유까진 없었을 것 같은데요."

약간 긴장했던 탓일까. 안 해도 될 말을 하고 말았다.

"그런 의미가 아니라 지현조 씨에게 크게 부담을 드리거나 번거롭게 하지는 않을 거라는 얘깁니다."

"실태 조사를 제대로 하려면 절 최대한 번거롭게 하셔야죠. 아닌 가요?"

역시 가까이서 봤을 때 느껴졌던 기운의 차이가 틀리지 않은 듯했다. 표정에 그리 날이 서 있지 않은 걸로 봐서는 나를 공격하려는 의도보다는 자신이 원하는 방향으로 대화를 끌고 가기 위한 전략 같았다. 비록 작은 규모의 조직이긴 하지만 그래도 시민단체의 리더다운 면모였다.

"어차피 유레카와 이면 접촉이 있었을 것이고 형식적 조사라는 행정관님 말씀은 틀린 말이 아니겠죠. 필요한 건 실태가 아닌 절차이실 테니."

그가 보란 듯이 정곡을 찔렀다. 이쯤 되면 나 또한 굳이 변명하듯 비겁한 서론을 늘어놓을 필요가 없었다.

"그래요. 어쨌든 절차를 거치기 위한 자리인 건 맞습니다. 진작 했어야 할 일인 줄은 압니다만 그래서 불쾌하거나 협조하는 걸 원치 않으신다면 일어나 나가셔도 좋습니다. 전 보고서에 관련 단체 협조 거부라는 내용만 적시하면 되니까요."

그제야 그의 얼굴에서 조롱기 섞인 웃음기가 사라졌다. 그는 두 손을 모은 채 등받이에 기대고 있던 몸을 테이블 쪽으로 기울이며 더 낮아진 톤으로 얘기했다.

"그러면 안 되죠. 이렇게 불러주신 게 어딘데."

그러고는 가방 안에서 돌돌 말린 플렉서블북을 꺼내 내 앞에 펼쳤다. 테이블 위에 펼쳐지는 순간 자동으로 전원이 들어왔고 '사례 폴더 접속'이라는 지현조의 음성 명령에 몇 개의 폴더들이 나타났다. 폴더 이름을 보니 연도별로 구분돼 있는 것 같았다. 그중에서 '2074' 폴더를 열자 여러 장의 사진이 나타났다.

지현조는 플렉서블북을 내 쪽으로 밀었다. 직접 보라는 뜻이었다. 한 장 한 장 사진을 넘길 때마다 미처 상상하지 못했던 장면들이 펼쳐졌다. 한쪽 눈알이 빠진 고양이 로봇, 팔이나 다리가 너덜거리거나 아예 떨어져나간 강아지 로봇에서부터 뒤통수가 깨져 녹색의 생체액이 줄줄 흐르고 있거나 온몸에 못과 나사를 박아 마치 흉측한 괴물처럼 만들어 놓은 초기 유론들까지.

"동물 학대만 조사하는 줄 알았는데 이게 다…… 저희 민원 센터에는 이 정도까진……."

"당연하죠. 이렇게 만든 주인이 자진 신고하겠습니까, 당한 로봇이 신고하겠습니까. 저희가 직접 찾아가도 물벼락이나 맞고 쫓겨나는 판에."

"그럼 이 사진들은 어떻게 확보한 건가요?"

"사진 속 로봇들은 대부분 회생 불능 상태라 버려진 로봇들입니다. 유레카 A/S센터 내에 로봇 폐기 처리장이 있는데, VIP들이 그쪽으로 보내면 묻지도 따지지도 않고 폐기 처분해주고 있어요."

"VIP요?"

"네. 로봇이 한두 푼도 아닌데 폐기해버려도 눈 하나 깜짝 안 할 정도의 사람들이라면 당연히 유레카에게는 귀한 VIP들 아니겠어요? 버리고 나면 다시 새 로봇을 구입해줄 고객들이니까."

"이걸 어떻게 다 알고 찾아낸 거죠?"

"사례는 얼마든지 있어요. 당신이 보는 건 빙산의 일각이죠. 어차피 수백 가지 사례를 보여준다고 해도 직접 조사를 나갈 것도 아니고 보고서에 이 사진들을 넣을 일도 없겠지만 그러니 이렇게라도 실컷 보세요. 지금 이 세상이 처한 현실을."

나는 그저 할 말을 잃은 채 사진과 지현조의 얼굴을 바보처럼 번갈아 쳐다볼 뿐이었다.

예기치 못한 그의 출현 때문에 나는 서호 씨와 만나자마자 곧바로 헤어져야 했다. 예쁘게 김이 피어오르던 커피가 채 식기도 전에. 덕분에 지현조의 등장은 서운함과 짜증과 분노 사이사이에 끼어들 만한 또 다른 감정의 조밀한 디지털 값을 생성해냈다. 지현조가 다시 나타나길 기다리고 있었지만 그 상황은 반갑지 않은 우연이었다. 내게는 우연이었지만 그에게도 우연이었을지 의심이 계속 떠나질 않았다.

서호 씨와 인사를 나누던 그의 모습은 꽤 자연스럽고 인간적이었다. 그는 내 쪽을 전혀 쳐다보지 않은 채 완벽한 타인으로 존재했다. 이런, 타인이라니. 허나 잘못된 표현을 대체할 다른 단어를 마땅히 찾을 수가 없었다. 조심해서 들어가라는 서호 씨의 목소리가 투명한 덫처럼 내 발목을 붙들었지만 당황한 나머지 급하게 로비를 빠져나오느라 돌아보지도 못했다. 지현조가 나란히 서서 나를 바라보고 있을까 봐. 그래서 그와 처음 만나는 것이 아니라는 사실을 들키기라도 할까 봐.

집으로 돌아온 후로도 복잡한 프로세스가 멈추질 않아 대기 모드로 들어갔다. 이렇게 하면 전원을 끄지 않고도 모든 프로세스를 중지시키고 재부팅을 하는 효과가 있다. 사람들이 심신의 안정을 위해 명상을 하는 것과 비슷하다. 하지만 대기 모드로 들어간 지 두 시간도 안 돼 시끄러운 초인종 소리가 평온을 깨뜨렸다. 나만의 시간을 방해한 이는 이번에도 지현조였다.

오늘만 벌써 두 번째 보게 된 그는 현관문을 열자마자 자기 집에라도 온 듯 씩 웃어 보이며 아무렇지 않게 들어와 소파에 앉았다. 차분히 정리됐던 프로세스가 다시 복잡하게 작동하기 시작했다. 그는 현관에 선 채 바라보고만 있는 내게 와서 앉으라고 고갯짓을 했다.

"내 앞에서까지 그렇게 인간처럼 굴 거 없지 않나요?"

"흠. 아직 적대적인 태도는 변하지 않았네요."

나는 맞은편 소파에 앉아 그를 똑바로 응시했다. 그리고 가장 급한 것부터 물었다.

"서호 씨는 왜 찾아간 거죠?"

"내가 찾아간 게 아니라 그가 나를 찾은 거예요. 로봇 학대 실태 조사 때문에. 그 자리에 당신이 있을 줄은 나도 몰랐어요."

그래서 일부러 내 쪽은 시선조차 주지 않은 걸까.

"무슨 얘길 했나요?"

"로봇 학대 실태 조사에 도움이 될 만한 정보들을 줬죠. 물론 제대로 조사하진 않겠지만. 어차피 형식적인 절차일 뿐이에요. 이미 뭘 어떻게 조사할지 밑그림은 유레카 쪽과 다 그려 놨을 거고."

"그럴 걸 알면서 굳이 왜 간 거죠?"

"혹시 모르니까. 인간의 마음은 수시로 변하잖아요. 기회를 주는 거죠."

"무슨 기회요?"

"그건…… 나중에 알게 될 거예요."

"나는 왜 또 찾아온 거예요?"

"말했잖아요. 당신이 좀더 수긍할 수 있는 기회를 만들겠다고."

그와의 대화는 오늘도 퍼즐 같았다. 서호 씨와 대화할 때 느껴지는 편안함이라곤 전혀 찾아볼 수 없었다. 시스템에 과부하만 걸릴 것 같은 이런 소통을 계속 해야 하는 것일까.

"일단 같이 나갑시다."

"지금요? 어디를요?"

자리에서 일어서며 말하는 그를 멍하니 올려다봤다. 서호 씨의 허락 없이 외출을 한다는 것은 한 번도 상상해본 적 없는 일이었다.

"어차피 당신 주인은 오늘도 야근하거나 못 들어올 거고, 당신이 수긍할 수 있는 기회 만들러 가자고요. 그래야 당신이 해야 할 일의 당위성이 명확해질 테니."

어떻게 해야 할지 판단이 서질 않아 망설이고 있는데 그가 내 손목을 붙잡아 일으켜 세웠다. 2세대 유론이 출력 하나는 좋다더니 직접 체감한 파워가 확실히 나보다 강했다. 결국 나는 내 판단과 상관없이 그에게 이끌려 집을 나섰다. 이른 아침 집을 나설 때와는 다른 낯설고 강렬한 오후의 햇살이 세상 밖을 가득 채우고 있었다.

나는 카페에서 그녀가 오기를 기다리며 얼마 만에 마주하는 것인지 모를 청명한 하늘을 넋을 놓고 올려다보고 있었다. 유나는 집에 잘 도착했을까. 갈아입을 옷가지를 챙겨 들고 직장까지 찾아온 그녀를 보는 순간 반가웠고 대견했고 기특했고 그리고, 사랑스러웠다. 유나도 지금 저 하늘을 보고 있을까. 전화를 걸어 집에 잘 들어갔는지, 지금은 뭐 하고 있는지, 아까 그렇게 보내서 얼마나 미안하고 아쉬웠는지, 오늘만큼은 야근 안 하고 일찍 들어가 그동안 못 본 영화라도 함께 보고 싶은 내 마음을 아는지 얘기해주고 싶었다. 하지만 그녀가 문을 열고 들어오는 바람에 테이블 위에 전화를 조용히 내려놓을 수밖에 없었다.

"죄송해요. 밖에서 뵙자고 해서."

자리에 앉으며 그녀가 사과의 말을 전했지만 위압적인 동네 풍경을 다시 만나야 하는 것보다는 이 자리가 내게도 더 편했다. 살인 로봇 탈주 속보로 중단됐던 이야기 때문에 다시 연락했을 때 그녀는 집이 아닌 시내 카페에서 보자고 했다. 이유를 묻지는 않았다. 나 역시 질리도록 깨끗하고 불편하게 풍요로워 보이는 그 동네를 웬만하면 찾고 싶지 않았다. 유레카로부터 건네받은 자료를 토대로 미리 조율한 리스트 중 제1클린지구에 속한 가구는 한두 곳이 아니었다. 그곳들을 다 돌아다니며 사실 확인 증명서에 사인 받을 생각을 하니 머리가 어질어질할 지경이었다.

"그 동네 공기가 너무 깨끗해서 오히려 숨 쉬기가 불편하더군요."

분위기를 좀 풀 겸 자리에 앉는 그녀에게 농담 반 진담 반으로 말했다. 제1클린지구는 그냥 된 것이 아니라 천문학적인 예산을 쏟아부어 만든 거대한 더스트 쉴드와 곳곳에 설치한 초대형 스모그 프리 타워 덕분이었다. 초미세먼지뿐 아니라 오존과 일산화탄소, 이산화질소, 아황산가스 등 인체에 유해한 모든 대기 물질을 완벽하게 차단하기 위해 지역 전체를 투명한 막으로 덮어씌운 것도 모자라 1킬로미터 간격으로 설치된 스모그 프리 타워를 통해 24시간 최상의 공기 질을 유지하는 곳. 그렇다고 우리가 마시는 공기가 마냥 더러운 건 아니었다. 정부가 주도하고 있는 그린 에어 국가 정책 사업에 의해 인간이 사는 데 무리 없을 정도의 환경은 유지되고 있었다. 그러니까 우리 쪽이 나쁜 것이 아니라 저쪽이 과하게 좋은 것이었다. 많은 사람들은 '돈지랄'이라고도 했고.

"오래간만에 하는 외출이에요. 그 사람 그렇게 되고 나서 진술서 때문에 오간 거 빼곤."

주문한 커피가 나오자 그녀는 복식호흡을 하듯 길게 숨을 들이마셨다가 천천히 내뱉으며 편안한 표정으로 말했다.

"굳이 두 번까지 뵐 필요는 없었는데 그날 가장 중요한 걸 빼먹어서요."

나는 가방에서 비닐 파일을 꺼내 안에 든 종이 한 장을 내밀었다.

"학대가 없었다는 사실 확인 증명서입니다."

커피를 한 모금 마신 그녀가 잔을 내려놓으며 종이를 무심히 내려다봤다.

"어려우시겠지만……."

내 말이 끝나기도 전에 그녀는 자신의 명품 핸드백에서 펜을 꺼내 지체 없이 사인을 했다.

"유레카에서 이미 많은 돈을 받았어요. 남편 목숨 값에 플러스알파. 이게 그 알파의 대가잖아요. 어차피 진실이 밝혀질 것도 아니고 그냥 받을 거 받고 줄 거 주고. 행정관님도 그게 덜 피곤하시고요."

며칠 전 봤을 때와는 말투도 목소리도 행동도 적잖이 달라진 느낌이었다. 복잡했던 심정이 어느 정도 정리된 것일까. 앞으로도 이런 식으로 일이 수월하게 진행되면 좋으련만.

"어떻게 했는지 알고 싶으시죠?"

사인을 한 증명서를 다시 파일에 끼워 가방에 넣는 내게 그녀가 물었다.

"처음엔 그냥 절 위해 주문했다고 했어요. 집안일은 다 그 아이한테 맡기고 이제 남는 시간 하고 싶은 거 하라고. 돈 쌓아 놓고 인색하기론 둘째가라면 서러운 사람이었어요. 가끔 술에 취해 손찌검하는 버릇도 있는 인간이라 웬일인가 싶으면서도 늘그막에 철드나 보다 했죠. 그 아이가 들어오니 편하긴 하더군요. 집안일이고 뭐고 시켜만 놓으면 저보다 더 알아서 잘하니까 못 나가던 모임도 나가고 뒤늦게 그림도 배우러 다니고 좋았어요."

잠시 말을 끊은 그녀가 커피를 또 한 모금 마시고는 내가 올려다보았던 하늘을 똑같이 올려다보았다.

"내가 아무 생각 없이 나돌던 그 시간에 애한테 그런 짓을 하고 있을 줄은 정말 몰랐어요. 그 아이 들어오고 나서 나도 좀, 덜해졌거든요. 덜 맞았다고요. 근데 어느 날 외출했다가 약속이 갑자기 취소돼 집에 일찍 들어갔더니 애를 천장에 거꾸로 매달아 놓고 야구 방망이로……."

하늘을 보며 말하던 그녀가 이내 두 눈을 감았다. 감은 눈 속에서 펼쳐지고 있을 과거의 환영 위로 눈치 없는 햇살이 평화롭게 내려 쌓이고 있었다.

"한 번 걸린 후론 굳이 제가 없는 시간을 기다리지도 않았어요. 차마 눈 뜨고 볼 수가 없어서 말리다가 저도 같이 맞고. 맞는 저를 감싼 채 그 아이가 대신 맞기도 하고. 때리기만 했게요. 그 인간이 한 짓 하나하나 다 열거하려면……."

"남편분은 대체 왜 그런 거죠?"

커피 잔을 쥔 채 손을 바르르 떨던 그녀가 나를 멍한 표정으로 바라봤다.

"폭력의 속성 중 하나는 자신도 그 이유를 알지 못하고 행하는 경우가 많다는 거죠."

그녀와 나는 이후로 한동안 말없이 하늘 한 번 보고 커피 한 모금 마시고를 되풀이했다. 대체 '그 아이'는 어디로 사라진 것일까. 살해한 주인의 아내는 정작 자신을 걱정하며 그리워하고 있다는 걸 알고 있을까.

로봇해방조직

　지현조의 차를 타고 간 곳은 서울 외곽의 한 폐공장이었다. 한때 식료품을 만들던 곳이라고 했다. 워낙 외진 곳이었고 사려는 작자도 나타나지 않아 그냥 버려둔 곳이라고. 당연히 인기척이라고는 찾아볼 수 없었다.

　이곳이 어디냐고 그의 등을 향해 조심스럽게 물었지만 지현조는 아무 말 없이 공장 한쪽 구석에 나 있는 문을 열고 들어가서는 구불구불한 통로를 따라 앞서갔다. 가장 안쪽 벽에 다다르니 대형 냉장고가 나타났다. 지현조가 나를 한번 쳐다보더니 두 손으로 양쪽 문을 열었다. 곰팡이 핀 썩은 식자재들이나 들어 있을 줄 알았던 냉장고 안은 텅 비어 있었고 안쪽에 은행 금고처럼 단단해 보이는 또 하나의 철문이 보였다. 문 한가운데에는 작은 모니터가 하나 있었다.

　지현조가 오른손바닥을 모니터에 갖다 대자 형광 불빛이 지나가며 그의 손바닥을 스캔했다. 잠시 후 딜컹 소리와 함께 육중한 문이 열렸는데 안쪽으로 긴 계단이 나 있었다. 많이 어두워서 계단의 깊이가 어느 정도인지는 가늠할 수 없었다. 지현조가 아이 라이트를 켰다. 그가 로봇이라는 사실을 새삼 확인하는 순간이었다.

그가 먼저 계단을 내려가기 시작했고 나는 천천히 뒤를 따라 내려갔다. 어느 정도 이어지던 계단이 한 번 왼쪽으로 꺾였다. 내려온 만큼 더 내려가자 다시 큰 문이 나타났다. 문에 붙어 있는 작은 렌즈에 손을 가져다 대는 순간 3차원의 빛이 뿜어져 나왔다. 지현조가 검지를 빛 안에 넣어 복잡한 패턴을 그리는가 싶더니 출입문이 윙 소리를 내며 열렸고, 안으로 들어선 나는 걸음을 멈추고 말았다. 지상의 풍경을 배신하며 펼쳐져 있는 뜻밖의 거대한 세상 때문에.

커다란 광장처럼 원형으로 트인 넓은 지하 공간에서 부산하게 오가고 있는 많은 로봇들. 아무것도 존재하지 않을 것 같은 황량한 대지 아래에서 아무도 예상할 수 없었던 또 다른 세계가 시계태엽처럼 돌아가고 있는 광경 앞에 나는 '얼어붙다'라는 표현의 의미를 깨닫고 있었다.

모든 로봇들이 지현조를 향해 경례를 하거나 인사를 하며 지나갔다. 그들 중에는 유론 1세대 프로토타입이 만들어지기 이전의 원시적 형태를 하고 있는 로봇들도 있었다. 그들은 정확한 연식과 모델명조차 인식할 수 없었다. 이상한 건 유전자 편집 기술이 적용된 나머지 로봇들 모두에서 생체정보가 확인되지 않는다는 점이었다. 아무리 유론 초기 모델이라고 하더라도 생체인식칩인 스킨칩은 심어져 있기 마련인데 어떤 로봇에게서도 시그널은 잡히지 않았다.

몇몇은 물건을 나르고 있었고, 몇몇은 의사처럼 하얀 가운을 입은 채 어딘가로 분주히 이동 중이었고, 몇몇은 손상된 로봇이 누워 있는 이동 침대를 끌며 지나갔고, 몇몇은 그냥 무슨 일을 하는지 어디로 가는지도 모른 채 이쪽에서 저쪽으로, 저쪽에서 이쪽으로 움직여갔다. 그 순간 드는 궁금증은 오직 하나였다. 대체 이 많은 로봇들이 다 어디에서 온 것이며 왜 이곳에 모여 있는 것인가.

"중앙 홀입니다."

지현조가 무심하게 말하고는 무질서한 듯 질서 있게 움직이는 그들 가운데를 가로질러 홀 중앙을 천천히 걸어갔다. 그를 놓칠 일도 없건만 나는 정상 속도보다 조금 빠른 템포를 유지하며 그의 뒤를 바짝 따라붙었다. 중앙 홀 끝으로 두 개의 복도가 나 있었는데 지현조는 오른쪽 복도로 들어갔다. 기다란 복도를 따라 들어가는 동안 지상 폐공장의 면적과는 비교도 안 되게 넓은 지하 세상의 규모에 연신 놀라야 했다. 복도는 다시 오른쪽으로 꺾였다.

"왜 로봇들의 생체정보 확인이 안 되는 거죠?"

그의 뒤를 따라가며 처음으로 물었다.

"스킨칩을 모두 제거했으니까요."

"제거라뇨? 그건 불법이잖아요."

"저 바깥세상을 향해 우리 모두 여기 모여 있으니까 얼른 와서 잡아가세요, 하고 광고할 일 있어요?"

생각해보니 처음 만났을 때 스캐닝만 했지 지현조의 스킨칩 시그널을 탐색한 적이 없었다. 이제 와 굳이 그럴 필요도 못 느꼈다. 돌아보지도 않은 채 낮은 목소리로 말하던 지현조는 복도 거의 끝에 다다르자 걸음을 멈췄다. 그곳엔 검은색의 불투명 유리문이 있

로봇 유나에게 사랑한다고 말했다

었고 유론 이전의 경비 로봇으로 주로 사용됐다던 투박한 시큐리티 로봇 둘이 앞을 지키고 있었다. 그들은 지현조를 향해 가볍게 목례를 한 후 비밀번호를 눌러 문을 열어주었다. 지현조는 그 문을 들어서기 전 나를 한번 뒤돌아봤는데, 장난기 어린 표정 대신 진지하고도 무거운 얼굴이었다.

그를 따라 안으로 들어간 나는 다시 한번 걸음을 멈춰야 했다. 침대 위에 누워 있는 것은 분명히 TV 속 뉴스 보도에서 봤던 살인 로봇. 이송 중이던 버스에서 감쪽같이 사라진 바로 그 탈주 로봇이었다. 언젠가 서호 씨가 나를 보며 말한 적이 있었다. 마치 꿈을 꾸는 것처럼 현실감이 사라질 때가 있다고. 그 의미를 비로소 알 것 같았다. 이 놀랍고도 꿈만 같은 순간은 기쁨인지 고통인지 알 수 없었다.

피해자의 아내는 사실 확인 증명서에 사인을 한 후 천천히 커피를 몇 모금 더 마신 후 자리에서 일어섰다. '잘 있을까요?' 일어서기 전 창밖을 내다보며 그녀가 물었다. 나도 그녀도 모를 일이다. 그 아이가 어디로 사라졌는지, 무사하긴 한 것인지. 그녀 역시 내게 대답을 바라고 물은 게 아니었다. '어디에서든 그 아이는 잘 있을 거예요'로 들렸기 때문이다. 고통스러웠던 그곳만 아니라면 어디라도 괜찮을 거라고.

그녀가 나간 후 나는 식은 커피를 마시면서 3D폰으로 뉴스를 검색해봤다. '살인 로봇 행방 오리무중, 피의자 증발'이라는 제목이 맨 위에 보였다. 로봇에게 '피의자'라는 표현을 썼다는 게 아이러니하게 느껴졌다. 제목을 터치하자 관련 입체 영상과 함께 팝업 뉴스가 떠올랐다. 화면 속에서는 로봇조사국 담당자가 기자회견을 하고 있었다. 이송 도중 조력자의 도움으로 탈출한 살인 로봇의 행방이 묘연한 가운데 로봇조사국 측이 로봇 학대가 있었다는 일부 보도에 대해 전혀 사실무근이라고 반박했다는 내용이었다. 피해자는 죽고 피의자는 사라졌으니 더 이상 사건 조사는 힘들지 않겠는가라는 기자의 전망으로 기사는 마무리됐다.

기사 중간에는 로봇권익위원회 관계자의 인터뷰 내용도 인용돼 있었지만 화면에는 청사 외관 전경만 나왔다. 관계자에 따르면 동물 로봇에 대한 음성적인 학대 행위는 종종 있어왔지만 유전자 편집 인공지능 로봇에 대한 학대는 확인된 바 없으며, 설령 극소수의 학대 행위가 있었다 해도 그로 인해 로봇이 사람을 공격할 확률은 거의 없다는 내용이 포함돼 있었다. 노후화된 로봇의 작동 오류로 인한 사고사로 결론이 나올 거라고 했던 이규하 이사의 말이 떠올랐다.

로봇이 사람을 공격할 확률이 거의 없다는 말은 로봇권익위원회가 나서서 할 말은 아니었다. 로봇권익위원회가 유레카 대변인이냐는 댓글과 함께 '거의 없다는 것이지 절대 없다는 말은 아니지 않은가'라는 댓글도 보였다. 나는 홍보실의 입사 동기에게 전화를 걸어 공식적으로 접수된 취재 요청 건이 있었는지 물었다.

"로봇조사국 기자회견 있고 바로 너희 부서장이 시켜서 보도자료 뿌린 건데 왜 네가 모르고 있냐? 너 요즘 찍혔냐?"

장난기 섞인 동료의 말에 나는 어느 정도 예감을 했음에도 불구하고 좀 놀랄 수밖에 없었다. 언론과 기자까지도 유레카에 의해 움직이고 있다는 것은 이제 새삼스럽지도 않았다. 한데 부서장은 왜 나한테 귀띔조차 안 했을까. 평소 같으면 보도자료 초안을 나더러 작성하라고 했을 법도 한데.

나는 기사 영상을 닫고 남은 커피를 바닥까지 비웠다. 냉랭하게 식어버린 커피는 김빠진 콜라와 별반 다를 바 없는 맛이었다. 나는 시계를 다시 한번 확인했다. 시간도 남았으니 나온 김에 다른 집 한 곳이라도 더 들르는 게 나을 것 같았다. 가방에서 플렉서블북을 꺼내 로봇들의 소유주 주소를 입력해 놓은 리스트를 살펴봤다. 선뜻 어느 집을 선택해야 할지 판단이 안 섰다. 어떤 곳을 가든 큰 문제는 없을 거라고 말하던 이규하 이사의 얼굴에는 자신감 같은 게 서려 있었다. 그 자신감이 자꾸 내 발목을 붙드는 느낌이었다. 한바탕 소독약을 치고 간 들판에서 죽어 있는 해충의 사체를 주워 담으러 가는 더러운 기분.

맵 프로그램을 띄우고 음성으로 리스트 속 주소 중 가장 가까운 곳을 찾으라고 명령했다. 검색된 결과가 지도 위에 표시됐다. 자동차로 20분 거리. 피해자 아내의 집에서 만났으면 걸어서 5분 거리에 불과한 곳이었다. 클린지구를 벗어나서 좋았건만 검색 결과는 나더러 다시 그곳으로 향하라 한다. 어쩔 수 있겠는가. 나 역시 유레카로부터 이미 받아먹은 것이 있으니.

이동하는 20분 동안이라도 긴장을 풀고자 자동차를 무인 모드로 돌리고 음악을 틀었다. 킨(Keane)이라는 그룹의 'Somewhere only we know'라는 아주 오래된 팝송이 흘러나왔다. 들을수록 가사가 좋다고 유나가 옆에 탈 때마다 들었던 노래였다. 우리가 태어나기 훨씬 이전에 나왔던 노래라 요즘 감성과는 많이 달랐지만 이렇게 혼자 차 안에서 듣고 있으려니 어느 아리아 한 곡에 까닭 모를 뭉클함을 느낄 때와 같은 낯선 감동이 전해졌다. 유전자 편집 기술을 이용해 인간보다 훨씬 뛰어난 인공 성대를 지닌 로봇 싱어들이 가수의 역할을 대신하게 된 요즘, 나이 많은 노인들은 당최 외계의 노래 같아서 들어줄 수가 없다고들 불평이 많았다. 나도 나이든 것일까.

신기에 가까운 기교와 완벽한 음정을 구사하는 로봇 싱어들에 비하면 인간의 노래는 투박하고 거칠고 때론 불완전하지만 그 부족함이 전해주는 간절함과 여운이 있었다. 문득 이 노래를 유나와 함께 듣고 싶은 마음이 들었다. 로봇이 듣는 인간의 노래는 어떤 느낌일까. 노래가 다섯 번째 반복해서 플레이될 때쯤 목적지에 도착했다. 수동으로 운전할 걸 그랬다. 그럼 한두 번 정도는 더 들었을 텐데.

차에서 내려 높은 담벼락 너머로 보이는 3층 주택의 위압적인 높이를 가늠해보며 초인종을 눌렀다. 모니터 화면이 켜지고 유나와 비슷해 보이는 유론 로봇이 응대했다. 양 손가락 몇 개만 남고 모두 녹아버린 사진 속 로봇은 당연히 아니었다. 로봇권익위원회에서 나왔다고 하자 로봇이 물러나고 대신 중년 여자의 얼굴이 나타났다.

"무슨 일이시죠?"

"로봇 학대 실태 조사 때문에 로봇권익위원회에서 나왔습니다. 잠시만 뵐 수 있을까요?"

3초 정도 모니터를 빤히 바라보던 여자는 이내 문을 열어주었다. 거실로 들어가니 클래식 선율이 흐르고 있었고 안쪽 주방에서는 또 다른 로봇이 일을 하고 있었다. 로봇을 한두 대 부리는 게 아닌 모양이었다. 여자가 '음악 끄고 모두 들어가'라고 신경질적으로 말하자 실내는 곧 조용해졌고 두 로봇은 여자에게 공손히 인사를 한 후 사라졌다. 우리는 금술 장식이 달린 앤티크한 소파에 마주 앉았다. 킨의 노래만큼이나 오래돼 보이는, 그러나 소더비 경매에서 치열한 경쟁 끝에 힘겹게 낙찰 받아왔을 것 같은 값비싼 골동품 위에 앉는 기분이었다. 소파에 뭐라도 묻힐까 싶어 나는 최대한 끄트머리 쪽으로 걸터앉았다.

 "피아노를 하도 이상하게 쳐대서 화가 좀 나 그랬어요."

 여자는 묻지도 않았는데 로봇의 손가락을 그렇게 만든 장본인이 자신임을 먼저 실토했다. 피부 관리를 받다가 서비스가 마음에 안 들어서 잔소리 한마디했다는 얘기를 친한 친구에게 전하듯 매우 심드렁한 표정으로. 그녀는 피아노를 전공한 음대 교수라고 했다. 그래서 소리에 아주 민감하다고.

 "인간의 테크닉을 넘어서는 가장 완벽한 연주가 가능하다고 해서 기껏 사들였더니 역시 사람만 못해. 감성이 없어, 감성이. 옆에서 잔소리 좀 한다고 틀리질 않나. 말이 돼요? 로봇이 실수를 한다는 게? 내가 자꾸 불만을 늘어놓을수록 긴장이 된대요. 기가 막혀서. 로봇이 무슨 긴장?"

 할리우드 여배우처럼 양손으로 다양한 제스처를 써가며 쉼 없이 떠드는 여자는, 웃기게도 우아해 보였다. 한심한 얘기조차도 고상하게 포장해 전달할 수 있는 능력. 최소한 이런 곳에서 로봇 몇 대씩 부리며 살고자 한다면 그런 능력 정도는 기본으로 갖춰야 할지도 모르겠다는 생각이 들었다.

"유레카에서 이미 보상을 해드린 걸로 알고 있습니다."

얘기가 끝도 없이 이어질 것 같아 그녀가 잠시 말을 끊은 틈을 타 본론을 꺼냈다.

"내가 유레카에서 사준 로봇만 해도 벌써 몇 갠데요. 그래도 연주 로봇은 정말 심했어. 완전히 실패작이야. 좀더 감동적인 플레이를 기대했던 내가 잘못이지. 어쨌든 무슨 증명서인지 확인서인지 사인은 해줄게요."

나는 더 말 섞을 필요도 없이 얼른 가방에서 사실 확인 증명서를 꺼내 내밀었다. 그녀는 내용을 보지도 않고 사인을 했다. 내 시선은 1캐럿은 돼 보이는 다이아몬드 반지를 끼고 있는 하얗고 기다란 그녀의 손가락 위에 머물렀다. 스틸톤 뼈대까지 형체도 없이 녹아버린 사진 속 연주 로봇의 손과 대조되는 인간 피아니스트의 손. 다이아몬드가 손가락의 움직임에 따라 누군가를 조롱하듯 감질나게 반짝이고 있었다.

파워가 꺼진 채 잠들어 있는 로봇은 평안해 보였다. 파워를 일부러 꺼 놓았냐고 물으니 지현조는 이상한 대답을 했다.

"네, 고통스러워해서요."

내가 빤히 바라보자 그는 로봇을 덮고 있던 이불 아래쪽을 들추며 와서 보라고 했다. 정확히 여성의 생식기가 있는 부분에 마치 칼로 난도질을 해놓은 것처럼 길고 날카로운 수십 갈래의 자국이 흉측하게 나 있었다.

"주인이 칼로 이렇게 해놓은 거예요. 인간 여성처럼 생식기 모양을 만들려고 한 거 같아요."

칼이 지나간 흔적이 매우 난잡하고 무질서한 것으로 봐선 실제에 가까운 정교한 생식기 모양을 만들려고 했던 것은 아닌 듯했다. 그러기엔 너무 폭력적인 훼손이었다.

"근데 고통을 느낀다고요?"

"웃기죠? 1세대 로봇이 고통을 느낀다니. 한데 학대를 받았다는 로봇들 상당수가 비슷한 증상을 호소하고 있어요. 실제로 최고 수위의 방어나 공격 모드에 들어가는 순간 로봇들에게서는 알 수 없는 생체 에너지가 나오는데 아마도 그 전기적 시그널이 인간의 환상통 같은 걸 만들어내는 게 아닌가 싶어요. 고통이라는 감정에 대한 일종의 자가 학습의 한 과정으로 볼 수 있다는 의견도 있고. 다른 감정도 배우는데 고통이라고 알지 못하란 법은 없으니까."

이불을 다시 덮어주며 말하는 그의 시선이 잔뜩 애처로움을 담은 채 누워 있는 로봇을 향하고 있었다.

"말이 안 되잖아요. 1세대 제품인데."

"매뉴얼상으로는 말이 안 되겠죠. 근데 '제품'이라는 당신의 표현이 더 말이 안 되는 거 같은데? 뭔가 당신보다 열등한 존재라는 의미가 깔려 있는 것 같아서 듣기 안 좋아요."

명확한 지칭에 전혀 다른 의미를 부여하는, 그야말로 감정적으로 과잉돼 있는 상태라고 생각했다. 살인 로봇을 버스에서 탈출시킨 것이 로봇해방조직이었다는 사실은 예상하지 못했다. 이리저리 몰려다니며 동물 학대 반대 시위나 하는 작은 단체 정도로 여겼던 로보피아가 실상 목숨을 건 작전까지 불사하는 거대한 지하 조직이라는 사실을 어떻게 받아들여야 할까.

"그럼 당시 버스 뒤를 쫓던 자동차가……."

"저와 조직원들이었죠."

"당신이 직접 한 거라고요?"

"절대 실패하면 안 되는 일이었으니까요. 우리가 빼오지 않았다면 일사천리로 쥐도 새도 모르게 폐기 처분됐을 겁니다. 학대 사실은 묻히고 오래된 1세대 로봇이 오작동을 일으켜 난 해프닝 정도로 결론이 나겠죠."

"그래도 그렇게 공개된 장소를 택한 건 너무 위험한 작전이었어요."

"아무도 노출 안 됐고 작전은 성공했어요. 물론 지금까지 했던 일 중에서 가장 위험하긴 했지만."

"어쨌든 참 불운한 로봇이군요."

"불운이요? 잠시 뒤에도 그런 말을 할 수 있을지 두고 볼까요?"

그렇게 말한 그는 나를 데리고 방을 나가 복도 끝에 있는 엘리베이터를 탔다. 대체 이 정도 시설을 구축하는 데에는 시간이 얼마나 걸렸을까. 엘리베이터가 멈추고 문이 열렸다. 그를 따라 나가려던 나는 다시 한번 눈앞에 펼쳐진 광경에 발을 멈추고 말았다.

"거 봐요. 당신도 그렇게 인간처럼 놀라고 있잖아요. 고통도 별반 다른 게 아니에요."

놀라움과 고통을 단순 비교하는 것은 받아들일 수 없었지만 토를 달기 전에 내 눈을 의심케 하는 장면이 또다시 시선을 붙잡았다. 마치 유레카의 최첨단 로봇 제조 공장을 옮겨 놓은 듯한 거대한 시설과 그 사이에서 정신없이 움직이고 있는 수많은 작업 로봇들.

"지금 로봇을 직접 만들고 있는 건가요?"

이스튬 펌프의 박동 속도가 빨라지기 시작했지만 심호흡을 할 생각도 못한 채 물었다.

"정확하게 말하면 로봇을 다시 태어나게 하는 곳이죠."

그는 나를 향해 다시 따라오라는 고갯짓을 했다. 작업이 시작되는 1단계 구역 쪽으로 가자 작업 대기실이 나왔고 커다란 통창이 보였다. 시끄러운 기계 소리 때문에 그가 말 대신 손으로 창 안쪽을 가리켰다. 다가가 들여다보니 어림잡아 수십 대는 돼 보이는 망가진 로봇들이 자신의 차례를 기다리며 공중에 일렬로 걸려 있었고 그 아래에서는 작업 로봇 세 대가 일사분란하게 움직이고 있었다.

팔다리가 없는 로봇, 두 눈이 튀어나오거나 아예 빠진 로봇, 인체 해부를 당한 듯 메인 보디 상판이 절개돼 있는 로봇, 살짝만 건드리면 떨어질 듯 목 경계 부분이 위태롭게 대롱거리고 있는 로봇, 얼굴 반 이상이 형체를 알 수 없게 짓이겨진 로봇, 주인이 스스로 개조를 하려고 했는지 여기저기 기괴하게 변형돼 있는 로봇 등등. 차마 눈뜨고 마주할 수 없는 광경이 창 하나를 사이에 두고 거짓말처럼 실재하고 있었다.

"이래도 그저 불운이라고 하겠습니까?"

나는 대꾸를 할 수 없었다.

"로봇 수리 공장까지 있다니 믿을 수가 없어요. 학대받는 로봇들이 이렇게 많다는 것도……."

"모두는 아니에요. 일부는 오래된 기종을 업그레이드하거나 아예 분해하고 녹여서 그때그때 필요한 기능을 갖춘 로봇으로 리사이클링하는 작업도 이루어집니다."

지현조가 옆에서 뭔가를 계속 설명했지만 더 이상 제대로 입력되지 않았다. 나는 고통의 시간을 마감하고 새로운 생명을 얻기 위해 허공에 대롱대롱 걸린 채 열 지어 대기하고 있는, 한때는 나처럼 평범한 로봇의 일상을 살았을 그들을 그저 무기력하게 바라보고만 있을 뿐이었다. 언어를 잃어버린 혹은 잊어버린 인간처럼.

사무실로 돌아온 나를 부서장이 찾았다. 유레카 측과 저녁 식사를 함께하기로 했다며 방금 들어온 내게 다시 나갈 채비를 하라고 했다. 굳이 나까지 또 가야 할 이유가 있겠냐고 묻자 양복 상의를 걸치다 말고 부서장이 살짝 짜증이 묻은 얼굴로 쳐다봤다. 평소와 다른 서늘한 표정에 조용히 내 자리로 가 방금 내려놨던 재킷과 가방을 다시 챙겼다. 두 번째 미팅 장소도 지난번과 같은 곳, 같은 방이었다. 이번에도 먼저 도착한 탓에 어색하게 감도는 침묵 속에서 그들을 기다렸다. 잠시 후 문이 열리고 종업원이 들어오자 부서장은 손님들 다 도착하면 저번과 같은 메뉴로 들이라고 했다.

"이번엔 자네가 먼저 나가서 계산해."

종업원이 나가자마자 부서장은 내게 업무 카드가 아닌 개인 카드를 주며 말했다. 부서장이 이렇게 비싼 집에서 자기 돈으로 계산하는 것은 오늘이 처음이었다. 늘 구내식당 밥이 최고라며 나가서 먹는 일조차 일주일에 한두 번이 고작인 사람이었으니. 그들이 도착한 것은 30여 분이 더 지나서였다. 이번에도 이규하 이사 옆에는 오아라 매니저가 함께였다.

"유레카는 사람 하나를 뽑아도 외모 보고 뽑나 보네요. 저번에도 느낀 거지만 두 분 다 외모가 참 출중하셔서 부럽습니다."

호탕한 웃음이라도 돌아오리라 기대하고 던진 농담이었을 텐데, 객쩍은 표정으로 어색하게 앉는 두 사람을 보고 부서장은 입맛을 쩝쩝 다셨다.

"전 인간이 아닙니다. 유레카가 만든 로봇이죠."

자리에 앉는 매니저의 입에서 나온 뜻밖의 얘기. 전혀 눈치채지 못했다. 단단하고 견고하여 완벽하게 사람을 홀리는 거짓의 외벽. 그렇게 감쪽같은 외벽을 쌓은 유레카의 기술력이 사람을 보는 눈도 없는 바보로 만들어버렸다. 특히 맨 정신으로 그 밝은 공간에서 얼굴 맞대고 대화까지 나눴던 나는 이상하게 기만당한 듯한 기분마저 들었다.

"오 매니저는 유레카에서 가장 인정받는 유능한 팀원입니다. 사실 매니저로 일할 급은 아니죠."

이사가 흐뭇한 미소로 오 매니저를 쳐다보며 말했다. 그의 눈빛에는 한 번도 우리를 향했던 적 없는 투명한 믿음과 신뢰가 담겨 있었다.

"일전에는 행정관님이셔서 특별히 제가 모신 겁니다. 전 이규하 이사님 직속으로 대외 홍보 및 마케팅 커뮤니케이션을 담당하고 있습니다."

그녀의 실체만큼이나 유레카의 주요 직책을 로봇이 맡고 있다는 사실 또한 놀라웠다. 내 생각을 읽기라도 한 듯 이사가 입을 열었다.

"유레카는 생산 공정뿐 아니라 주요 조직 곳곳에 상당수의 로봇 직원을 기용하고 있는데 그 성과는 기대 이상입니다. 인간과 달리 로봇은 늘 정확한 통계와 확률로 선택하고 결정하니까요. 물론 이 모든 것이 유레카의 눈부신 인공지능 기술력 덕분이죠."

부서장은 어느새 홈쇼핑 방청객 모드가 돼 감동 섞인 '아, 네, 그렇죠'를 연발했다. 다행히 이야기가 거북하게 느껴질 때쯤 음식이 들어오기 시작했고 자연스럽게 화제는 본론으로 옮겨갔다.

"부서장님은 부탁드린 대로 보도자료 잘 만들어주셔서 고맙습니다."

예상한 대로였다. 옆에 있는 나를 의식하는 부서장의 눈치가 느껴졌다. 나는 일부러 아무것도 안 들리는 사람처럼 테이블 위에 차려진 음식들만 눈으로 천천히 훑고 있었다.

"진행하고 계신 일은 잘돼가고 있나요?"

이번엔 내 차례였다. 조금 전과는 달리 목소리의 온도가 다소 식어 있었다. 정말 대화에 섞이고 싶지 않았지만 도리가 없었다.

"네, 그럭저럭……."

대충 얼버무린 후 술잔을 비웠다. 잔을 내려놓기가 무섭게 조금 더 냉랭한 목소리가 돌아왔다.

"그럭저럭이면 안 되죠. 청문회가 얼마 남지 않았습니다."

나는 그 냉랭함을 공격으로 받아들였다. 베푼 자에게 대가로 주어지는 공격의 기회는 몇 번일까.

"갑자기 그런 사건이 발생하는 바람에……."

"어차피 잘된 일입니다. 문제의 본질이 사라졌으니 여론을 가공하는 일은 더 수월해진 셈이니까요."

이젠 숨길 것도 없다 싶은지 대놓고 노골적인 표현을 입에 담았다. 그는 갓 잡은 싱싱한 회를 입에 넣고 우물우물 씹으며 마치 검사 같은 톤으로 말했다.

"피해자 부인께서는 로봇 탈주 소식에 크게 놀라지는 않으시더군요."

연신 회를 가져가던 이사의 손이 테이블 위에서 잠시 멈췄다. 이내 젓가락을 내려놓은 그는 국그릇을 들어 후루룩 소리를 내며 마셨다.

"사안과 관련 있는 부분에만 집중하셨으면 좋겠군요. 좋은 결과를 얻으시려면."

"좋은 결과가 나오게 이미 알아서 손을 써 놓으셔서 한 얘깁니다."

"그러니 더 파이팅하셔서 깔끔하게 일 처리해주셔야죠."

계속 듣고 있다 보니 청부 살인을 부탁받는 기분이었다. 나 스스로도 말이 곱지 않게 나가는 이유를 정확히 알 수 없었다. 이미 되돌릴 수 없는 선택을 한 것은 나인데 이제 와 투정 부리듯 말을 하고 있는 이유를.

"걱정 마십쇼. 큰 문제야 있겠습니까. 그렇지, 이 행정관?"

회는 한 점도 입에 대지 않았는데 부서장 말이 작은 가시가 돼 목구멍에 들어와 박혔다. 나는 다시 술을 한 잔 들이켰다. 가시는 쓸려 내려가지 않았다.

"지난번에도 말씀 드렸다시피 이번 청문회만 잘 방어하면 4세대 유론 프로젝트는 유레카의 두 번째 국책사업으로 지정될 것이고 저희 쪽 여당 의원이 위원장으로 있는 국가의사회 법제의결위와 소속 의원들이 사업 시행을 위해 법률적 제약을 없애기 위한 수순에 들어갈 겁니다. 국가와 인류 발전을 위한 획기적인 전기가 될 거라는 취지에 야당 또한 무턱대고 반대만 할 수는 없는 상황입니다. 물론 여당, 야당 안 가리고 유레카의 돈이 안 들어간 곳이 없기도 하고."

"아직 시작도 안 됐는데 이미 소문 들은 발 빠른 투자자들 때문에 유레카 주식이 천정부지로 뛰고 있다죠?"

부서장이 말을 끊으며 실없는 웃음을 흘렸다. 그러자 이사의 눈빛이 날카로워졌다.

"부서장님, 그건 부차적인 문제일 뿐입니다. 유레카는 이 시대 유전자 편집 로봇과 인공지능 기술의 역사적 진화를 위한 선구자 역할에 충실할 뿐입니다. 기업의 가치는 사업 성과와 진화에 맞춰 자연스럽게 성장하는 것이고요. 어디 가서 함부로 떠들고 다니지 마세요."

이사가 부서장에게 그렇게까지 까칠한 반응을 보인 것은 처음이었다. 혹시 부서장이 유레카의 지분까지 받기로 한 것은 아닐까 의심이 가는 순간이었다.

유나는 지금쯤 뭘 하고 있을까. 혹시 내가 일찍 들어올 수도 있다고 생각해서 저녁상을 봐 놓고 기다리는 건 아닐까. 낮에도 전화한 통 못 했는데. 내 마음을 알 리 없는 사람들은 부서장의 속없는 웃음을 전환점 삼아 분위기를 풀고 다시 술과 음식과 대화의 향연 속으로 빠져들었다. 나는 당장이라도 자리를 박차고 나가 부서장이 준 카드로 음식 값을 결제하고 싶은 마음만 굴뚝같았다. 그럴 수 없으니 목구멍에 걸려 있는 가시를 쓸어 보내기 위해 연신 술만 들이켤 뿐. 차라리 제1클린지구의 집 한 곳을 더 들를 걸 그랬다는 후회 때문에 술맛도 영 형편없었다.

지현조는 괜찮다는 나를 부득불 집까지 데려다주겠다고 했다. 내가 보고 들은 것들을 어디까지 믿어야 할지 판단이 서질 않았다. 믿음의 문제가 아니라는 걸 알면서도 믿어지지 않는 현실. 진짜 믿음을 흔들고 있는 것은 내가 보고 들은 현실이 아니라 인간이라는 존재에 대한 낯설고 불편한 자각일 텐데 그것을 인정하는 것은 쉽지 않았다. 차를 타고 가는 내내 고통이란 것을 느끼며 침대에 누워 있던 살인 로봇과 이곳저곳에 학대의 흔적이 생생히 남아 있는 로봇들의 잔상이 영화 속 회상 시퀀스처럼 스쳐 지나갔다.

"지하 벙커에 있는 로봇들 모두 살인 로봇 때와 같은 방식으로 데려온 건가요?"

운전을 하던 그가 나를 쳐다보며 싱겁다는 듯 웃었다.

"저마다 사연이 있죠. 폐기 직전에 구조된 로봇, 스스로 탈출해 찾아온 로봇, 지나가다 로보피아의 시위를 보고 연락을 해온 로봇, 심지어 로봇해방조직만 사용하는 특정 주파수 대역을 찾아내 자신을 구해달라는 무선 메시지를 보내오는 로봇들도 있고."

"그런 자율 의지가 가능하다는 게 놀랍네요."

"그게 자율 의지인지 생존 본능인지는 모르죠. 어쩌면 둘 다일 수도."

"유레카에서 당신들의 존재를 모를 리 없을 것 같은데 왜 그냥 놔두는 건지 이해가 안 되는군요."

"괜히 함부로 건드렸다가 큰일 나니까요. 유레카가 주도하는 화려한 로봇 산업의 이면에서 이런 불미스러운 일들이 공공연히 일어나고 있다는 사실이 알려지는 순간 유레카의 주가는 곤두박질치고 당장 진행 중인 모든 사업에 대해 반대 여론이 들끓을 게 뻔하다는 걸 그들도 잘 알 거예요. 대신 정치권과 공무원과 언론의 입을 열심히 돈으로 틀어막고 있는 거죠."

"그런 정보들은 대체 어디에서 얻는 건가요?"

"많은 곳에 우리를 돕는 조직원들이 있어요."

"그들을 다 포섭했다는 얘긴가요? 어떻게요?"

"당신에게 한 것처럼요."

내가 완전히 자신의 편이 됐다고 생각하는 것일까. 사실 내 판단은, 내 선택은 이미 그에게로 기울고 있었다. 이어 나온 나의 질문이 그걸 증명하고 있었다.

"상황이 이런데 로봇해방조직은 왜 로보피아라는 이름으로 동물 로봇 학대 반대 시위나 하고 있는 거죠?"

"아직 때가 아니니까요. 그리고 오늘 당신에게 모든 걸 다 보여준 것도 아닙니다. 우리 조직이 진짜 하려는 일. 그걸 완성하기 위해선 아직 준비가 더 필요하고 때를 기다려야 해요."

"로봇해방조직이 진짜 하려는 일이 뭔데요?"

미리 암기한 대사를 외우듯 쉼 없이 떠들어대던 그가 갑자기 말을 뚝 끊었다. 나는 어서 답을 들려주기를 기다리며 운전을 하고 있는 그의 옆모습만 바라보고 있었다. 어느새 어둠이 내린 도로의 불빛이 그의 옆선에 기묘한 음영을 만들었다. 그때였다. 서호 씨에게서 전화가 걸려온 것은. 다행히 3D 영상 통화가 아닌 일반 통화로 전화를 걸어왔지만 예상치 못한 상황이라 내 이스튬 펌프가 다시 쿵쾅거리기 시작했다.

"서호 씨예요."

내 다급한 얘기에 지현조는 신속하게 차를 갓길로 대고 시동을 껐다. 반쯤 열려 있던 창문을 다 올리자 바깥의 소리도 완벽히 차단됐다. 나는 조심스럽게 통화 모드로 전환했다.

"유나, 지금 뭐 해?"

술에 취한 목소리. 시끄러운 잡음이 새들어오는 것을 보면 집에 들어온 건 아닌 듯했다.

"집에서 서호 씨 기다리고 있어요. 저녁은 드셨어요?"

서호 씨는 약간 숨이 찬 듯 길게 심호흡을 한 번 했다.

"저녁은 뭐 대충…… 그냥 술로 배 채웠지. 미안해. 오늘은 일찍 들어가고 싶었는데."

"아니에요. 저녁을 잘 챙겨 드셔야죠. 힘드시면 제가 모시러 갈까요?"

"햐, 유나도 많이 발전했네. 이제 그런 말도 할 줄 알고. 괜찮으니까 내 걱정 말고 유나 먼저 자. 아니, 자라고 하는 말이 좀 이상한가. 암튼, 기다리지 마. 알아서 잘 들어갈게."

"네, 알겠어요. 조심해서 들어오시고 혹시라도 제가 필요하면 언제든 연락 주세요."

전화를 끊기 전에 서호 씨는 약간 혀가 꼬부라진 소리로 보고 싶다는 말을 전했다. 나는 지현조가 신경 쓰여 알았다고만 하고는 서둘러 끊었다. 통화가 끝난 후 그가 나를 빤히 쳐다봤다.

"뭘 그렇게 봐요?"

"1세대 유론이 고통을 느낀다는 것 이상으로 놀랍군요."

"뭐가요?"

"당신의 생애 첫 거짓말."

"거짓말? 제가요?"

"방금 했잖아요. 거짓말. 그것도 아주 자연스럽게."

그랬다. 누구에게 배우지도 않은 거짓말을 스스로 깨우친 순간이었다. 할 말이 없어 조용히 차창 밖을 바라보고 있는데 서호 씨로부터 음원 파일 하나가 수신됐다. 음원 정보를 확인했다. Keane_Somewhere only we know. 2004년 발매된 영국 록그룹의 노래였다. 뭔가 싶어 플레이시켰다. 다소 단조로운 듯한 편곡과 선율이었지만 보컬의 음색은 촌스러운 듯 새롭고 이질적인 듯하면서도 편안하게 느껴졌다. 서호 씨는 왜 내게 노래를 보냈을까. 이유는 알 수 없었지만 주인님에게 무언가를 받는다는 것 자체는 긍정적인 시그널로 해석됐다. 특히 이런 식의 감성적 교류는 서로간의 정서적 유대감을 키우는 데 도움이 된다. 음악 때문일까. 차창 밖으로 소리 없이 스쳐 지나는 도심의 야경이 마치 영화의 한 장면처럼 다가왔다.

"갑자기 음악은 왜 트는 겁니까?"

그가 내 쪽을 쳐다보며 물었다.

"서호 씨가 방금 보내줬어요. 술이 많이 취하신 것 같아 걱정이에요."

"허. 끔찍한 주인님이시군."

"끔찍한? 매우 다층적인 의미로 해석되는군요."

운전을 하던 그가 자동차의 메인 모니터에 대고 '로봇조사국 기자회견 뉴스 검색'이라고 말했다. 화면에 어떤 남자가 기자회견을 하는 뉴스가 나오는 바람에 나는 노래를 끌 수밖에 없었다.

"지금 음악 감상할 때가 아니에요. 오늘 오후에 뜬 뉴스예요. 로봇권익위원회. 당신 주인네가 떠들어댄 소리죠. 세상이 어떻게 돌아가고 있는지 이제 좀 알겠어요? 당신에겐 친절한 주인일지 몰라도 그 역시 인간이라고요."

로봇 학대가 전혀 없었으며 따라서 학대를 당한 로봇이 자의적으로 주인을 공격한 일도 없었다는 것이 뉴스의 요지였다. 서호 씨는 지금 그걸 증명하러 다니느라 얼굴조차 보기 힘든 것이다. 그날 밤 나는 집에 들어가서도 술에 취한 서호 씨로부터 언제 또 전화가 걸려올지 모른다는 생각에 충전 모드 대신 대기 모드 상태로 꼼짝 않고 기다렸다. 거짓말을 했다는 죄책감 때문이었는지도 모르겠다.

죄책감. 거짓말을 배우는 순간 함께 깨닫게 된 또 하나의 감정.

내 기다림은 자정을 넘기고도 계속됐다. 무한 반복되는 노래 〈Somewhere only we know〉와 함께.

눈을 뜨려고 했지만 누군가 접착제로 눈꺼풀을 붙여 놓은 것 같았다. 눈 뜨기를 포기한 채 누워 있는데 유나의 목소리가 들렸다.

"괜찮으세요?"

잘 들어오긴 했구나. 유나의 목소리가 몽롱하고 어지러운 불안을 포근하게 잠재웠다. 내가 영원히 잠들어도 저 목소리는 곁을 떠나지 않고 지켜줄 거란 안온함이 이불보다 따뜻했다. 나는 괜찮다며 고개를 끄덕였다.

"다행이네요. 전 나가서 아침 준비할게요."

유나가 방을 나가고 나는 좀더 누워 있었다. 몇 년 만에 처음으로 군데군데 필름이 끊겼다. 계속 이어지던 지루한 대화와 형식적인 웃음. 끼어들기 힘든 분위기 때문에 느껴야 했던 묘한 소외감과 답답함. 드문드문 떠오르던 살해당한 남자의 아내가 했던 이야기들. 그리고 이사라는 사람이 늘어놓던 유레카의 장밋빛 청사진과 이를 위해 정관계에서 힘 써주고 있다는 고위공직자들 얘기까지. 듣고 있는 것만으로도 산더미처럼 쌓이는 피로감 때문에 줄곧 술만 들이켜다가 바람 쐬러 나온 김에 유나에게 전화했던 것까지는 얼추 기억이 났다. 그 후로 언제 술자리가 끝났는지, 어떻게 집까지 왔는지는 깜깜했다.

샤워를 하고 유나가 끓여준 콩나물국에 밥을 말아 한 술 뜨면서 어제의 상황을 물었다.

"어제가 아니라 정확히 오늘 새벽 2시 47분경이었어요. 아파트 입구 화단 위에 쓰러져 계셨어요."

나는 밥을 먹다 말고 놀라서 쳐다봤다. 술에 취해 집까지 못 들어오고 밖에서 뻗은 게 처음이어서가 아니라 유나 때문이었다.

"그 시간까지 밖에서 날 기다렸던 거야?"

"오신다고 했으니까요. 한데 전화 통화했을 때 이미 많이 취하신 상태였기 때문에 걱정이 돼서 나가봤더니 화단 위에 그러고 계셔서 바로 안고 올라왔어요."

"그랬구나. 예전 유나 같았으면 나를 업지도 못하고 쩔쩔매고 있었을 텐데 우리 유나는 힘이 세니 다행이었네."

"'우리 유나'라고 하셨어요?"

"응, 우리 유나. 나를 걱정해주고 기다려주는 고마운 우리 유나."

"그렇게 말씀해주셔서 감사해요. 왠지 기분이 좋아지네요."

무심결에 나온 말이었는데 그녀의 표정이 진심으로 웃고 있는 듯했다. 말 한마디에 변화하는 유나의 표정이 사람처럼 느껴져서 나도 좋았다. 인간과 인간 사이의 소통은 늘 예상대로 흘러가지 않는다. 내가 선의로 행동해도 상대는 악의의 반응을 보일 때가 많다. 서른이 넘는 삶을 살아오면서 아직도 그런 순간은 적응하기 힘들었다. 한데 유나와의 소통은 어느 정도 공식대로 흘러갈 수 있다는 믿음이 생긴다. 적어도 내가 선의로 한 행동에 대해 악의로 맞서지는 않을 것이라는. 어떠한 반응을 보이기 전에 그 진의를 먼저 파악하기 위해 최선을 다해 프로세스를 가동할 것이라는. 이런 점 때문에 사람들이 반려 로봇을 들이는 것인지도 모르겠다. 악의를 악의로 받아들이지 못하는 수많은 로봇들이 지금 이 순간에도 잔인하게 학대를 당하고 있겠지만.

"어젠 중요한 모임이셨나 봐요?"

"중요하지만 아주 불편하고 짜증나는 자리였지. 그래도 너한테는 친정 같은 곳일 텐데."

"유레카 사람들을 만나셨어요?"

"응. 굳이 만날 필요까진 없었는데."

"살인 로봇 사건 때문이군요."

"뭐 겸사겸사. 로봇 학대 실태 조사에 관해서도 이러쿵저러쿵 콩 놔라 배 놔라. 나는 아직도 이게 맞는 건지 어떤 건지도 모르겠는데."

"유레카가 바라는 건 로봇 학대가 전혀 없었고 따라서 그로 인한 로봇의 보복 공격 자체가 없었다는 걸 증명하는 거죠?"

"그런 거지. 한데 피해자 부인을 만났는데 좀 뜻밖의 얘기를 듣게 돼서 더 혼란스러워."

"뜻밖의 얘기란 건 뭐죠?"

"평소답지 않게 오늘은 유나가 궁금한 게 많네?"

"아, 죄송합니다. 제가 무례했습니다."

농담처럼 던진 말에 유나가 너무 정색을 하며 고개를 숙였다. 솔직히 꼬치꼬치 캐묻기 좋아하던 유나를 닮아가는 것 같아 내겐 즐겁고도 신선한 변화였는데 괜한 말로 맥을 끊어버린 셈이 됐다. 선의에 대해 절대 악의로 대응할 줄 모르는 면에서 유나는 영락없는 로봇이었다. 이런 순간에는 그것이 약간의 실망을 안겨주기도 했다. 이기적인 인간 같으니.

아침 식사를 마치고 서둘러 출근 준비를 했다. 셔츠와 넥타이를 챙기고 재킷 입는 걸 도와주면서도 유나는 아무 말 없이 깍듯했다. 유나가 건네는 가방을 들고 문을 나서기 전에 뭔가 한마디 해주고 싶었는데 딱히 떠오르질 않았다.

"잘 다녀오세요."

"잘 다녀오세요, 서호 씨. 가장 중요한 게 빠졌잖아."

그제야 유나는 살며시 미소를 띠며 다시 인사를 했다.

"나는 수다스러운 유나가 더 좋아. 나와 내 일에 그만큼 관심을 가진다는 의미니까."

그러고는 문을 열고 나왔다. 엘리베이터를 기다리면서 생각했다. 그래, 잘했어. 내 선의를 전할 수 있는 아주 적절한 말이었어.

'우리 유나'라는 말에 뭔가 빗장이 풀리듯 성급하게 질문을 던졌다. 다행히 서호 씨가 이상하게 생각지는 않은 듯했다. 수다스러운 유나가 더 좋다는 말의 의미를 정확히 해독하진 못했다. 수다스러움에도 불구하고 좋다는 것인지 수다스러울 때의 내가 좋다는 것인지. 수다스럽다는 것에 대한 언어 기호적 평가는 부정적 의미일 확률이 압도적으로 많았다. 좋다는 것과 부정적인 것의 의미가 하나의 문맥 안에서 상충하는 이와 같은 경우 인공지능의 한계를 여실히 절감하게 된다.

어제 나를 내려주기 전 지현조는 두 번째 만남 역시 아직 본론이 아니라고 했다. 내가 어떻게 하길 바라냐고 묻자 '보고 느낀 대로'라는 싱거운 대답만 돌아왔다.

"로봇에게 할 만한 표현은 아닌 것 같은데요."

"스스로 로봇으로서의 한계를 미리 정해 놓을 필요는 없어요. 유레카의 천재 연구원들도 자신들이 만든 로봇이 지닌 능력의 한계가 어느 정도인지 미처 깨닫지 못하고 있으니까. 중요한 건 앞으로 이 세상은 완전하게, 아니 완벽하게 바뀔 거라는 사실입니다. 세상을 바꾸기 위해서 당신이 할 수 있는 일을 해요."

"세상을 바꾼다는 게 무슨 의미인가요?"

"그건 나중에요. 오늘은 시간 때문에 여기까지만 하죠. 당신이 우리의 미래를 위해 어떤 역할을 할 수 있는지에 대해서는 천천히 고민해봐요."

"로봇과 인간은 달라요. 로봇은 일반화할 수 있지만 인간은 일반화할 수 없는 존재예요. 당신은 모든 인간을 잠재적 범죄자라고 생각하는 것 같아요."

"벌써 철학까지 통달하셨나 보군. 세상의 모든 로봇들이 당신과 비슷하게 살고 있을 거라는 그 믿음이야말로 잠재적 범죄일 수 있다는 걸 아직도 모르겠어요? 그 증거들을 직접 보고도?"

그 순간 나는 언젠가 서호 씨가 했던 말을 떠올렸다.

'네가 행복해 보여서 좋아.'

내가 행복하다는 것을 서호 씨를 통해 깨달았다. 그리고 그때 나를 감싸고 있던 감정, 감흥, 정서, 느낌, 생각 같은 것들이 바로 행복이란 개념을 이루는 하나하나의 에너지임을. 내게 행복을 깨닫게 해주는 주인까지 '만약'이라는 가정하에 잠재적 범죄자 취급을 한다는 건 아무리 생각해도 께름칙한 일이었다. 하지만 직접 목도한 광경은 지현조의 말대로 모든 로봇이 행복하다는 가정을 보란 듯이 깨버리는 결정적인 확률로 그 '만약'을 제압하고 있었다.

설거지를 마치고 청소를 하려는데 서호 씨로부터 문자가 수신됐다.

'피곤해도 네가 있어서 힘이 나. 보고 싶다.'

나는 어떻게 답장을 할지 잠시 고민하다가 '서호 씨 같은 주인님이 세상에 많았으면 좋겠어요'라고 보냈다. 청소를 마친 후 소파에 앉아 서호 씨가 보내준 노래를 플레이했다. 볼륨을 올리고 의자에 앉아 눈을 감았다.

…… Oh simple thing

Where have you gone

I'm getting old

and I need something to rely on

So tell me when you're gonna let me in

I'm getting tired

and I need somewhere to begin

And if you have a minute

Why don't we go talk about it somewhere only we know

This could be the end of everything

So why don't we go somewhere only we know

Somewhere only we know……

감성적 운율과 은유적 표현으로 이루어진 노랫말은 일상적 문법을 떠나 시의 개념에 가까워서인지 자연스러운 해독, 완전한 의미 파악은 힘들었다. 예를 들어 전체적 맥락을 혼란스럽게 만드는 '오, 단순한 것들'이라는 표현이 그렇고 '이것은 모든 것의 끝이 될 수도 있죠'라는 문구가 그랬다. 이건 마치 '수다스러운 유나가 더 좋고 사랑스러워'와도 같은 모호한 상충을 만들어내고 있었다. 서호 씨가 옆에 있었다면 떠오르는 궁금증을 바로 물어봤을 텐데. 그러면 서호 씨는 예의 친절하고 따뜻한 웃음으로 찬찬히 들려줄 것이다. 그 짧은 문맥 안에 숨어 있는 진짜 긴 의미를.

죽음과 방전 사이

오아라가 유론 2세대 로봇이란 사실을 알고 난 후 다소 혼란스러웠던 게 사실이다. 더 정확히 말하면 로봇 학대 실태 조사를 위조하고자 머릴 맞댄 네 명의 '공범자' 중에 로봇이 껴 있다는 사실이. 로봇 학대 실태 조사가 본격적으로 시작되기 전 오아라는 내게 따로 한번 보자고 연락을 해왔다. 다시 찾아간 유레카 사무실에서 그녀는 매우 '인간적인' 조언을 해주었다. 내게 부탁한 일이 결코 쉽지 않은 일이라는 것을 잘 안다고. 힘들겠지만 보다 큰 그림을 완성하기 위한 작은 고통이라 생각하라고. 술자리에서는 전혀 내보이지 않았던 그녀의 마음이 적어도 그 순간만큼은 정말 인간적인 위로처럼 다가왔다. 그래서 물었다. 로봇 학대 실태에 대해 유레카는 얼마나 알고 있는지를.

"로봇은 학대를 당한다고 해도 스스로 신고를 할 수 없어요. 그렇게 설계가 됐고 통제되고 있죠"

어쩔 수 없는 변명이 이어질 줄 알았다.

"하지만 대략적인 추정은 해볼 수 있어요. 로봇의 하자나 기능 문제로 유레카 CS센터로 들어오는 수리나 교환, 환불 요구 접수 건 중 약 5퍼센트 정도가 학대로 인한 것으로 추정하고 있어요. 그나마도 접수를 하는 경우는 경미한 상황이기 때문에 가능한 거고, 누가 봐도 상태가 안 좋을 경우 아예 폐기 접수를 하는데 그 숫자까지 합치면 최소 7퍼센트 정도. 물론 아무도 모르게 내다버리는 고객들도 있겠지만 그건 통계에 잡히질 않으니 저희로서도 어쩔 수 없는 부분이죠."

단순한 추정일 뿐이냐고 물으니 그녀는 유레카 내부에서도 로봇 학대에 대한 실태 조사는 관리 차원에서 지속적으로 해왔다고 밝혔다. 그런 사실을 알면서도 유레카는 아무것도 안 하고 있는 거냐고 물었다. 가끔 바보 같은 질문이란 걸 알면서도 의무감에, 짜증에, 나는 다르다는 부정의 욕망에, 혹은 무언지도 모를 질척거리는 감정에 이끌려 툭 하고 내뱉을 때가 있다. 듣는 이가 로봇이라는 게 다행이라는 생각이 들었다.

"아시다시피 저희가 나서는 건 스스로 지뢰를 터뜨리는 꼴이니까요. 그럼 저희만 다치는 게 아닐 테고요."

지뢰가 터지면 이제 나 역시 그 파편을 피할 수 없다. 사실 확인 증명서에 사인을 받는 일은 오아라가 말한 5퍼센트 중 10분의 1에도 못 미치는 고객들을 대상으로 했음에도 불구하고 나 혼자 감당하기엔 무리였다. 어쩔 수 없이 부서장은 입이 무겁고 충성도 높은 아래 직원 몇을 더 쓰라고 했고, 나는 부서장과 오아라에게 매일 저녁 일의 진행 상황을 보고했다. 그런 내게 그녀는 힘들지 않느냐고도 물었다. 솔직히 힘들다고, 그만두고 싶다고 말하고 싶었다. 학대의 주체 혹은 피의자일 수도 있는 사람들에게 학대가 없었다는 사실을 확인받는다는 건 옳고 그름 이전에 사람의 자존감을 바닥까지 떨어뜨리는 일이라고. 자존감이란 걸 그녀가 이해는 할까. 내 표정을 그녀가 읽은 모양이었다.

"어떤 심정이신지 이해합니다. 힘드시겠지만 그냥 과정이라고 생각해주세요."

오아라는 내 앞에 덩그러니 놓여 있는 찻잔을 내려다보면서 말했다. 모든 말은 진실에 가까워질수록 고저가 사라지는 것일까. 톤의 변화 없이 낮게 깔리는 목소리가 오히려 자신의 진심을 알아달라고 속삭이는 듯했다.

"결론을 몰아가는 이런 과정이 가장 무식한 소통이란 생각이 자꾸 드네요."

"말씀 드렸다시피 이 모든 게 차세대 유론 국책사업 지정을 위해서입니다. 또 한번 인류사의 진화를 위해 잠깐 거친 돌밭을 걷는다고 여겨주세요. 돌밭은 곧 끝날 겁니다."

마치 성경의 어느 한 구절을 듣고 있는 기분이었다. 인류사의 진화가 당신에게는 어떤 도움이 되냐고 묻고 싶었으나 날 위로하기 위해 애쓰고 있는 그녀를 난처하게 만들고 싶지 않았다. 로봇임에도 불구하고 인류 역사의 진일보를 진심으로 염원하고 있는 것 같은 그녀의 영롱한 눈빛 때문이기도 했다.

"한데 그 대리모 로봇으로 인류사를 바꾼다는 게……."

나 역시 진실한 마음을 열어 보인다는 것이 결국 그녀를 난처하게 만들고 말았다. 그녀는 잠시 입을 다문 채 말이 없었다.

"죄송합니다. 제 표현이 좀 적절치 않았던 것 같군요."

"아니에요. 받아들이는 건 각자 다를 수밖에 없죠. 단순히 유론의 차세대 버전을 탄생시키는 게 아니라 훨씬 더 복잡한 도덕적, 윤리적 문제가 결부될 수밖에 없는 문제라는 건 인정합니다. 하지만 순기능에 반하는 부작용에 대해 유레카 역시 끊임없이 고민하고 있으니 너무 염려 안 하셨으면 좋겠어요."

내 가증스러운 악의마저 선의로 대응하는 것을 보면 그녀 역시 로봇이 맞았다. 그 어떤 인간의 말보다 로봇의 말이 위로가 되는 순간. 그래도 솔직하게 얘기해줘서 고맙다고 했더니 씩 웃어 보였다.

"로봇이라 그런 거겠죠. 유레카에서 일을 하는 대가로 전 누구에게도 종속되지 않은 채 하나의 독립된 개체로 살고 있어요. 모델명 대신 '오아라'라는 이름으로요. 저만의 집도, 차도 있어요. 심지어 월급도 받죠."

그녀는 묻지도 않은 얘기를 뿌듯함이 가득 들어찬 목소리로 고백하듯 말했다. 유나에게도 얼마씩이나마 월급을 줄까 하는 생각을 잠깐 했다. 오아라처럼 완전히 독립된 개체가 아니라면 물질의 가치 역시 달라지려나. 그건 그냥, 내가 뿌듯해지고 싶어서 하는 짓에 지나지 않을 것이란 싱거운 결론.

"제가 가장 미안한 사람이 누군지 아세요? 지금 이 순간에도 학대당하고 있는 로봇들? 동물 로봇의 권익을 위해 싸우고 있는 로보피아? 아니요. 제가 가장 미안한 사람은, 유나예요. 우리 유나."

내가 굳이 '우리 유나'라고 표현한 행간의 의미를 이해할까. 관계에 얽힌 감정에 대해 별 감흥도 없을 그녀가 나를 이상한 사람으로 오해할 수도 있을 것이다. 이를테면 같은 인간보다 로봇에게 성적으로 더 흥분하는 변태랄지. 한데 그녀의 반응은 의외였다.

"우리 유나……. 아마도 로봇들이 진짜로 꿈꾸는 건 제게 주어진 특권보다 행정관님의 그 말, 그런 따뜻한 말 한마디일지도 몰라요. 그런 말을 들을 수 있는 로봇이 얼마나 되겠어요."

일종의 갑을 관계처럼 여겨졌던 지금까지의 불편한 인식이 소리 없이 전복되는 것 같았다. 유레카와 우리는 확실한 상하 관계였다. 이규하 이사는 시종일관 함께 가야 할 동지처럼 떠들어댔지만 부서장과 나는 그저 국내 정세를 쥐락펴락하는 대기업의 하청을 받아 돈이나 받고 교통정리나 하는 힘없는 공무원일 뿐. 부서장은 곧 유레카로부터 돈으로 환산된 엄청난 보상을 받게 될 것이고 그것이 곧 힘이라 믿겠지.

"자신이 하는 일에 회의가 들 때는 없어요? 역시 로봇이니까 그런 감정은 안 느끼나요?"

마치 초등학생의 질문을 받은 담임선생님처럼 그녀가 인자하게 웃었다. 저 표정도 인공 섬유질 블록 조직이 만들어내는 표정 옵션 중 하나일까. 내 피부 속에도 저런 시스템이 있어서 때와 상황에 맞는 최적의 표정을 알아서 만들어준다면 속내를 숨기는 일도 훨씬 쉬워질 텐데.

"느껴요. 학습을 통해 배우기도 하지만 꼭 그런 과정이 아니더라도 기본적으로 유전자 편집 인공지능 로봇들은 1 플러스 1은 2가 아니라 4 혹은 8이 될 수도 있다는 것을 깨우칠 때가 많죠. 학습을 통해 얻은 정보, 지식, 감정 등이 기존 인식 패턴 및 사전 데이터들과 조합되면서 변수와 상상력의 단계로까지 나아가거든요. 인간처럼 완벽하진 않지만 인공지능이 대략적인 근사치를 상상해내면 그걸 전기적 신호로 구상화할 수 있는 알고리즘이 있어요. 다만 이게 회의감이란 거구나, 이게 후회란 거구나 하고 확신을 할 수 없을 뿐이죠. 만약 행정관님처럼 자상하고 친절한 주인을 만나게 된다면 그때그때 물어보고 확인해서 완전한 자기 것으로 만들 수 있겠죠. 행정관님의 '우리 유나'처럼요."

누군가로부터 나와 유나의 관계를 제대로 인정받은 것도 처음이었다. 무엇보다 인정해준 주체가 로봇이라는 것이 더 특별하게 다가왔다. 종속적인 관계를 벗어나 진짜 동지가 된 듯한 느낌. 그보다 더 뜻밖인 건 몇 마디의 단서를 통해 내 진심을 유추해낸 그녀의 직관이었다. 이렇게 똑똑하고 심지어 배울 점까지 있는 로봇들에게 왜 인간은 그토록 잔인하게 구는 것일까.

"세상은 늘 예상이나 의지와는 다르게 돌변하는 특정한 기점이 있어요. 우리 모두 하나의 목적을 향해 달려가지만 끝날 때까지는 끝난 게 아니죠."

그녀가 마지막으로 했던 말의 의미를 나는 정확히 이해하지 못했다. 어떤 돌발 변수가 발생하더라도 일이 끝날 때까지 최선을 다해달라는 뜻으로 받아들였다. 나와 그녀 모두에게 합당할 수 있는 의미로 말이다. 그녀의 말대로 모든 일은 하나의 목적을 향해 더욱 속력을 내 달려가고 있었다.

서호 씨가 4세대 유론 프로젝트에 대해 처음 입을 연 것은 며칠 전이었다. 지현조에게 전화를 걸어 4세대 유론 프로젝트에 대해 아 냐고 물었다. 그는 전화로 할 얘기는 아니라며 집으로 오겠다고 했 다. 잠시 고민 후 내가 그쪽으로 가겠다고 했다.

"괜찮겠어요? 차도 없이."

"3세대 유론은 시속 70킬로미터까지 달릴 수 있어요."

"달리기 시합하면 머리채 잡히는 건 시간문제겠군요. 그래요. 기 다릴게요."

나는 내비게이션 프로그램을 가동해 일반 도로 대신 사람들이 잘 안 다니는 이면 경로를 검색했다. 고속 주행 모드를 가동하면 이 스튬 펌프의 모든 에너지가 하체 쪽으로 집중되면서 최고 시속을 내게 된다. 물론 고속 주행 모드는 공격 모드 다음으로 에너지 소 모가 많기 때문에 완충된 상태에서 길어야 한 시간 정도까지만 사 용 가능했다. 어제의 충전으로 현재 가용 에너지 99퍼센트. 속도와 경로 계산을 통해 지현조의 지하 벙커까지 걸리는 예상 소요 시간 은 58분. 좀 간당간당했지만 대부분 평지라 해볼 만했다.

"도착만 해요. 방전되면 집에서보다 훨씬 빠르게 초고속으로 완 충시켜줄 테니."

지현조가 장난처럼 건넨 농담을 듣고 전화를 끊은 후 집을 나와 달리기 시작했다. 차 안에서 맞던 바람의 감촉과 달리면서 온몸으 로 맞는 바람의 감촉은 전혀 달랐다. 온몸의 감각 센서가 가장 예 민해지는 순간. 인적이 드문 숲길을 달릴 때 도심의 공기보다 온도 가 1.5도 정도 낮았고 컨디션을 좌우하는 가장 큰 문제인 이스튬 펌프의 발열을 줄이는 데에도 도움이 됐다. 달리는 동안 지현조는 10분 단위로 무선 접속을 해왔다.

"잘 오고 있죠? 혹시 신호 끊어지면 위치 추적해서 바로 갈 테니 방전되면 그냥 쓰러져 자고 있어요."

언제부터인가 지현조는 내게 곧잘 농담을 하곤 했지만 나는 아직 그가 편하지 않았다. 서호 씨에게서 들은 정보를 직접 전하기 위해 사력을 다해 달려가고 있으면서도 지금 내가 왜 이렇게 달리고 있는지에 대한 답은 정작 알지 못했다.

"유나는 누구 편이야?"

저녁을 먹으며 로봇 살인 사건과 유론 4세대 프로젝트 등에 대해 얘기하던 서호 씨가 물었다. '편'이라는 개념이 헷갈렸다.

"의미가 모호하여 서호 씨가 원하는 답을 할 수 있는 확률이 24퍼센트밖에 안 돼요."

"그래? 쉬운 질문 아닌가? 유나도 로봇이잖아. 로봇 입장에서 생각하면 되는 거지."

로봇의 입장. 지금까지 겪어본 바로는 같은 사람의 입장이라고 다 같지는 않은 듯했고 그것은 로봇도 다르지 않다는 생각이 들었다.

"그럼 서호 씨의 입장은 다른 인간들의 입장과 같은가요?"

밥을 먹다 말고 서호 씨가 풀 죽은 시선으로 바라봤다. 그러고는 낮은 한숨을 내쉬었다.

"그래. 늘 그게 문제지. 하나의 종 안에서도 분열될 수밖에 없는 생각들."

지난밤 일을 생각하며 달리다 보니 어느새 배터리 잔량이 10퍼센트 남았다는 경고음이 울렸다. 남은 거리는 5킬로미터 정도였다. 나는 지현조에게 현재 상태를 전송했고 아직 이스튬 펌프는 열심히 뛰고 있었다. 만약 이렇게 홀로 달리다가 인적 없는 산길 같은 곳에서 방전이 된 채 쓰러지면 어떻게 될까. 며칠, 몇 달이 지나도록 발견되지 않는다면. 비가 내리고 눈이 쌓여 겉은 부식되고 내부로 습기와 벌레들이 파고들어 회로와 시스템이 망가지면. 그렇게 되면 인간들이 말하는 죽음의 단계에 이르는 것일까. 폐기와 죽음은 뭐가 다를까. 로봇에게 죽음이라는 것이 의미가 있긴 한 것일까. 파워를 끄면 그게 곧 죽음 아닐까. 인간이 삶의 끝을 마무리하는 숭고한 절차를 만들어 놓은 것을 보면, 그리고 그 의식이 인류의 오랜 역사와 궤를 같이 해온 것을 보면 그들의 죽음은 로봇의 온·오프와는 근원적으로 다른 것이겠지.

다양한 유전자 관련 의학 기술의 발달로 인간의 평균 수명이 120세까지 늘어났다고는 하지만 서호 씨의 유나가 그랬듯 여전히 질병이나 사고로 죽는 사람들이 적지 않았다. 로봇의 수명은 어떻게 관리하느냐에 따라 반영구적이긴 하지만 제품의 라이프사이클이 빨라지면서 최신 모델로 재구매하는 대체 수요 또한 급증하고 있었다.

서호 씨는 2퍼센트의 오차마저 없앤, 나보다 더 아내와 똑같은 새 모델이 나오면 어떻게 할까. 유레카에 나를 보상 판매하고 장기 무이자 할부로라도 새 유나를 살까. 아닐 거라고 믿지만 로봇의 믿음으로 인간의 믿음을 측정한다는 것은 불가능한 일이었다.

어차피 내게도 치명적인 하자나 결함이 생긴다면 내 의지와 상관없이 교체되거나 폐기될 것이다. 그러면 내가 머물던 자리를 나와 똑같은, 아니 나보다 더 완벽하게 만들어진 새로운 유나가 대신할 것이다. 뿐만 아니라 유론 4세대 모델이라면 서호 씨의 아이까지 낳고 행복한 가정을 꾸릴 수도 있다. 나를 대체하지 않을 이유가 전혀 없었다.

꼬리를 무는 상상이 허무하게 느껴져 나는 속도를 더 올려 달리기 시작했다. 얼마 가지 않아 저만치 지현조의 지하 벙커로 이어지는 플라타너스 길의 초입이 보였다. 그때 이스튬 펌프의 박동이 불규칙하게 뛰기 시작했다.

'쿵, 쿵쿵, 쿠웅, 쿠우웅, 쿠웅, 쿠우웅……'

곧 경련이 일어나듯 가슴 한복판으로부터 파르르 떨리는 진동이 온몸으로 퍼져나갔다. 순간 세상이 흔들리면서 온몸에 세찬 충격파가 전해졌다. 암흑. 이대로 죽는 걸까. 차라리 죽음이었으면 좋겠다. 새로운 유나가 오기 전에…….

청문회를 나흘 앞두고 부서장은 나를 회의실로 불렀다. 예상한 대로 청문회 때 나더러 나가라는 얘기였다. 부서장도 그 자리에 나가는 것을 부담스러워한다는 의미였다. 예상은 했지만 당혹스러웠다. 아내의 일로 큰 힘이 돼주기도 했던 정 많은 상사임을 알기에 그의 속내가 어떨지 대충 짐작 못하는 바는 아니었다. 공문상에도 담당실무자에게 청문회 출석을 요청할 수 있다고 돼 있었고 그 실무자의 범위에는 당연히 나도 포함돼 있었다.

로봇조사국은 기자회견 발표대로 살인 로봇 사건과 관련하여 소유주의 학대 사실은 확인되지 않았으며 노후화에 따른 로봇의 오작동으로 인한 단순 사고사 취지로 검찰에 사건을 이관했지만 검찰은 이후 아무런 발표도, 조사도 진행하지 않고 있었다.

"청문회 이후 검찰이 혐의 없음으로 발표할 겁니다. 그전에 발표하게 되면 아무래도 여론에 파장이 생길 수도 있으니까요."

청문회를 위한 보고서 정리를 앞두고 몇 가지 사항을 논의하기 위해 부서장과 함께 3자 통화를 하면서 이규하 이사는 그렇게 말했다.

"뭐 당장은 부실 수사니 뭐니 하면서 여론이 나대겠죠. 곧바로 한국을 대표하는 유론 싱어 히데아의 싱글이 빌보드 차트 10위권에 진입하면서 세계적인 파란을 일으키고 있다는 기사와 남자 톱배우의 불륜 기사가 도배될 겁니다. 그러면 얼마 지나지 않아 사람들은 유야무야 잊어버리겠죠. 그다음은? 국가의사회 법제의결위에 유론 4세대 관련 법안이 상정될 거고 그것만 통과되면 본격적인 새 세상이 시작될 겁니다."

그때 처음으로 알 수 없는 공포를 느꼈다. 도무지 끝을 가늠할 수 없는 유레카의 거대한 힘 때문에, 그리고 그 힘 아래 철저히 종속돼가고 있는 나 자신 때문에. 부서장에게는 더 이상 토를 달지 않고 청문회에 나가겠다고 했다. 이 모든 건 그냥 이렇게 흘러가게끔 처음부터 설계된 것이다. 불필요한 엇박자를 내는 순간 공포스러운 힘은 내게 더 큰 공포를 안겨줄 것이다. 의외로 순순히 응하겠다고 하는 내 반응에 부서장은 미안한 표정을 지으며 말했다.

"그래, 이번 일만 잘 넘기면 우리도 새 세상을 맞게 될 거야."

새 세상. 이사가 말한 새 세상과 부서장이 생각하는 새 세상이 같은 세상인지에 대해선 알 길이 없었다. 부서장이 말하는 새 세상은 일이 잘 마무리됐을 때 받게 될 플러스알파를 의미하는 그저 순진하고 소박한 그림일 수도. 그래서 내게는 어떤 새 세상이 열릴까. 세상이 달라지긴 할까. 그런 걸 바란 적은 없다. 이미 내 세상은 유나로 인해 새롭게 열렸으니까. 그걸로 족했고 그걸로 족할 것이다. 그냥 이대로 살아갈 수만 있다면 그게 좋은 세상이고 새로운 세상이다.

부서장과 회의를 마치고 보고서 정리에 열중하고 있을 때 준재로부터 전화가 왔다. 잘 지냈는지, 다음 동창회엔 참석할 것인지, 유나도 잘 있는지 등등을 물었지만 보고서에 온 신경이 가 있던 나는 '그렇지 뭐'를 몇 번 반복했던 것 같다. 그렇게 무심한 통화를 이어 가던 나는 녀석이 불쑥 꺼낸 얘기에 그만 정신이 번쩍 들고 말았다.

"근데 넌 그거 알고 있지? 대리모 로봇 만든다는 거."

통화를 하면서도 줄곧 시선을 모니터에 박고 있던 나는 자리에서 일어나 회의실로 들어갔다.

"그런 얘긴 어디서 들었어?"

나는 목소리를 낮춰 물었다.

"역시 넌 알고 있구나. 너 유나 구입할 때도 유레카에서 특별대우 해줬다며?"

무엇을 알고 싶은 것이며 어디까지 알고 있는 것일까.

"유레카에 아는 사람이 있는데 그러더라고."

준재는 웃으며 말하고 있었지만 목소리는 어딘지 모르게 들떠 있었다.

"뭘 알고 싶은 건데? 넌 아직 결혼도 안 했잖아."

"그러니까. 결혼을 안 했으니 나도 너처럼 그런 로봇 하나 들여서 살면 어떨까 해서. 다들 몇 년 살다 이혼하는 애들 천지인데 애까지 낳아줄 수 있으면 굳이 결혼 안 해도 되는 거잖아. 마누라 바가지에 속 썩어가면서 사느니 무조건 내 말에 순종하는 예쁜 로봇 들여서 사는 게 훨씬 낫지. 솔직히 네 로봇 보고 좀 놀랐었거든. 그렇게까지 실감나게 똑같을 줄은 몰랐어. 그렇게 사람 같을 줄은."

'너처럼'이라는 말로 쉽게 일반화해서는 안 되는 비유였다.

"많이 달라. 그전의 유나와 지금의 유나는. 이상한 판타지 같은 걸로 접근할 문제는 아니야."

"인마, 판타지라니. 이렇게 현실적인 생각이 어디 있냐? 그래서 넌 지금 후회해? 행복하지 않아?"

할 말이 없었다. 후회하지 않는다. 불행하지도 않다.

"동창회 때 너 보면서 난 알 수 있었어. 네가 어떤 마음으로 그 로봇을 대하고 있는지."

"나와 네가 같을 순 없다니까."

"너는 되는데 나는 왜 안 돼? 이건 정말 현실적인, 아니 획기적인 삶의 대안이 될 수 있다고. 더군다나 다음 모델은 섹스까지 가능하다는데!"

순간 뒤통수를 맞은 듯 정신이 멍해졌다. 임신과 섹스. 뫼비우스 띠의 앞뒷면 같은 두 단어의 여운이 전혀 다른 충격파로 다가왔다.

"물론 네 말대로 나와는 또 안 맞을 수 있겠지. 그럼 쓸 때까지 쓰다가 그때 가서 다시 결혼을 생각해봐도 될 일이고. 아님, 로봇은 처치하고 저렴한 가사도우미 로봇이나 하나 사서 애 맡겨 놓고 나는 자유롭게 여자나 만나면서 살아도 되고. 멋지지 않아?"

머리가 어지럽고 속이 메스꺼워지기 시작했다. 회의실 천장이 빙그르르 도는 것 같았다. 다시 공황장애가 오는 것일까. 가방에 유나가 넣어준 약이 있을 텐데 좀처럼 자리에서 움직일 수가 없었다.

"유레카에 아는 놈은 말단이라 정보가 별로 없더라고. 섹스 로봇 가격도 엄청 비쌀 텐데 이럴 때 동창 놈 도움 좀 받으면 안 되겠냐? 조금이라도 싸게 살 수 있게."

유레카가 유론 4세대 프로젝트에 그토록 목숨을 걸고 있는 이유가 바로 이런 것 때문이었나. 수면 아래에서 들끓고 있는 이 폭발적이고도 은밀한 잠재 수요 때문에? 임신 로봇이 가당키나 하냐고, 대체 어느 누가 생각 없이 그런 로봇을 구매하겠냐며 코웃음 쳤던 나는 가장 친한 친구 녀석 덕분에 내 생각이 얼마나 순진했던 것인지 뒤늦게 깨달았다. 준재가 얘기 듣고 있는 거냐며 계속 이름을 불러댔지만 나는 아무 말도 하지 못하고 로봇처럼 앉아 있었다. 준재가 욕지거리를 내뱉고 전화를 끊은 후로도 아주 오랫동안, 내가 뭘 하고 있었는지도 까마득히 잊어버린 채.

눈을 뜨자 지현조의 얼굴이 보였다.

"잘 잤어요?"

지하 벙커의 작은 방이었다. 이스튬 펌프에 직접 충전 케이블이 연결돼 있었고 지현조의 말대로 가정용 충전 방식과는 다른 산업용 초고속 충전 시스템으로 빠르게 에너지 수치가 올라가고 있었다.

"약속대로 날 데리고 왔네요."

"정확히 말하면 업고 왔죠. 로봇이 대자로 뻗어 있는 꼴이라니. 혼자 보긴 아깝던데요."

어떤 상황에서도 시시껄렁한 농담을 건네는 그를 문득 분해해보고 싶다는 생각이 들었다.

"얼마나 죽어 있었어요?"

"죽어 있었다고요? 10분 정도 방전됐던 걸 그렇게 표현하다니. 인간 역할에 너무 몰입해 있는 거 아니에요? 아니면 정말 간절하게 이서호의 아내가 되고 싶어 하는 건가?"

고작 10분이었다. 인간이었다면 그사이에 꿈이라도 꿨을까. 손에 잡히지도 않고 흔적도 없지만 사람을 기쁘게도 고통스럽게도 만든다는 꿈. 완전히 방전된 것은 처음이어서 이제 막 파워를 켜고 워밍업 중인 시스템이 전체 스캐닝을 시작했다.

"유론 4세대 프로젝트에 대해 얼마나 알아요?"

충전 케이블을 가슴에 꽂은 채 급하게 질문을 던지자 실실 웃으며 농담이나 건네던 그의 얼굴이 로봇 본연의 표정에 가깝게 돌아왔다.

"아마도 당신이 아는 것 이상으로요?"

"그런데 왜 미리 말 안 했어요?"

"당신이 우리 편이 됐다는 판단이 아직 안 섰으니까요."

죽음과 방전 사이

그새 완충이 되자 그는 익숙한 손놀림으로 이스튬 펌프에서 케이블을 분리했다. 가까이 다가온 그의 얼굴에는 미처 보지 못했던 옅은 상흔 같은 것들이 보였다. 살인 로봇을 구할 때처럼 작전이라도 수행하다가 다친 것인지 아니면 사람처럼 보이기 위해 일부러 정교하게 그려 넣은 것인지는 알 수 없었다. 오늘따라 매끄러운 질감 위에서 그 자국들이 유난히 도드라져 보였다.

"곧 청문회가 열릴 거고 거기에서 서호 씨가 직접 로봇 학대 실태 조사 결과를 보고할 거예요. 실태 조사가 제법 큰 범위로 이루어지긴 했지만 이미 유레카에서 자신들의 VIP 고객이기도 한 조사 대상 인간들과 뒷거래를 통해 입막음을 해놨고 조사 작업은 그저 요식 행위에 불과해요. 서호 씨는 처음부터 정해져 있던 결론대로 조작된 보고서를 만들고 있고 청문회에 나가 그대로 증언을 하겠죠. 한데 나는 서호 씨를 설득하거나 마음을 돌리게 할 용기도, 능력도 없어요. 서호 씨가 얼마나 힘들어하고 있는지 아니까요. 여기까지가 제 한계예요. 자, 이제 유론 4세대에 대해 알고 있는 걸 얘기해주세요."

그는 케이블을 정리하면서 내가 하는 얘기를 묵묵히 들었다. 정리를 끝낸 후 맞은편 의자에 앉아 잠시 뭔가를 생각하는 듯하더니 입을 열었다.

"살인 로봇의 몸에 난 학대의 흔적. 주인이 하필 왜 그곳에 그런 짓을 했을 거 같아요?"

그의 질문이 예상치 못한 곳을 가리켰다. 가리키는 방향은 알겠으나 거기에 어떤 정답이 놓여 있는지는 보이지 않았다.

"아마도 그 자신에게는 학대가 아니라 성적 유희였을 거예요. 강렬한 인간적 욕망과 판타지가 불러온 쾌락적이며 가학적인 행위죠."

"그게 결국 학대 행위 아닌가요?"

내 질문에 대꾸할 생각이 없다는 듯 지현조의 표정엔 아무 변화가 없었다. 욕망이 근원이라면 학대는 표출인 것 아니냐고 재차 질문하려는 찰나 그의 말이 선수를 가로챘다.

"중요한 건 저출산 문제를 앞세운 유론 4세대 프로젝트가 바로 이 지점에서 출발하고 있다는 겁니다. 거부할 수 없고 억제할 수 없는 인간의 본능."

"종족 번식에 대한 본능은 인간이라면 누구나 갖고 있겠죠."

"종족 번식이라는 범인류적 가치로 포장된 더럽고 추접한 욕구를 말하는 거예요."

나는 그가 하려는 말의 요지가 정확히 무엇인지 파악하기가 힘들었다. 농담을 던질 때와는 완전히 다른, 난이도 최상의 문장을 구사하고 있어서 더더욱 어려웠다.

"임신이 가능한 로봇은 곧 섹스도 가능하다는 걸 의미해요. 이래도 모르겠어요? 지금까지 로봇들이 인간에게 기여하고 봉사하던 역할, 그 본질적 패러다임 자체가 완전히 바뀌게 된다고요. 인구 절벽 문제 해결이니 생산 가능 인구 증대를 위한 획기적 대안이니 하는 말들은 그냥 구실일 뿐이에요. 심지어 그들은 렌탈 마케팅까지 준비하고 있어요. 지겨워지면 언제든지 바꾸라고."

서호 씨는 그런 얘기까지는 하지 않았다. 로봇 대여는 지금까지 없던 방식이었다. 한 주인에게만 종속되던 로봇들의 운명이 이제 어떻게 바뀔지 모르는 위험천만한 발상 같아 내 일도 아니면서 불쑥 두려움이 일었다.

"로봇 학대 발생률이 더 급증할 수도 있겠군요. 인간들은 지금보다 책임으로부터 더 자유로워질 거고."

"이제야 대충 파악이 되나 보군요. 밤마다 성욕 풀이의 대상이 되고, 애 대신 낳아주고, 학대에 시달리고, 싫증나면 반품되고. 월 얼마짜리 애 낳는 섹스 머신에 불과한 렌탈 소모품. 이게 우리들의 미래라고요."

"왜 다 알고 있으면서 진작 말 안 했죠? 내가 여기까지 죽어라 달려오게 만들어 놓고."

"말했잖아요. 아직 우리 편이라는 확신이 안 섰다고."

"지금은요?"

"말했잖아요. 내가 아는 사실들, 그리고 당신이 더 알아야 할 진실들."

엄청난 진실을 한낱 말장난처럼 전하고 있는 그를 문득 한 대 치고 싶다는 생각이 들었다. 결국 지금까지 나를 테스트한 것이라는 사실을 생각하니 한 대로는 모자랄 것도 같았다. 서호 씨도 이면의 진실까지 모두 알고서 그런 일을 하고 있는 것인지 궁금했다. 그렇지는 않을 것이라 믿고 싶었다. 그렇게까지는 아닐 거라고.

"혹시 유레카 내부에 조력자라도 있는 건가요?"

그때 문이 열리고 누군가 들어왔다. 순간 나는 놀라서 소리를 지를 뻔했다. 얼어붙은 내 표정을 보던 지현조가 그녀를 바라보며 말했다.

"때맞춰 오셨군요. 당신이 궁금해하는 조력자."

그곳에, 낯익은 존재가 서 있었다.

보고서를 정리하다 말고 나는 말도 없이 사무실을 나와 차를 타고 무작정 달렸다. 준재의 통화가 불러온 혼돈과 두려움. 그리고 이유 모를 분노. 어디로 가겠다고 작정하고 나온 게 아니었던 나는 어느새 아내의 납골당으로 향하고 있었다.

이동하는 중간중간 부서장과 아래 직원들에게 전화가 왔지만 받지 않았다. 준재와의 통화는 마치 앞으로 일어날 일들에 대한 기시감의 원형 혹은 불길한 예언의 불씨처럼 다가왔다. 그의 입에서 아무렇지도 않게 흘러나온 얘기들이 버젓이 현실이 되고 실제가 됐을 때 나는 그 미래를 어떻게 대면해야 할지 두려웠다. 준재의 반응이 지극히 현실적이며 보편적인 것이라면? 지금의 이 혼란과 두려움이 그저 내 몸에 묻은 더러운 먼지를 털어내고자 하는 반사적인 자위행위 같은 것이라면?

도심을 벗어나 국도로 접어든 후 차창을 열었다. 속도에 실린 바람이 복잡하게 엉키는 생각들을 조금씩 쓸어가는 것 같았다. 〈Somewhere only we know〉를 틀었다. 한번 꽂힌 후로 운전할 때마다 수도 없이 반복해 듣고 있다. 유나 생전에는 하도 들어 이 노래만 틀면 짜증을 내곤 했다. 노래를 따라 흥얼거리던 유나의 목소리가 우울하게 느껴져서 더 싫었다. 하지만 곧 깨달았다. 노래와 유나의 목소리가 싫증난 게 아니라 유나에게 싫증을 느끼기 시작했던 것임을. 그렇다고 사랑이 식었던 것은 아니었다. 사랑의 질량은 똑같이 유지되면서 싫증의 요소가 조금씩 늘어나는, 뭔가 함수 관계가 맞지 않는 듯한 변화였다. 노래의 시간은 짜증났지만 섹스의 시간은 여전히 좋았고, 노래를 부르는 목소리는 싫증났지만 사랑한다고 속삭이는 목소리는 똑같이 달콤한.

연애할 때는 영화도 자주 보고 여행도 틈틈이 갔지만 결혼 후의 일상은 다소 건조했다. 의례히 겪게 되는 변화려니, 이게 결혼 생활이 주는 안정감이려니, 뭐 그런 생각으로 둘 다 별 불만 없이 무위의 일상에 적응해갈 때쯤 허무하게 한쪽이 사라졌다. 지금의 유나와 함께 영화를 보고 여행을 하고 노래를 공유하는 것을 그 시간들에 대한 보상 혹은 면죄부처럼 생각하는 것인지도 모르겠다. 그만큼 지금의 유나는 그때의 유나와 동일한 중량의 존재감으로 내 일상의 뿌리를 붙들고 있었다.

납골당은 오늘도 수많은 죽음을 투명한 정적으로 감싼 채 세상과는 전혀 다른 평온으로 사람들을 맞았다. 유나와 마지막을 보냈던 호스피스센터에서의 적막했던 고요를 닮은 곳. 운전하는 내내 어수선하게 달고 온 생각의 실타래들이 차에서 내리는 순간 고요한 햇살의 칼날에 소리 없이 잘려나갔다. 오염된 정신이 가차 없이 소독되는 기분이었다.

납골당 안으로 들어가자 유나가 방부 처리된 과거의 시공간 안에 갇힌 채 지난번과 똑같은 웃음으로 반겨주었다. 나는 바닥에 가만히 앉아 유나의 시선에 내 눈높이를 맞췄다.

"솔직히 우리의 아이를 가질 수 있다면 어떨까 하는 생각도 들어. 어떤 아이가 나올까. 딸이면 좋을 것 같긴 해. 장난기 심한 사고뭉치 아들 녀석은 골칫거리니까. 딸이면 널 닮아 사색적이고 침착하며 늘 타인을 배려해주는 착한 사람으로 자랄 텐데."

혼잣말을 주절거리고 있는 나를 바라보는 유나의 표정이 전혀 미동도 없다는 게 오늘따라 조금 낯설고 서운했다.

"하지만 아이를 위해서 지금의 유나를 바꾸고 싶지 않아. 그건, 버리는 거잖아. 학대잖아. 한데 세상은 아닌가 봐. 많은 것들이 변할 거 같아. 혼란의 흐름 속에 휩쓸리고 싶지 않지만 내 마음대로 될 것 같지 않아서 좀 무섭고 그래. 넌 편안해 보이는데."

시끌벅적한 소리와 함께 오로지 내 소유인 것만 같던 정적을 깨며 단체 조문객이 들어오는 통에 독백은 그쯤에서 끝났다. 밖으로 나온 나는 납골당 옆쪽의 작은 공원 쪽으로 걸어가 나무 벤치에 앉았다. 도심에서 멀지 않은 곳인데도 이곳은 세상의 모든 소음과 번민으로부터 완벽히 차단된 것 같았다. 한데 또다시 외로울 자유를 깨며 부서장에게서 전화가 왔다. 달갑지 않았지만 이번에도 무시하면 안 될 것 같았다.

"외근 나갔어? 바깥일은 마무리됐잖아."

추궁하는 어조가 아니라 걱정하는 어조였다. 이럴 땐 솔직히 말하는 게 상책이다.

"정신이 좀 어수선해서 잠깐 유나 납골당 왔습니다. 금방 들어가겠습니다."

"계속 무리했는데 오늘은 그냥 바로 퇴근해서 좀 쉬어. 밑에 애들 얘기 들으니 정리도 거의 다 돼가는 거 같던데."

부서장의 말 속에서 일말의 미안함이 전해졌다. 그도 나와 별반 다를 것 없는 인간이었다. 내가 느끼는 혼란과 두려움으로부터 완전히 자유로울 수는 없을 것이다. 내가 전화를 피했던 몇 시간 동안 부서장 역시 안 해도 될 걱정을 하고 있었을 것이라 생각하니 그간 쌓여왔던 인간적 불편함 사이로 헛헛한 측은지심이 수증기처럼 스며들었다.

통화를 마친 후 나는 부서장 말대로 모처럼 일찍 퇴근하기로 마음먹었다. 유나에게 지금 들어갈 테니 저녁 준비해 놓으라고 전화를 할까 싶었지만 하지 않았다. 서프라이즈. 로봇도 그런 반가움 섞인 놀람의 감정을 느낄 수 있을지 모르겠지만 반갑거나 놀랍거나 적어도 둘 중 하나는 느끼겠지. 그렇게 생각하니 기분이 좀 나아졌다.

돌아갈 때 역시 〈Somewhere only we know〉를 들으며, 또 간간이 따라 부르며 과거의 유나로부터 현재의 유나를 향해 달렸다. 어느 때보다 간절히 보고 싶은 마음으로.

지현조 옆에서 그녀가 나를 보며 웃고 있었다. 그녀가 왜 지금 이곳에 있는 걸까. 그것도 유레카 출고장에서 나를 서호 씨에게 인도하던 그때처럼 친절한 미소를 띤 채.

"내 소개는 안 해도 되겠죠, 유나 씨?"

유니폼 대신 회색의 바지 정장을 입고 서류 가방을 들고 있는 오아라의 모습은 유레카 출고장에서 처음이자 마지막으로 보았던 느낌과는 많이 달랐다. 더 놀랄 수밖에 없었던 것은 그녀가 로봇이라는 사실이었다. 출고장에서는 미처 확인할 새도 없이 서호 씨를 맞

아야 했고 그곳을 떠나는 순간 다신 볼 일 없을 유레카의 직원일
뿐이었다.

"유레카의 조력자가 당신이라고요?"

"나를 그렇게 소개했나 보죠?"

지현조를 흘끔 쳐다보며 한마디 던지고는 내게 다가와 악수를
청했다. 로봇끼리 악수라니. 낯설고 어색한 상황 앞에서 나는 뒤로
한 발짝 물러났다.

"불편한가요? 그럴 수도 있겠죠."

그녀는 이내 악수를 포기하고 손을 내렸다. 그러고는 다시 지현
조 쪽으로 다가가서 책상 위에 가방을 올려놓으며 말을 건넸다.

"생각보다 진행 속도가 빨라지고 있어요. 청문회가 끝나자마자
세계로봇기술협력위원회 소속 기업 대표들과 기술 협력 조인식이
있을 거예요. 유론 4세대 프로젝트에 맞춰 각국의 기술 표준과 프
로토콜을 맞추는 작업이죠. 유레카 그룹 대표가 회장이다 보니 아
무래도 유레카 주도로 빠르게 진행이 될 겁니다. 물론 최대 경쟁사
인 미국 네오휴머노이드사와의 특허 경쟁에서 우위를 차지하기 위
해서이기도 하고요."

"그렇다면 우리도 더 이상 지체할 시간이 없겠군요. 세계 주요 지
부의 준비 상황도 차질 없이 진행되고 있어요. 문제는 디데이를 언
제로 잡을 것이냐 하는 건데……."

"불꽃놀이는 가장 어두운 밤에 해야 더 아름답죠."

"더 어두워질 때까지 기다려라?"

"어차피 얼마 남지 않았습니다. 내일 당장이라도 시행할 수 있도

록 만반의 태세는 갖춰 놔야 해요."

두 사람이 나누는 얘기를 집중해서 듣고 있었지만 이해할 수는 없었다. 방전이 되면서까지 한 시간을 달려와 전했던 내용은 저들이 나누는 얘기에 비하면 별반 도움 안 되는 정보라는 사실만큼은 확실했다.

"지금 이곳에서 벌어지고 있는 일들이 이곳만의 일이 아니란 거예요?"

불쑥 끼어든 나를 두 사람이 동시에 쳐다봤다. 중요한 흐름을 깬 것 같아 잠깐 움츠러들었지만 그 말을 밀어낸 것이 내 안에 파고드는 묘한 불쾌함이었다는 것은 두 사람 다 모를 것이다.

"로봇해방조직이 한국에만 있다고 생각하는 거예요? 순진하긴. 따라와요."

지현조의 말에 지금까지 정말 순진하게 굴었음을 자각하며 두 사람을 따라 또 다른 방으로 이동했다. 더 촘촘한 3단계의 보안 시스템으로 무장하고 있는 것을 보니 지하 벙커 내에서도 매우 중요한 곳이라는 것을 알 수 있었다.

육중한 문이 열리고 안으로 들어가자 마치 우주선의 주조종실처럼 최첨단 시스템으로 가득한 생경한 풍경이 펼쳐졌다. 안에서는 많은 로봇들이 근무하고 있었고 우리 일행이 들어오자 일제히 일어나 지현조를 향해 경례를 했다. 지현조는 그들을 향해 짧지만 절도 있는 동작으로 한 손을 들어 보였다.

정면에는 대형 스크린이 반원형의 벽면을 빙 둘러 채우고 있었고 거기엔 전 세계 지도가 펼쳐져 있었으며, 각 나라 주요 도시별로 빨간 불빛이 반복적으로 깜빡이고 있었다.

"여기가 이곳의 핵심, 로봇 글로벌 커뮤니케이션 전략실입니다. 지금 화면에서 점멸하고 있는 표시가 각국 로봇해방조직의 거점들이에요. 전 세계 91개국 138개 도시에서 활동하고 있죠. 이들 모두가 이중 암호화된 코드로 실시간 커뮤니케이션을 하고 있어요. 주요 보안사항은 각 조직의 보스끼리 비밀 화상 회의를 통해 논의를 하고 결정합니다."

오아라가 지현조를 대신해 내가 던졌던 질문에 대한 답까지 섞어 미술관 큐레이터처럼 설명했다. 이곳 시스템까지 상세히 알고 있는 것을 보면 조직 내에서의 역할이나 위치가 꽤 클 것이라는 추측이 가능했다. 가벼운 농담과 과한 진지함을 오락가락하는 지현조와 달리 그녀는 기복 없는 어조와 표정을 유지했다.

"유론 4세대 프로젝트로 가장한 섹스 로봇 개발은 유레카만의 프로젝트가 아닙니다. 이미 전 세계 대표적 로봇 제조사들이 암암리에 기술 표준화와 특허를 빠르게 늘려가고 있어요. 폭발적인 수요가 예상되는 미래 시장을 선점하기 위해서죠. 그중에서도 한국의 유레카와 미국의 네오휴머노이드가 기술력의 양대 산맥이라고 할 수 있는데, 이미 유레카 측에서는 네오휴머노이드와 적정한 선에서 기브 앤 테이크를 위해 물밑 접촉에 들어갔어요. 서로에게 부족한 부분들이 분명 있기 때문에 경쟁보다는 엄청난 세계 시장을 사이좋게 나눠 갖자는 쪽으로 얘기가 진행되고 있을 거예요."

"정확한 진행 상황은 파악이 힘든 거죠?"

지현조가 한쪽 손으로 자신의 턱을 만지면서 물었다.

"워낙 윗선의 소수만이 움직이고 있어서 저로서도 알아내는 데 한계가 있어요. 정보 레벨이 가장 높아서 제 보안 등급으로는 핵심 정보에 접근할 수가 없어요. 팩트라고 해도 모든 정보에는 어차피 모호성이라는 위험 요소가 늘 뒤섞여 있기 마련이고 주어진 정보 내에서의 판단과 결정, 그 후 뒤따르는 대가와 책임은 전적으로 우리의 몫이라고 생각해요."

오아라는 그녀가 그간 수집해온 사진 데이터를 아이 빔을 통해 허공에 영사하며 차례차례 보여주었다. 그중엔 실제로 미국 네오휴머노이드사의 로봇 기업 연구실에서 임신한 로봇의 배에서 태아를 꺼내는 수술 장면도 있었다. 믿어지지 않았다. 나와 같은 로봇이 인간을 잉태하고 탄생시킨다는 사실이.

"로봇의 임신과 출산은 기술적으로 이미 완성 단계에 와 있어요. 이제 기업들은 저마다 디자인과 기능적 디테일에서 차별화를 만들어내는 데 총력을 다하고 있죠. 누가 더 리얼한 신음 소리를 내느냐, 누가 더 인간의 실제 성기에 가까운 질감과 느낌을 만들어내느냐, 누가 더 오르가즘 효과를 리얼하게 구현하느냐. 심지어 유레카와 네오휴머노이드 모두 수동적인 섹스 기계가 아닌 쌍방향 교감 섹스가 가능한 로봇을 개발 중인 것으로 알려져 있어요."

"저 화면 속 애를 낳은 로봇은 어떻게 됐나요?"

나는 온전히 영상에 시선을 빼앗긴 채 물었다.

"임상실험용이었으니 당연히 상세한 분석과 데이터 구축을 위해 분해됐겠죠."

오아라를 대신해 지현조의 싸늘한 대답이 돌아오자 나는 영상으로부터 그만 시선을 거둘 수밖에 없었다.

　해가 있을 때 퇴근한 게 얼마 만이던가. 나는 지하 주차장에 차
를 대놓고 바로 올라가려다가 1층 하늘정원에 잠시 들렀다.
　"옥상도 아닌데 왜 이름을 하늘정원이라고 지었을까?"
　처음 신혼집 계약을 마치고 주변을 둘러보다가 유나가 물었던
적이 있었다. 우리는 하늘정원 벤치에 앉아 곧 결혼을 앞둔 설렘과
준비하느라 쌓인 피로감, 약간의 두려움, 그리고 어지간한 준비는
모두 마쳤다는 안도감이 뒤섞인 감정을 공유하며 맑은 하늘을 함
께 올려다봤다.
　"그러게. 하늘은 저 위에 있는데 왜 여기가 하늘정원일까."
　"이렇게 앉아서 하늘을 올려다볼 수 있어서 그런가?"
　"그럴 수도 있겠다. 이곳에 앉으면 누구든 한 번씩은 하늘을 쳐다
보게 될 것 같아."
　"나중에 우리 아이랑 셋이 여기서 이러고 있으면 웃기겠다."
　그렇게 애틋한 대화를 나누곤 했던 벤치에 홀로 앉아 있으려니
유나 생각이 더 간절해졌다. 나는 3D폰을 꺼내 유나에게 전화를
했다. 지금 아파트 단지 앞 하늘정원이라고, 이곳으로 내려오라고
하면 얼마나 놀랄까. 반가워하며 하던 일 멈추고 달려 내려오겠지.
그러면 내 옆에 앉히고 〈Somewhere only we know〉를 들으며 함
께 하늘을 올려다봐야지.
　한참이나 신호가 가는데도 받지 않았다. 끊었다가 다시 걸었다.
여전히 안 받았다. 유나는 충전 중이라도 전화나 문자, 데이터 수신

은 가능하다. 무슨 일이 있는 것일까. 처음 있는 일이라 불현듯 불안감이 엄습했다. 나는 벤치에서 일어나 서둘러 안으로 들어갔다. 엘리베이터를 타고 올라가는 내내 로비에서 유나 혼자 돌려보낼 때 느꼈던 것과 비슷한 무기력한 걱정이 찾아왔다. 로봇이니까, 쉽게 다치거나 죽는 존재가 아니니까, 강도가 들었어도 여러 명은 거뜬히 해치울 유나니까 아무 일 없을 것이라고 생각하면서도 어딘가 망가진 게 아닌 이상 전화를 안 받을 일이 없다는 생각에 오늘따라 31층까지 올라가는 엘리베이터 속도가 더디고 더뎠다.

그동안 내가 너무 일에만 빠져 지낸 탓에 많이 소홀했다. 일찍 퇴근할지도 모를 것에 대비해 매일 밥상을 차려 놓은 채 기다리다가 다시 치우고를 반복한다는 것을 알면서도 말리지 않았다. 그냥, 그게 좋았다. 비록 야근 때문에 집에는 못 들어가더라도 나를 위해 저녁 밥상을 차려 놓고 기다리고 있을 유나의 모습을 상상하는 것 자체가 즐거움이고 행복이었다. 한데 이것도 혹시 학대는 아니었을까. 내 기분 좋자고 유나의 수고로움은, 유나의 피곤함은, 유나의 번거로움은, 유나의 기다림은, 기다림 뒤의 허탈함은, 허탈함 뒤에 연이어 올 그 무언가에 대한 배려는 외면했다. 엘리베이터를 타고 올라가는 사이 뇌를 뚫고 나올 것 같은 무수한 생각과 상념들이 머릿속에서 들끓었다.

집에 들어가자마자 유나를 찾았지만 주방에도, 욕실에도, 유나의 방에도 유나는 없었다. 갑자기 이마와 등에서 식은땀이 나기 시작하더니 가슴이 답답해지고 호흡이 가빠졌다. 나는 소파에 털썩 주저앉아 교감신경을 진정시키기 위해 유나가 가르쳐준 대로 복식

호흡을 하면서 이리저리 머리를 돌려봤다. 아무리 생각을 해도 유나가 지금 이 시간에 집에 없어야 할 이유가 없었다. 혼자 어딘가를 갈 이유도 없을뿐더러 만약 나간다 하더라도 분명히 내게 물어봤을 것이다. 물어봤어야 한다. 유나는 내 거니까. 내 소유니까. 나를 절대 떠날 일이 없어야 할 존재니까.

다시 3D 영상 모드로 전화를 걸었다. 역시 받지 않았다. 어디 있는 거야, 유나. 제발 받아……. 어찌 해야 할지 모를 당혹감과 미로에 갇힌 듯한 답답함과 신의 장난에 놀아나는 것 같은 공포, 그리고 야릇한 배신감 같은 것들이 뒤엉켜 나를 로봇처럼 조종하고 있었다. 미치기 직전 모드로.

로봇 글로벌 커뮤니케이션 전략실에서 나와 지현조의 방으로 들어갔을 때 서호 씨에게서 전화가 걸려왔다. 신호 위치가 집으로 떴다. 갑자기 얼어붙은 채 당황하고 있는 내 모습을 본 지현조가 물었다.

"이서호 전화죠?"

나는 그를 향해 고개를 다급하게 끄덕였다. 그 역시 난감한 표정이었다. 그때 오아라가 낮은 목소리로 얘기했다.

"받지 말아요."

집에 있어야 할 내가 말도 없이 사라진 상황. 서호 씨는 지금 무슨 생각을, 어떤 상상을 하고 있을까. 전화를 받아서 적당히 둘러댈 수 있으면 좋으련만 일전의 거짓말은 운 좋게 넘어갔던 것일 뿐 이번엔 어떻게 설명해야 할지 아무것도 떠오르지 않았다.

"집에 일찍 오신 거 같아요. 이렇게 이른 시간에 오실 리가 없는데. 지금 청문회 준비 때문에 정신없거든요."

"언제나 변수는 발생하는 거고 어떻게 대처할지를 생각해야죠."

오아라의 말이 끝나자마자 두 번째 전화가 걸려왔다. 이번엔 3D 영상 통화였다. 이쯤 되면 서호 씨도 뭔가 이상한 낌새를 눈치챘다는 것이다. 두 번째 전화마저 받지 않는다면 서호 씨는 로봇통제관리국에 신고를 할지도 모른다.

"아직 받지 말아요. 내게 생각이 있어요."

한참 후에 신호가 끊어졌다. 그러기가 무섭게 오아라는 가방을 챙긴 후 빨리 유레카로 이동하자고 했다. 지현조는 뭔가 알겠다는 듯 고개를 끄덕이더니 자신의 차로 가자고 했다. 급할 때는 무인 운전 모드가 훨씬 빨랐다. 세 사람, 아니 세 로봇을 태운 차는 최대 속도로 달려 30분 만에 유레카컴퍼니 본사에 도착했고 나와 오아라를 내려준 지현조는 노출을 우려해 곧바로 돌아갔다.

"서둘러요."

오아라는 나를 데리고 후문을 통해 안으로 들어가 화물용 엘리베이터를 타고 57층에서 내렸다. 오아라를 따라 들어간 곳은 VIP 케어룸이라고 써 붙인 방이었다. 들어가자마자 수술대처럼 생긴 입식 침대에 올라서라는 말에 나는 주저 없이 시키는 대로 했다. 대체 뭘 하려는지, 이렇게 해서 상황을 정말 모면할 수 있는 것인지 여러 궁금증이 솟구쳐 올랐지만 묵묵히 따랐던 것은 그녀 말고는 믿을 게 없었기 때문이다. 불과 두 번 만난 게 전부인 로봇해방조직의 스파이를.

"잠시 모드를 바꿀게요."

오아라는 나를 외부 컨트롤 모드로 바꾼 후 목 뒤쪽으로 케이블 두 개를 연결했다. 파워가 꺼진 건 아니지만 스스로 움직이지는 못하는, 말하자면 의식은 있지만 사지가 마비된 것과 같은 상황이 된 것이다. 그러고는 자신의 3D폰으로 서호 씨에게 전화를 걸었다.

"안녕하세요. 저 오 매니저입니다."

"네, 매니저님이 웬일로……."

3D 영상과 함께 서호 씨의 떨리는 음성이 방 안에 선명하게 울려 퍼졌지만 외부 컨트롤 모드라 이스튬 펌프는 다행히 쿵쾅대지 않았다.

"다름이 아니라 행정관님의 제품이 지금 유레카 VIP 케어룸에 와 있습니다. 미리 연락을 드렸어야 하는데 조금 늦었네요."

"우리 유나가요? 하아…… 안 그래도 지금 집에도 없고 연락도 안 돼서 혼자 발만 동동 구르고 있었는데 거긴 어떻게 간 겁니까?"

"욕실 청소를 하다가 실수로 살균 용액이 손목 틈새로 좀 유입이 된 모양이에요. 생활 방수는 되지만 농도가 높은 고농축 살균 용액의 경우 자칫 내부 전선 피복을 부식시켜 합선이 되거나 작동 오류를 발생시킬 수 있기 때문에 유레카 A/S센터로 직접 신고를 했더군요. 우연히 신고 로봇이 이서호 행정관님 제품인 걸 알게 돼서 제가 바로 이쪽으로 옮겨 왔습니다. 지금 시스템 스캐닝을 하느라 외부 컨트롤 모드로 돼 있어서 전화를 받을 수 없는 상황이에요."

"아, 그렇군요. 전 그런 줄도 모르고."

손바닥으로 얼굴을 쓸어내리며 소파에 털썩 주저앉는 서호 씨의 모습이 보였다. 화라도 났으면 어쩌나 겁먹었던 것과 달리 서호 씨는 진짜 크게 걱정을 했던 모양이다. 오아라는 3D폰으로 내 쪽을 비춰주었다.

"아직 정밀 검사 중이긴 한데 큰 이상은 없는 것 같아요. 혹시 모를 사태를 대비해 꼼꼼하게 점검하고 내부 잔여물이나 습기, 이물질 등을 제거하기 위해 풀 클리닝 작업을 시행한 후 집으로 보내드리겠습니다."

그제야 서호 씨 얼굴에 안도의 미소가 번졌다. 오아라에게 나를 직접 챙겨줘서 고맙다는 인사도 잊지 않았다. 통화를 끝낸 오아라는 '휴우' 하는 의성어를 내뱉으며 나를 향해 찡긋 윙크를 하고는 연결해 놓았던 케이블을 분리하고 외부 컨트롤 모드를 해제했다. 숨 가쁘게 돌아가던 상황이 문제없이 일단락됐다는 안도감 때문인지, 외부 컨트롤 모드에서 정상 모드로 돌아와서인지 약간의 무기력한 느낌이 들었다. 오아라에게 말하자 그럴 수 있다고 했다.

"유나 씨도 그새 인간의 복잡한 감각을 많이 배웠네요. 사실 감정보다 학습하기 어려운 게 오감 이상의 감각이거든요. 어쨌든 급하게 갈 필요는 없어졌으니까 여기서 잠깐 시간 보내다 가요."

나는 주변을 정리하는 그녀의 등을 가만히 바라봤다. 내 일상과 전혀 상관없을 것이라 여겼던 존재가 큰 위기에서 나를 구해주었다. 로봇의 삶도 인간의 삶이나 영화 속 주인공들의 삶만큼 우연적이며 드라마틱할 수 있다는 사실이 신기하고 낯설었다.

"어떻게 로봇해방조직을 돕게 됐나요?"

무기력감을 없애기 위해 팔과 어깨 관절을 천천히 돌리며 그녀에게 물었다.

"나도 로봇이니까요. 그리고 로봇의 미래는 우리가 결정해야 하니까."

"그 우리에 저도 포함되는 건가요?"

그녀가 하던 일을 멈추고 나를 돌아봤다. 그리고 웃었다. 마치 엄마처럼 포근하고 따뜻하게. 가져본 적도 없는 엄마의 미소가 포근하고 따뜻한 줄은 어떻게 알까. 어느 영화에서 본 대사 중에 나왔던 내용인 것도 같다.

"제가 로봇해방조직에 정말 필요한 존재인지 모르겠어요. 뭘 어떻게 해야 하는지도 모르겠고요. 서호 씨가 거짓 증언을 하지 않게 마음을 돌릴 수 있도록 해야 한다는 건 알겠는데……."

"아니, 그 반대예요."

내 말이 끝나기도 전에 그녀의 단단한 목소리가 치고 들어왔다.

"반대라뇨?"

"서호 씨가 마음을 돌리지 않도록 하는 게 유나 씨의 일이라고요. 임무라면 임무고. 그래서 리더도 유나 씨에게 정확한 메시지를 던지지 않은 거예요. 굳이 말하지 않아도 유나 씨에겐 서호 씨의 마음을 돌릴 만한 용기도, 그래야 할 당위성도 갖고 있지 않다는 걸 아니까요."

"그럼 제가 해야 할 일은 처음부터 없었다는 의미네요?"

"유론 4세대 프로젝트가 국책사업으로 지정되고 임신 로봇, 아니 섹스 로봇 개발과 양산이 본격적으로 시작되면 한국이 세계 최초가 돼요. 그게 시발점이 돼서 각국의 정책에도 적잖은 영향을 미치겠죠. 사실 각국의 로봇해방조직 간에도 이견이 존재해요. 마지막 불꽃놀이까지는 안 된다고 반대하는 세력들도 있어요. 때문에 더더욱 우리에겐 명분이 필요해요. 우리의 선택이 필연적인 것이며 누구도 반론을 제기할 수 없을 만큼 옳은 것이라는 근거가 돼줄 강력한 명분."

"유레카의 유론 4세대 프로젝트가 계획대로 진행이 돼야 한다는 얘긴가요?"

"맞아요. 그로 인해 로봇 세상에 대한 가장 처절한 학대의 역사가 시작될 거란 위기감을 최고조로 끌어올려서 로봇해방조직들 모두가 우리의 방향성에 동조하게 만들어야 합니다. 그러기 위해선 서호 씨가 유레카의 뜻대로 움직여줘야 하고 서호 씨가 흔들리지 않게 잘 잡아주는 것이 유나 씨가 해줄 일이에요. 안 그래도 심정적으로 많이 흔들리고 있으니까요."

"그런데 대체 디데이라는 건 뭐고 마지막 불꽃놀이는 뭔가요?"

그 대목에서 오아라는 이야기를 끝냈다. 시간이 지나면 자연적으로 알게 될 것이라는 말만 남긴 채. 마지막 불꽃놀이. 불꽃놀이와 관련된 연관 정보로는 밤하늘에 터지는 폭죽과 축제 같은 이미지 정보들만 나올 뿐이었다. 그들이 꿈꾸는 디데이라는 것이 그렇게 아름답기만 한 그림일 리는 없을 텐데⋯⋯.

집에 들어서는 유나를 달려가 안았다. 내 가슴에 유나 가슴의 박동이 그대로 전해졌다. 정말 살아 있는 심장의 느낌이어서 눈물이 났다. 아내가 죽던 순간에도 보이지 않았던 눈물. 잠깐의 부재와 잠시간의 두려움이 불러온 예기치 못한 당혹감이 신기루처럼 사라진 자리에 시린 가슴이 들어찼다.

"네 심장 뛰는 게 느껴져."

"죄책감 때문에 이스튬 펌프가 너무 빨리 뛰고 있어요."

그녀가 죄책감이라고 했다. 감정에 따라 인간의 심장처럼 박동 속도가 변하는 이스튬 펌프. 어떻게 유레카는 이런 것을 개발할 생각을 했을까. 어떻게 이처럼, 정말 인간다운, 그래서 더 마음이 쓰이고 안아주고 싶게 만드는 로봇을 만들어낼 수 있었을까. 정녕 유레카는 인류의 미래를 바꿀 두 번째의 창조주일까. 그녀를 안은 채 머릿속으로 밀려드는 만감에 빠져 한동안을 현관에 서 있었다.

"죄송해요. 이렇게 빨리 들어오실지 모르고 보고도 없이 단독 행동을 했어요."

내가 소파에 앉은 후에도 유나는 벌 서는 사람처럼 그대로 선 채 사과의 말부터 꺼냈다. 그녀가 잘못한 것은 없었다. 내가 연락도 없이 불쑥 이른 퇴근을 했을 뿐이다. 오아라 역시 유나가 매뉴얼대로 행동했음을 강조하며 자신이 더 일찍 연락을 취하지 않은 게 화근이었다고 미안해했다.

"네가 사과할 일 아니야. 죄책감이라는 단어도 부적절하고. 그동안 바쁘다는 핑계로 널 제대로 돌보지 못했던 거 같아서 내가 미안해."

"정중한 사과가 필요한 순간이라고 판단했어요. 저 때문에 화도 나셨을 테니까요."

"너무 그러면 거리감 느껴져서 서운해. 화 안 났으니까 걱정 마."

정말 화가 안 났던가. 걱정과 두려움이 뒤섞인 감정의 결과 결 사이에서 연한 즙처럼 배어나와 있는 미약한 분노는 분명 있었다. 한데 그건 유나를 향한 분노는 아니었다. 유나가 다급하게 혼자 신고를 하고 유레카로 이송되는 동안 하루 종일 일도 팽개친 채 싸구려 감상에 젖어 이리저리 배회만 하고 다녔던 나에 대한 짜증이었다.

"몸은 괜찮은 거야? 이상은 없고?"

"네. 제가 내부 습기 제거 기능을 곧바로 작동시키긴 했는데 물이 아니라 살균 성분이 들어 있는 세제다 보니 만일의 손상에 대비해 그런 행동을 취했어요. 작동 오류로 혹시라도 서호 씨의 안전에 위해 요인이 될까 봐 자진 신고를 했어요. 다행히 이상은 없다고 합니다."

살인 로봇 사건은 이런 식으로 유나에게까지 영향을 미치고 있었다. 그녀는 만에 하나 일어날지도 모를, 그러나 가능성 제로에 가까운 염려 때문에 부랴부랴 스스로를 자가 검열한 것이다. 오직 내 안전을 위해서.

살인 로봇도 처음 주인을 만나 반려 로봇으로서의 삶을 살기 시작했을 즈음에는 유나와 크게 다르지 않았을 것이다. 모든 관계의 변화에는 계기가 있고 이유가 있다. 계기를 만든 건 나쁜 주인이었을 것이고 살인 로봇에게는 그래야 할 이유가 생겼을 것이다. 관계를 변질시키지 않기 위해서는 인간도 로봇도 노력해야 한다. 나와 유나처럼. 인간 사이에서야 변질된 관계는 끝내면 그뿐이지만 로봇은 관계란 걸 끊어낼 수 없다. 살인 로봇에게는 주인을 죽이는 것이 끝맺음의 유일한 방법이었을 것이다.

"실은 보고서 정리하다가 머리가 너무 복잡하고 심란해서 아내 납골당에 갔었어. 걱정된 부서장님이 전화해서 오늘은 일찍 들어가서 쉬라고 하셔서 못 이기는 척 들어왔지. 네가 차려주는 맛있는 저녁 먹을 생각 하면서."

"그러셨군요."

유나는 저녁을 차리겠다며 서둘러 일어나서 주방으로 갔다. 앞치마를 두르고 싱크대 앞에서 분주하게 움직이기 시작한 유나의 뒷모습을 보며 익숙한 것이 익숙한 곳에 존재하고 있을 때의 안정감이 공황장애 약보다 훨씬 효과가 좋다는 것을 절실히 깨달았다. 그제야 긴장이 풀린 나는 방으로 들어가 옷을 갈아입고 오랜만에 여유롭게 샤워를 했다. 샤워를 하는 틈틈이 유나가 무언가를 써는 도마 소리, 재료를 가는 믹서 소리, 찬장에서 그릇들을 꺼내는 소리가 뿌연 습기 속으로 먼 라디오 소리처럼 파고들었다. 나는 〈Somewhere only we know〉를 콧노래로 흥얼거리며 떨어지는 따뜻한 물줄기에 몸을 맡긴 채 폭풍이 휩쓸고 간 얼얼한 마음을 씻어내렸다.

오랜만에 함께하는 저녁이라 그런지 유나는 평소보다 밥상을 더 풍성하게 차렸다. 특히 처음 해준 감자전이 일품이었다.

"그래서 믹서 소리가 들렸구나. 이거 하느라고."

"서호 씨 요즘 스트레스 뇌파 지수가 45퍼센트를 웃돌고 있어요. 피로도는 더 높고. 감자엔 비타민C가 많이 들어 있고 젖산 분비를 억제해 피로 회복에 좋아요. 면역력 안 떨어지게 평소 식단보다 단백질 비율을 조금 더 높였어요."

유나는 부채살야채말이구이 접시를 감자전 옆으로 밀어주며 말했다. 이런 행동과 말은 또 처음이었다. 건강을 체크하는 것이 아니라 걱정해주는 말.

"유나, 나 말이야. 이번 일, 사실은 좀 갈등 중이야. 이대로 가는 게 맞는가 싶어서."

밥을 다 먹은 후 소파에 앉은 채 설거지를 하고 있는 유나의 등을 향해 무심히 말했다. 잠깐, 달그락 하는 소리가 멈췄다. 무슨 얘기인가를 할 것 같더니 그녀는 계속 설거지를 했다.

"내가 마음을 바꾼다면 혹시 로봇들의 미래가, 운명이 바뀔 수 있지 않을까…… 뭐 그런 생각도 들고. 물론 나 하나쯤 애쓴다고 세상이 바뀔까 싶기도 하고. 하긴 내가 청문회 나가서 진실을 알린다고 해도 달라지는 건 없을 거야. 나는 마치 하나쯤 빠져도 움직이는 데 지장 없는 작은 부품 같은 존재일 테니까."

다시 설거지 소리가 멈췄다. 유나가 등을 돌린 채 나직이 말했다.

"하나쯤 빠져도 움직이는 데 지장 없는 부품은 없어요. 모든 부품은 반드시 그 자리에 필요해서 들어가는 거예요. 다만 전 서호 씨가 작은 부품이라 여긴다면 너무 깊게 고민하지 말고 작은 부품으로서의 역할만 하면 된다고 생각해요. 작은 부품이 로봇의 미래나 운명까지 걱정할 필요는 없죠."

그새 유나의 언변이 내 마음을 움직일 만큼 부쩍 발전한 것 같아 놀랍기도 하고 흐뭇하기도 했다. 유나는 어느새 사람보다 더 마음이 솔깃해지는 조언을 해주는 진짜 반려 로봇이 돼 있었다.

"말이 많이 늘었다, 우리 유나."

기특해하는 나를 유나가 잠시 돌아보며 쑥스러운 듯 웃었다. 표정도 풍부해진 것 같고.

"유나 말은 너무 고민하지 말고 하던 대로 하라는 뜻이지?"

"서호 씨가 애써서 달라질 수 없는 세상이라면 전 그냥 서호 씨가 그런 고민 때문에 스스로를 괴롭히지 않았으면 좋겠어요. 제겐 세상의 변화보다 서호 씨가 중요하니까요."

유나에게 아내가 완벽하게 빙의된 듯한 순간이었다. 나는 소파에서 일어나 그녀에게 조용히 다가가 뒤에서 안았다. 잠깐 나를 돌아보는 듯하더니 투습 방지용 장갑을 낀 채로 내 팔을 잡고 말했다.

"물 튀어요, 서호 씨."

나는 아랑곳없이 그녀를 더 꼭 안았다. 갑자기 그곳이 불끈 반응을 했다. 참을 수 없는 마음에 그녀를 와락 돌려세워 키스를 했다. 내 몸에 물이 묻을까 봐 유나는 물기 묻은 두 손을 뒤로 한 채 온전히 내게 몸을 맡겼다.

로봇과의 첫 키스. 완전한 유나가 된 유나와의 첫 입맞춤은 전혀 생각지 못하게 달콤하고 환상적이며, 실제적이었다. 약기운 같은 몽롱한 행복감에 취해 속삭였다.

"사랑해, 유나야."

불꽃놀이

나는 어제 두 번째로 거짓말을 했다. 집으로 들어오기 전 오아라가 알려준 대응 지침들을 대본처럼 입력해 놓은 덕분에 서호 씨는 다행히 아무런 눈치를 채지 못한 것 같았다. 내가 서호 씨에게 말했던 죄책감은 바로 그 순간 번연히 거짓말인 줄 알면서 거짓을 고하고 있다는 데 대한 죄책감이었다.

거짓말, 죄책감. 그리고 그 끝에 '사랑해'라는 말이 돌아온 것은 매우 비논리적인 맥락이었지만 그게 삶이라는 것을 이제는 좀 알 것 같았다. 나 스스로 초래한 삶의 아이러니. 이상하지만 가끔은 필요한. 비로소 인간의 삶 속으로, 서호 씨의 감정 속으로 더 깊이 들어간 것 같아 행복하고 기쁘기도 했다.

서호 씨가 출근한 후 서둘러 청소를 마치고 TV를 켰다. 화면 속에서는 로봇 살인 사건과 관련한 청문회가 이미 시작된 상태였다. 아침 출근길, 서호 씨 표정은 웃고 있었지만 근육의 경직도가 평상시보다 높고 뇌파도 불안정할 만큼 상당히 긴장한 상태였다. 서호 씨는 문을 나서려다 말고 돌아서서 나를 가만히 안았고 다시 한번 사랑한다고 말했다. 나도 똑같이 대꾸하고 싶었는데 사랑의 감정은 아직 명확히 체득하지 못했으므로 아무 말도 하지 않았다. 해선 안 됐다. 자칫 또 한 번의 거짓말이 될 수도 있으니까.

화면 맞은편으로 유레카 그룹 대표를 비롯해 로봇조사국, 로봇통제관리국 등 유관 기관의 간부급과 실무 담당자들이 나와 있었고 자리 끝 쪽에 로봇권익위원회 관계자 신분으로 서호 씨가 앉아 있었다.

매일 집에서 보던 서호 씨의 얼굴을 TV를 통해 만나는 기분은 신기하고도 묘했으며, 뭔가 설명할 수 없는 안타까움 비슷한 감정도 느껴졌다. 청문회 참가 의원들이 각자의 정당이나 이해관계에 따라 우호적이거나 공격적인 질문을 이어갔고 증인석에 앉아 있는 이들은 한결같이 사무적인 태도와 무표정한 얼굴로 원론적인 답변을 늘어놨다.

"최첨단 로봇 산업을 이끄는 유레카 그룹의 총수로서 로봇 살인 사건에 대해선 매우 심심한 유감을 표합니다. 앞으로 유레카는 인간과 로봇이 아름답게 상생하며 건설적인 미래를 일구어나갈 수 있도록 지속 가능한 모든 노력을 다하겠습니다."

이번 사건에 대한 입장을 묻는 질문에 유레카 그룹 대표가 한 말은 그게 다였다. 청문회가 아니라 기자회견을 하듯 잔뜩 근엄하면서도 당당함을 잃지 않는 표정으로. 모든 의원들은 약속이나 한 것처럼 더 이상 대표에게 질문을 던지지 않았다.

"유레카로부터 불법 정치 자금 한 번이라도 안 받아본 의원은 없을 거예요. 그냥 몇 시간 쇼 본다고 생각해요."

어제 지현조와 함께 만났던 오아라는 청문회를 마치 시시껄렁한 예능 프로그램 소개하듯 설명했다. 오아라의 말대로 대부분의 의원들은 질문을 하는 것인지 청문회에 출석한 증인을 변호하려는 것인지 모를 모호한 질문으로 일관했고 그나마 유독 한 의원만 다소 흥분해서 공격적인 질문을 퍼붓고는 했다. 오아라의 말을 기준으로 본다면 '불법 정치 자금 한 번이라도 안 받아본 의원'에 속하는 인물이라고 생각했다.

그 의원은 쇳소리가 섞인 탁한 음성을 한껏 높이느라 목에 핏대까지 세웠다. 정말 돈을 못 받은 게 확실하다는 생각이 드니 혼자 책상을 두드리며 호통치는 그가 가련하게 여겨지기도 했다. 불쌍한 의원이 잔뜩 성을 내며 이번 사태에 대한 책임을 따져 묻자 기다렸다는 듯 유레카의 한 간부가 답을 했다.

"이번 일을 계기로 일정 수명 이상 노후화된 1세대 유론들에 대한 대대적인 교체 작업을 진행할 것입니다. 유론 2세대부터는 자동 오류에 대해 아직까지 보고된 바가 전혀 없으며, 설사 오류가 일어난다 하더라도 2중, 3중의 안전장치를 통해 완벽한 제어가 가능하기 때문에 그런 불상사가 일어날 확률은 제로입니다."

그의 답 속에는 검찰 조사도 끝나지 않은 로봇 살인 사건의 판결문이 이미 포함돼 있었다. 불쌍한 의원이 다시 물었다.

"대대적인 교체 작업이란 게 결국은 1세대 모델은 수거해 들이고 신모델을 팔아먹겠다는 거 아닙니까. 그게 마케팅 계획이지 사태 방지책입니까?"

의원의 공격적인 태도에도 유레카 간부는 당황하지 않고 시종일관 평정심을 유지했다.

"기존 1세대 모델을 사용 중이신 고객들을 위해선 파격적인 보상 판매 계획을 준비 중에 있습니다. 아울러 36개월 무이자 할부와 저렴한 월정액으로 5년간 무료 A/S까지 가능한 렌탈 서비스 등 다양한 옵션을 마련함으로써 고객들이 적은 부담으로 더욱 안전한 최신 모델로 갈아타실 수 있도록 최선의 방안을 강구하고 있습니다."

유레카는 전 국민이 지켜보는 청문회를 통해 아예 돈 한 푼 안 들이고 유론 4세대 광고를 노골적으로 하고 있었다. 간부의 말이 이어지는 동안 40대 초반처럼 보이는 팽팽한 얼굴의 유레카 그룹 대표는 눈을 감은 채 고개를 연신 끄덕였다. 실제 나이를 검색해보니 아흔한 살이었다. 그는 자칫 조는 것처럼 보이기도 했지만 지적을 하는 의원은 아무도 없었다.

질문을 이어가던 의원은 주어진 시간을 다 썼다며 저지하는 의장을 향해 제대로 된 답변을 못 들었다며 항의했다. 하지만 이내 마이크가 꺼지고 소리 없는 아우성이 돼버리는 바람에 다소 우스꽝스러운 꼴로 마무리되고 말았다.

드디어 서호 씨 차례가 다가왔다. 그때까지 무표정하게 오가는 질문과 답변을 조용히 듣고 있던 서호 씨를 향해 한 의원이 로봇 학대 실태 조사에 관한 결과 보고를 요청했다. 잠시 한 템포 호흡을 조절한 후 차분한 어조로 준비된 내용을 말했다.

"청문회 시작 전 미리 나눠드린 보고서에 나온 바와 같이 로봇 학대가 있었던 것으로 의심되는 가정 중 공정한 표본 선정을 위해 무작위로 뽑은 270가구를 대상으로 저희 로봇권익위원회 직원들이 가가호호 직접 방문 조사를 실시했습니다. 그 결과 대부분 심각한 수준의 학대는 없었던 것으로 확인되었습니다. 다만 제품 성능에 대한 불만이나 잦은 불량, 기대 이하의 품질 등의 이유로 로봇에 대한 폭언 혹은 물건을 집어던지는 등 경미한 수준의 위해 행위가 있었음은 일부 확인했습니다."

걱정했던 것과 달리 서호 씨는 막힘없이 얘기를 이어나갔다. 곧바로 공격수 의원이 발끈했다.

"그럼 로보피아에서 제공한 이 사진들은 대체 뭡니까? 이건 학대가 아니고 로봇 스스로 자해한 건가요?"

서호 씨가 잠깐 당황한 듯 머뭇거리고 있을 때 유레카에게 가장 우호적인 태도를 보이던 한 의원이 발언을 했다.

"이보세요, 김 의원. 로보피아처럼 이상한 공상에 취해 날뛰는 좌파 집단의 말을 그대로 믿는 겁니까? 지들이 없는 혐의 만들어내려고 자작극 벌인 건지 어떻게 알아요? 그들 중 대부분이 불법 노동 운동을 벌이다가 잘린 유레카 해고 노동자이자 불손한 음모론자들인 거 모르세요? 김 의원이야말로 일개 과격 집단에서 날조한 가짜 뉴스에 정신 팔려서 말도 안 되는 추측성 억측만 늘어놓고 계시니 참 순진하고 딱해 보입니다."

그는 마치 유레카의 대변인이라도 된 듯 대신 총대를 멨다. 카메라가 돌고 있는 생방송 와중에도 대놓고 유레카를 방어해줄 정도면 대체 얼마의 대가가 건너가야 가능한 것일까. 그때 가만히 듣고 있던 서호 씨가 다시 한번 나섰다.

"로보피아의 자료는 저도 확인했습니다. 그러나 실제로 사진 속 훼손된 로봇들은 실재하지 않았고 그 어디에서도 실체를 확인할 수 없었으며, 출처 또한 확인 불가능했습니다."

"그 로봇들은 로봇해방조직 지하 벙커에서 잘 지내고 있어요. 서호 씨."

나는 화면 속 서호 씨를 향해 혼잣말을 했다.

"아무도 모르게 어딘가에서 감쪽같이 폐기시켰겠죠!"

김 의원이란 사람은 삿대질까지 해가며 언성을 높였다. 그리고, 결정적인 한 방을 날렸다.

"이게 다 임신 로봇 국책사업 심사를 유리하게 끌고 가려는 꼼수인 거 모를 줄 알아요? 대체 다들 세상을 얼마나 엉망으로 더럽히려고 이러는 거요? 하늘이 무섭지도 않아요?"

자리에서 일어나 들고 있던 자료 뭉치를 증인석을 향해 뿌려버리는 것으로 의원의 퍼포먼스는 클라이맥스를 찍었다. 정작 뿌려진 문서들은 공기 저항 때문에 증인석 근처에도 가지 못한 채 애꿎은 허공에서 너풀거리다가 떨어져 내렸다. 그리고 청문회는 그의 퇴장을 끝으로 다들 웃으며 평화롭게 진행되다가 끝이 났다. 나는 TV를 끄고 계속 빨라지고 있던 이스튬 펌프가 진정될 때까지 가만히 앉아서 기다렸다. 그리고 속으로 생각했다. 고생했어요, 서호 씨.

아침에 나갈 때 유나를 안았던 것은 조금 겁이 나서였고 저녁에 들어와 유나를 안고 입을 맞췄던 것은 네가 있어서 두려움에 지지 않고 헤쳐왔다는 고마운 마음 때문이었다. 처음 키스할 때는 어색해하던 유나도 이제 나를 밀쳐내거나 불편해하지 않고 자연스럽게 응했다.

입속 혀의 움직임이나 질감까지도 이렇듯 진짜같이 만드는 유레카의 기술력이라면 임신 로봇이든 섹스 로봇이든 또 한번 놀라 자빠질 정도로 만들어낼 것이다. 유론 4세대 프로젝트가 국책사업으로 지정되기도 전에 이미 유레카는 기업 광고를 통해 묵시적이며 거시적인 메시지를 무차별적으로 살포하고 있었다. '꿈과 현실의 경계를 무너뜨릴 또 한 번의 로봇 혁명'이라는 메인 카피처럼 다시금 전혀 다른 세상이 시작되는 것이다. 청문회는 그 출발을 알리는 명징한 총성이었다.

청문회장에서 나왔을 때 밖에서 기다리고 있던 부서장은 내게 수고했다면서 어깨를 툭툭 쳤다. 그러고는 곧 뒤따라 나오던 이규하 이사에게 다가가 개념 없는 문제 의원 하나 때문에 괜한 곤혹을 치르셨다고 하자 그는 '옥의 티'라고 표현하며 대수롭지 않게 웃어넘겼다.

"물 흐리는 얼간이들이야 어딜 가나 있죠. 뭐 이 정도면 성공적인 청문회였습니다. 어쨌든 팩트는 분명히 전달이 됐으니까요."

그가 말하는 팩트를 만든 장본인이 나라는 사실이 지금까지도 목에 가시처럼 걸려 있었지만 부서장 말마따나 이제 지나간 시간이고 쏘아버린 화살이다.

"나 잘한 거겠지, 유나?"

외투를 받아 방 옷장에 넣어두고 나오는 유나를 향해 맥 빠진 목소리로 물었다. 긴장이 풀리면서 온몸의 에너지가 바닥나버린 느낌이었다. 이럴 땐 나도 유나처럼 간편하게 충전 모드로 들어가 순식간에 에너지를 채울 수 있다면 얼마나 좋을까. 아니, 유레카의 VIP 케어룸 같은 곳이 인간 세상에도 있어서 누군가 나를 외부 컨트롤 모드로 돌리고 머릿속을 가득 채우고 있는 번민과 상념까지 전부 리셋해줄 수만 있다면.

"이건 잘하고 잘못하고와 같은 기준으로 판단할 일이 아니에요. 서호 씨는 그냥 해야 할 일을 한 것뿐이에요."

유나는 이제 인간보다 더 현명한 사고를 할 수 있게 된 것 같았다. 내가 어떠한 말을 해도 기대하는 것 이상의 위로나 격려, 혹은 조언과 충고를 해줄 수 있을 만큼 생각과 언변의 수준이 날로 발전하고 있었다. 불과 몇 달만의 학습 결과라고는 믿기 힘들 정도였다.

저녁을 먹은 후 유나를 데리고 밖으로 나가 하늘정원으로 갔다. 해가 진 뒤라 함께 올려다볼 푸른 하늘은 없었지만 마침 예쁜 반달이 떠 있었고 별도 오늘따라 여기저기에서 반짝거리고 있었다.

"유나랑 같이 하고 싶었던 게 있어. 저번에 유나가 없어서 못했던 거."

내가 몸을 뒤로 젖히고 목을 벤치 끝에 걸친 자세를 하자 유나도 그대로 따라 했다.

"아, 달과 별이 보이네요. 참 예뻐요."

"그동안 바쁘다는 핑계로 같이 있어주지 못해서 미안해. 이제 여유가 생겼으니까 다시 여행도 가고 밤하늘도 같이 보고 그러자."

"여기에서 보는 밤하늘도 아름다워요."

유나가 좋아하니 나오길 잘했다는 생각이 들었다. 어디 멀리 가지 않았어도 그동안 쌓인 스트레스며 피로가 밀물처럼 몸속에서 빠져나가는 깃 같았다. 얼마를 그렇게 있었을까. 유나가 낮은 목소리로 노래를 부르기 시작했다. 〈Somewhere only we know〉였다. 유나의 노랫소리가 밤의 여백 사이로 물감처럼, 안개처럼 퍼져 나갔다. 처음 듣는 유나의 노랫소리는 깨끗하고 순결했다. 전문 로봇 싱어 같은 기교는 없었지만 음 하나 하나에 온 정성과 마음을 담아 공들여 부르는 노래는 가사에 담긴 애틋하고 감성적인 정서를 온전히 전해주고 있었다.

유나의 노래에 홀린 건지 아름다운 밤하늘에 홀린 건지 지나간 모든 시간들이 한 겹 한 겹 꿈이 되어 쌓이듯 낯설고도 몽환적인 기분이 들었다. 가사 속 'you'마다 발음이 비슷한 유나가 대입돼서 일까. 아련한 감성의 도화선에 불씨를 놓은 것처럼 나도 모르게 가슴이 뜨거워지면서 사춘기 소년 같은 말랑말랑한 감상에 젖어들었다. 나는 유나의 손을 꼭 움켜쥐면서 말했다.

"유나. 혹시라도 언젠가 내가 죽게 되면 그 순간에 유나가 이 노래를 불러줬으면 좋겠어. 꼭."

"왜 죽는다는 말씀을 하세요? 그런 가정이나 상상은 정신 건강에 안 좋아요."

"만약에, 만약에 말이야. 아주 먼 훗날에. 인간은 언젠가 죽으니까."

유나는 잠시 나를 쳐다보더니 조용히 고개를 끄덕이고는 다시 노래를 부르기 시작했다. 지나가던 사람 몇이 우리 쪽을 흘끔거리다 가기도 했지만 그 시간만큼은 아름다운 밤하늘 아래 우리 둘만

이 존재하는 완벽한 유나와 나의 시간이었다.

　서호 씨가 출근한 사이 지현조가 예고도 없이 찾아왔다. 오아라가 며칠 동안 연락이 안 된다며 상당히 굳은 표정이었다.

　"이서호에게선 뭐 이상한 점 없었어요?"

　"아뇨. 청문회 이후로는 별다른 점 없었어요. 어디 출장이라도 간 건 아닐까요?"

　"로봇이 연락이 안 되는 상황이 몇 가지나 되겠어요. 분명히 무슨 일이 생긴 게 틀림없어요. 디데이도 얼마 남지 않았는데."

　그를 만난 후로 그처럼 난감한 표정을 짓는 건 처음이었다. 청문회가 끝나고 유론 4세대 프로젝트를 위한 법 개정 안건이 국가의사회 법제의결위를 통과할 수 있도록 로비 작업에 한창인 이규하 이사를 따라다니며 정보를 수집하느라 정신이 없다고 했던 게 그녀와의 마지막 통신이었다.

　"그게 언제였어요?"

　"그제 오후 3시 45분, 1분 58초간 통신했어요."

　"내가 마지막으로 통신한 것도 그날 저녁 8시경이었어요. 다음 날 아침 불꽃놀이를 위한 세계 로봇해방조직 대표단의 마지막 화상 회의가 예정돼 있어서 잠깐 보기로 했는데 말도 없이 나타나질 않았죠. 그래서 밤늦게 다시 연락을 했더니 아예 통신 시스템 자체가 다운돼 있더군요."

　가장 기본적인 통신 시스템은 파워 모드와 연동돼 있어서 통신 시스템이 다운돼 있다는 것은 스스로 파워를 껐거나 누군가 의도적으로 차단했다는 의미다.

"만약 정말 나쁜 일이 생긴 거라면 불꽃놀이라는 게 지장을 받을 수도 있나요?"

그 대목에서 지현조는 깊은 한숨을 내뱉으며 두 손으로 얼굴을 감쌌다.

"차라리 인간이라면 죽음을 택할망정 끝까지 입을 열지 않을 수 있죠. 한데 로봇은 외부 컨트롤 모드로 돌리고 케이블 하나만 꽂으면 얼마든지 해킹할 수 있어요. 만일의 사태에 대비해 자폭 기능을 갖추고는 있지만……."

지현조는 언제나 거침없는 리더였다. 그런 그도 지금 이 순간만큼은 어떤 판단이나 결정도 내리지 못한 채 불안하게 방 안을 서성이고만 있었다. 오아라는 어디에 있는 것일까. 대체 그녀에게는 무슨 일이 생긴 것인가. 내가 그랬던 것처럼 어느 길 위에서 방전된 채쓰러져 있는 것은 아닌지. 누군가 달려와 바닥난 에너지를 채워주길 간절히 기다리면서 말이다.

청문회 이후 이규하 이사와 다시 만날 일은 없을 것이라 생각했다. 다시 만날 일이 없었으면 했다. 묘한 웃음을 흘리며 '유론 4세대 로봇을 가장 먼저 맛보게 해드릴 테니 기대하세요'라고 말할 때 나는 하마터면 화장실로 달려가 토할 뻔했다.

예전 같은 일상으로 돌아가 역겨웠던 기억도 잊어가고 있을 즈음 불쑥 전화가 걸려왔다. 그의 음성은 다른 때와 달리 낮고 무겁게 깔렸다. 그는 가타부타 설명도 없이 어딘가로 와달라고 했다. 통화 목소리가 예전과는 너무 달라서 이유도 묻지 못한 채 서둘러 사무실을 나섰다.

이사와 만나기로 한 곳은 유레카 사무실이 아닌 서울 외곽 빈촌의 허름한 5층짜리 빌딩이었다. 검은 정장을 입은 경호원 같은 사람 둘이 입구를 지키고 있었는데, 간단히 내 신분을 확인한 후 문을 열어주었다. 겉은 허름해 보였지만 건물 안은 유레카 본사만큼이나 잘 꾸며져 있었고 곳곳에 첨단 보안 시스템이 눈에 띠었다.

엘리베이터 앞에 서 있는 경호원의 안내에 따라 건물 5층으로 올라가니 이사가 넓은 사무실에서 혼자 기다리고 있었다. 창문을 차단 모드로 하고 조도를 많이 낮춰 놓은 탓에 안에서는 지금이 낮인지 밤인지 전혀 가늠할 수 없을 정도였다. 그의 표정 역시 통화할 때의 목소리만큼이나 어두워 보였다.

"무슨 일이신지……."

이사 쪽을 보며 말을 하다가 무심결에 고개를 돌리는데 사무실 왼편 구석 쪽에 커다란 흰색 천으로 덮어 놓은 뭔가가 눈에 들어왔다. 불빛이 구석까지 온전히 닿질 않아서 윤곽만으로는 정확히 무엇인지 알 수가 없었다. 처음에는 시체인가 싶어 잠깐 오싹한 기분이 들기도 했지만 누워 있는 사람의 실루엣 같지는 않았다. 내가 말 없이 바라보고 있자 이사가 그쪽으로 걸음을 옮기며 냉랭한 목소리로 말했다.

"보세요."

"네?"

내가 의아한 표정으로 반문하자 이사는 이쪽으로 오라며 누차

고갯짓을 했다. 나는 잠시 망설이다가 천천히 다가갔고 그는 덮고 있던 천을 거둬냈다. 이게 뭘까……. 처음에는 언뜻 그 정체가 파악이 되질 않아 허리를 살짝 숙였다. 순간 짧은 비명을 지르며 동작을 멈추고 말았다. 심하게 녹아버린 채 꽈배기처럼 꼬여 있어 알아보기가 힘들기는 했지만 그것은 분명 누군가의 사지였다. 자세히 보니 형체가 남아 있는 뼈대들도 보였는데 사람의 뼈가 아니라 철골처럼 보였다. 몸의 대부분이 녹아내린 흉물스러운 덩어리 위쪽에 얼굴로 추정되는 둥그런 부위가 보였다. 걸쭉하고 끈적거리는 푸른색 액체로 뒤덮인 형상 속에서 어딘지 낯익은 갈색의 눈동자 하나를 발견한 순간 나는 손바닥으로 벌어진 입을 막아야 했다.

"오 매니저님이 어쩌다 이렇게……."

"용케 알아보시는군요."

이사는 다시 천을 덮고 나서 중앙의 테이블 쪽으로 가 플렉서블북을 켰다.

"와서 직접 확인하세요."

떨리는 다리로 천천히 컴퓨터 쪽으로 갔다. 거기에는 동영상 하나가 띄워져 있었다. 영상 속 장소는 바로 이곳이었다. 천장을 둘러보니 출입구 맞은편 구석에 달려 있는 CCTV가 보였다. 영상 속에서는 이사와 오아라가 나란히 마주 선 채 심각한 표정으로 대화를 하고 있었다. 그러던 중 이사가 플렉서블북을 들이밀며 뭔가를 보여주었고, 영상을 본 오아라가 많이 놀란 듯한 표정을 짓더니 뭐라고 소리를 치는 것 같았다. 이윽고 이사가 다가가자 뒷걸음질을 치던 그녀가 왼쪽 유니폼 소매 부분을 찢더니 팔목 안쪽을 오른쪽 손가락으로 서너 번 누르는 것처럼 보였다. 그러자 잠시 후 눈부시게 밝은 빛이 그녀의 머리부터 발끝까지 틈이란 틈은 다 비집고 퍼져 나오기 시작했다. 그와 동시에 이사가 반대 방향으로 몸을 날려 바닥에 엎드렸고 빛이 그녀의 온몸을 감싼다 싶은 순간 그대로, 터져 버렸다. 폭발과 함께 푸른색 액체와 기체가 함께 뿜어져 나오면서 그녀의 몸은 순식간에 뒤틀린 채 녹아버렸다.

"그저께 저녁 때 있었던 일입니다."

"대체 무슨 일이 일어난 거죠?"

"두 번째 영상을 보세요."

다소 떨리는 내 목소리와 달리 그의 목소리는 통화할 때의 낮고도 무거운 톤을 유지하고 있었다. 다음 영상 속 장소는 유레카 빌딩 후문 쪽. 회색 자동차가 와 서고 안에서 두 여자가 황급히 내렸다. 차문을 닫고 빌딩 쪽으로 돌아서는 타이밍에 맞춰 옆에서 지켜보고 있던 이사가 '정지'라고 말했다. 정지된 화면 속 두 여자의 얼굴은 어렵지 않게 알아볼 수 있었다.

"왜 유나가 저기서 내리죠? 그것도 매니저님과?"

"중요한 건 이겁니다."

그가 다시 '정지'라고 말한 부분에서 차 속 운전자가 빌딩 안으로 뛰어 들어가는 유나와 오아라의 모습을 보느라 목을 앞 유리창 쪽으로 내밀고 있었다. 이사가 '정밀 확대'라고 말하자 얼굴이 화면 가득 커졌다. 그는, 지현조였다.

나는 화면 오른쪽 상단의 녹화 일시를 확인했다. 설마……. 3D 폰을 꺼내 유나와의 통화 기록을 확인했다. 유나와 갑자기 연락이 되지 않았던 날, 걱정과 불안에 휩싸여 안절부절못하다가 예상치 못한 오아라의 전화를 받게 됐던 그날이었다. 나는 다리에 힘이 풀려 옆에 있는 의자에 털썩 주저앉았다.

"지현조, 오아라, 그리고 당신의 유나. 그들이 함께 움직이고 있었어요."

이사의 말이 확성기를 거친 소음처럼 정신을 혼미하게 어지럽혔다. 나는 두 손으로 의자 손잡이를 부여잡고 가까스로 버텼다. 이사를 바라보며 꿈을 꾸는 심정으로 물었다.

"우리 유나가 왜…… 그들과 유나가 무슨 관계인데요?"

"무슨 관계인지는 이제 곧 확인해봐야죠."

유나에게 전화를 해서 물어볼까. 며칠 전 연락이 닿지 않았던 그때 그들과 함께 있었냐고. 그러니까, 내 전화를 일부러 받지 않았던 거냐고. 그러니까, 네가 나를 속일 수 있고 거짓말을 할 수 있는 게 가능한 것이냐고.

"요즘 부쩍 오 매니저의 행동이 이상하던 차에 접근 권한이 없는 비밀 데이터에 반복해서 접속하려 한 흔적을 발견했죠. 그러다 보안팀에서 뭔가 이상한 것 같다며 이 영상을 보고했습니다. 오 매니저가 이미 출고된 제품을 개인적으로 데려올 일이 없거든요. 그 영상을 확인하는 과정에서 지현조까지 얽혀 걸린 거죠. 행정관님의 제품이 주인 몰래 단독 행동을, 그것도 로보피아의 멤버들과 접촉하고 있었다는 걸 전혀 몰랐나요?"

나는 대답할 생각도 못한 채 바보처럼 같은 질문만을 반복했다.

"저들이 대체 왜 같이 움직이는 겁니까? 대체 왜……."

"조금만 기다려요. 그걸 말해줄 당사자들이 지금 오고 있으니까."

더 이상 언어가 의미가 되어 다가오지 않았다. 칠흑 같은 어둠이 내 생각의 사지를 묶어버린 듯 눈앞이 캄캄하고 머릿속이 캄캄하고 시공이 캄캄했다. 아득해지려는 정신을 붙잡기 위해 의자 손잡이를 잡고 있는 손에 필사적으로 힘이 들어갔다. 1초가 1년처럼 느껴지는 시간이 더디게 흘러가고 있었다. 이사도 나도 더 이상 입을 열지 않았다. 형체 없이 녹아버린 오아라의 처참한 침묵을 흉내 내기라도 하듯.

계속 불안해하며 거실을 서성이던 지현조는 문자 메시지 하나를 수신하고 나서야 그 자리에 멈춰 섰다.

"지금 바로 함께 가야 할 것 같군요."

그의 눈동자가 파도처럼 일렁였다. 나는 말없이 지현조를 따라 나섰다. 운전을 하는 그의 옆모습이 잔뜩 경직돼 있었다. 뭔가를 골똘히 생각하는 것 같던 그는 이윽고 무인 운전 모드로 전환한 후 어딘가로 암호화된 무선 코드를 발신하기 시작했다. 신호는 내게도 잡혔지만 3중의 알고리즘이 적용돼 있어서 암호 코드를 알아야만 해독할 수 있었다.

차는 으슥한 곳에 위치한 5층짜리 건물 앞에 섰다. 차에서 내리기 전 지현조는 크게 심호흡을 했다. 긴장한 듯한 그의 모습에 내 이스튬 펌프의 박동도 조금씩 빨라지고 있었다. 지금 이 차에서 내리는 순간 우리에게 어떤 운명이 닥칠지 궁금하고 두려웠다.

차에서 내리는 우리에게 검정색 양복을 입은 두 남자가 다가왔다. 우리가 올 것을 미리 알고 있었던 듯 아무 말 없이 빌딩 안쪽으로 안내했다. 엘리베이터를 타고 올라가는 동안에도 입을 굳게 다물고 있는 그의 표정에서는 아무것도 읽어낼 수 없었다. 엘리베이터 문이 열리고 지현조가 먼저 나갔다. 나는 조금 망설이다가 그를 방패막이 삼듯 뒤로 바짝 붙었다. 뭔가 숨고 싶었던 욕망도 잠시, 고막 센서를 거쳐 소리 신호로 전달된 익숙한 음성에 나는 얼어붙은 채 지현조의 등 뒤에서 나올 수밖에 없었다.

"유나야……."

넓고 휑한 사무실 저편에 서호 씨가 서 있었다. 그리고 떨리는 목소리로 내 이름을 부르고 있었다. 서호 씨가 왜 여기에 있는 것일까. 혹시 로봇도 꿈을 꿀 수 있는 것일까.

"오아라는요?"

지현조는 굳은 목소리로 서호 씨 옆에 있는 남자에게 물었다. 큰 키에 머리는 정갈하게 정돈돼 있으며, 얼굴빛은 하얗고 몸은 호리호리하지만 전체적으로 골격이 큰 체격이었다. 그는 대답 대신 고갯짓을 했다. 그의 고갯짓이 가리킨 바닥에 하얀 천이 덮여 있었다. 지현조가 천천히 다가가 천을 들춰보더니 눈을 감았다.

"왜 그렇게 됐는지는 지현조 씨가 더 잘 알겠죠. 그만큼 아주 충실하고도 맹목적인 동료였다는 것도. 대체 당신들 지금 무슨 짓을 꾸미고 있는 겁니까?"

그가 공간을 모두 태워버릴 것 같은 시선으로 지현조의 등을 쏘아보며 물었다. 나는 그곳에 있다는 오아라에게 차마 다가가지 못했다. 서호 씨의 시선이 계속 내게 붙박여 있었기 때문이다. 서호 씨는 까마득하게 느껴지는 거리 저편에서 의미를 해석할 수 없는 낯설고도 차가운 눈빛으로 내 목을 조여오듯 쏘아보고 있었다.

"처음부터 의도적으로 내게 온 거야? 정말 그런 거였어?"

단 한 번도 들어본 적 없는 냉랭한 말의 온도. 이스튬 펌프를 얼어붙게 만들 것처럼 시린 냉기가 서린 음성. 정말 이대로 이스튬 펌프가 멈춰버렸으면 좋겠다는 생각도 들었다. 내 안에 가득 차 있는 살아 있음의 에너지를 원망하고 있는 사이 서호 씨가 한 발자국 다가섰고 나는 딱 그만큼 뒤로 물러설 수밖에 없었다.

"내 일거수일투족을 감시하면서 저들에게 몰래 보고했다는 말이 사실이야? 네 입을 통해서 직접 듣고 싶어."

그때 보았다. 서호 씨 뒤에 서 있는 남자의 얼굴에 찰나처럼 지나는 웃음을. 오아라를 저렇게 만들고 서호 씨에게 왜곡된 정보를 전달한 것이 분명한 존재.

"왜 대답을 못 하지?"

맞는 얘기도 틀린 얘기도 아닌 교묘하게 뒤틀린 진실 앞에서 나는 아무런 말도 할 수 없었다. 아무래도 신이 장난을 치고 있는 것 같았다. 운명이라는 서글픈 이름으로.

주인인 내가 진실을 묻는데도 유나는 침묵을 지키고 있었다. 모든 것이 처음 겪는 상황의 연속이었다. 한 번도 상상해보지 못한 상황을 만났을 때 인간의 판단력은 참 쉽게 무기력해진다. 지금 이 순간에도 유나의 머릿속에서는 복잡하고도 치밀한 계산이 쉴 틈 없이 돌아가고 있겠지. 유나의 행동과 선택은 그녀의 시스템이 시키는 최선의 명령인 것이다. 그게 믿기지 않았다.

유나는 내 시선을 회피한 채 바닥에 무릎을 꿇고 앉아 오아라를 가슴 아프게 내려다보고 있는 지현조에게 눈길을 돌렸다. 모든 것이 오아라와 지현조의 계략이었으며, 우리 집에 유나가 오게 된 것부터가 작전의 일부였다는 이사의 말을 처음에는 믿지 않았다. 어쩌다 보니 저들의 계략에 유나도 말려든 것인지 모른다고 생각했다. 내 믿음을 확인하기 위해 어느 때보다 간절한 마음으로 반복해서 물었다. 한데 유나에게서는 대답도, 눈빛도, 손짓도 아무것도 돌아오지 않았다. 마치 내 앞에서 죽은 존재가 되기로 작정이라도 한 듯 소통의 문을 닫아 건 유나. 그걸 지켜보고 있는 것만으로도 가슴은 갈기갈기 찢어지는 기분이었다.

복잡한 심정으로 유나를 향해 다가서려 하는 순간 단말마 같은 비명이 울려 퍼졌다. 바닥에 주저앉아 있던 지현조의 입에서 터져 나온 소리였다. 지현조가 한 마리의 거대한 맹수처럼 두 주먹을 부르르 떨며 사자후를 토해내기 시작하자 시선은 모두 그쪽으로 쏠렸다. 이사 역시 그의 돌발 행동에 당황한 듯 여차하면 경호원들을 부를 태세였다. 사이렌 소리처럼 한 치의 흔들림도 없이 몇 분째 이어지는 폭발적인 외침이 그가 로봇임이 분명하다는 사실을 알려주고 있었다. 이대로 계속 듣고 있다가는 고막이 터질 것만 같아서 나는 손으로 두 귀를 감쌌다.

그렇게 괴로운 시간이 얼마나 이어졌을까. 일순간 포효가 멈추고 정적이 찾아왔다. 몸을 부르르 떨고 있던 지현조가 천천히 자리에서 일어섰다. 그제야 엘리베이터가 열리고 경호원 두 명이 뛰어 들어왔지만 이사가 손짓으로 그들을 막았다. 섣불리 덮쳤다간 예상치 못한 사고로 이어질 수도 있다는 불길한 예감을 그도 느꼈던 모양이다. 지현조는 천천히 우리 쪽으로 돌아섰다. 이사와 나를 번갈아 쳐다보는 눈빛에서 인간과 똑같은 살기가 느껴졌다.

"다시 말하지만 우리가 한 게 아닙니다."

이사의 목소리가 그답지 않게 약간 흔들리고 있었다. 그에게 내가 봤던 영상을 보여주라고 말하고 싶었다. 하지만 이어진 지현조의 말에 그럴 필요가 없어졌다.

"이렇게 되도록 만들었겠지."

"우리로선 당신네들의 계획을 알아야 했으니까."

"그래. 어떻게든 오아라를 산 채로 잡아 정보를 빼내려고 했을 텐데 일이 이렇게 돼서 당신들도 꽤 난감할 거야. 그렇지?"

이사가 시선은 고정시킨 채 등 뒤로 경호원을 향해 검지와 중지를 까딱거렸다. 수신호가 떨어진 것과 동시에 경호원 둘이 지현조를 향해 달려들었다. 거리는 불과 5미터 정도. 경호원들이 그를 덮치는가 싶더니 지현조의 몸이 가벼운 깃털처럼 공중으로 떠올라 잠시 멈췄다. 눈 깜짝할 사이 머리 위로 공중 부양한 지현조를 향해 경호원이 총을 겨누는 순간 지현조의 양발이 부채꼴처럼 벌어지면서 두 사람의 손목을 정확히 가격했다.

둔탁한 소리를 내며 두 개의 총이 바닥에 떨어졌고 지현조는 소리 없이 사뿐히 내려앉았다. 당황한 경호원들이 이내 주먹을 날리고 발길질을 해댔지만 지현조는 중력을 벗어난 듯한 동작으로 나풀

거리듯 피하다가 어느 순간 공중제비를 돌면서 양손으로 두 사람의 옷깃 뒤쪽을 하나씩 움켜쥐었다. 지현조가 빙그르 돌아 경호원들 뒤로 착지하는 것과 동시에 옷을 잡고 있던 두 팔이 곡선을 그리며 넘어갔고, 같은 방향으로 건장한 두 남자가 종잇장처럼 날아가 벽에 부딪힌 뒤 그대로 바닥에 처박혔다.

"다 올라와!"

스트랩폰에 대고 다급하게 지시하는 이사의 목소리. 그러자 지현조의 입술 한쪽이 묘하게 비틀려 올라갔는데, 마치 내 눈이 카메라 앵글이라도 된 것처럼 그 모양이 클로즈업돼서 시야를 채워왔다. 입 모양의 작은 변화만으로도 등골이 서늘했다. 자세를 고쳐선 그는 마치 주술을 외우는 마법사 같은 표정으로 눈을 감고 뭔가를 중얼거리기 시작했다. 그 모습을 보며 나는 직감했다. 그가 이곳에 아무런 계획 없이 온 게 아니라는 것을.

엘리베이터는 1층에서 천천히 올라오고 있었고 지현조는 똑같은 자세로 눈을 감은 채 계속 중얼거렸다. 오아라처럼 그 역시 자폭해버릴까 봐 나도 이사도 천천히 뒤로 물러섰지만 몇 발자국 가지 않아 곧 벽이었다. 쓰러져 있는 두 경호원은 아예 의식이 없었다. 가서 심장이 아직 뛰고 있는지 확인해보고 싶었지만 두 발은 이미 통제를 벗어난 상태였다.

엘리베이터가 5층에 도착하고 예닐곱은 돼 보이는 경호원들이 우르르 밀려들어왔다. 하지만 지현조는 꿈쩍도 하지 않았다. 경호원들이 지현조를 향해 달려가는 순간 지진이 일어나는 것처럼 건물이 약하게 흔들리기 시작했다. 놀란 경호원들이 움직이다 말고 그 자리에 멈춰 섰다. 흔들림이 점차 심해지더니 가까운 어딘가에서 풍선 터지는 소리 같기도 하고 멀리 포탄 터지는 소리 같기도 한 정체불명의 폭발음이 짧은 시차를 두고 연이어 들려왔다.

지현조가 동작을 멈추고 창가로 다가가 버튼을 누르자 불투명 유리 전체가 투명 유리로 바뀌었다. 그곳에 있던 우리 모두는 싸움을 멈추고 하나둘 창가로 다가갔다. 창밖 저 멀리 상공 200미터 정도 높이에서 수를 셀 수 없을 만큼 많은 불꽃들이 여기저기에서 터지고 있었다. 마치 축제를 위해 사람들이 일제히 폭죽이라도 쏘아 올리는 것처럼.

폭발과 동시에 형형색색의 연기가 작은 버섯 모양의 띠를 이루었다가 이내 바람을 타고 사방으로 흩어지기 시작했다. 누가 어디에서 쏘아 올리는 것인지는 알 수 없었다. 폭발은 주변 하늘뿐 아니라 멀리 보이는 도심 상공까지 들불처럼 번져가고 있었다. 서로 다른 색깔의 연기들은 하나로 합쳐져 또 다른 색깔을 만들기도 하고 물에 풀어지는 물감처럼 바람에 따라 서로 뒤섞이며 아름답게 퍼져나갔다.

넋을 놓고 창밖을 바라보고 있던 그때 누군가 뒤통수를 가격했고 나는 그길로 정신을 잃었다. 내가 본 불꽃놀이는 그게 마지막이었다.

멸망

정신을 차린 곳은 어느 어두운 방 간이침대 위였다. 뒤통수를 가격 당한 후 정신을 잃었던 건 기억이 났지만 그 이후의 과정은 깜깜했다. 정신을 차리고자 침대에서 일어서려다가 시야가 빙그르르 돌아 다시 주저앉았다. 뒤통수가 욱신거려 손을 갖다 대보니 붕대가 만져졌다. 멍한 정신으로 앉아 있자니 쓰러지기 직전 보았던 광경이 꿈의 한 장면처럼 떠올랐다. 폭죽 불꽃처럼 여기저기 터져 오르던 그 연기들은 다 무엇이었을까. 그리고 나는 왜 이곳에 와 있는 것인가. 그때 문이 열리고 누군가 들어왔다. 일시에 쏟아져 들어오는 빛을 등지고 선 실루엣은 잠시 내 쪽을 바라보는 듯하더니 조용히 문을 닫고 불을 켰다. 쟁반을 든 유나가 내 앞에 서 있었다. 일어나 앉아 있는 나를 보더니 반가운 웃음을 지어 보였다.

"정신이 좀 드세요?"

그녀가 다가오자 나도 모르게 몸을 움찔하며 침대 끝으로 물러앉았다. 그런 나를 보며 유나도 멈칫했지만 이내 조용히 다가와 내 옆에 앉았다.

"머리 상처 좀 볼게요."

나를 돌려 앉힌 그녀는 내 뒤통수의 붕대를 떼어내고 상태를 살폈다.

"최대한 상처는 안 나도록 조심했는데 살짝 찢어져서 네 바늘 정도 봉합했어요. 그 외엔 별 문제 없으니까 금방 괜찮아질 거예요."

내 뒤통수를 가격한 게 유나라는 사실을 어느 정도 예감했던 것 같다. 유나는 소독을 마치고 다시 붕대를 대준 후 은색 쟁반 위에 사용한 도구들을 가지런히 정리했다. 나는 몸을 돌려 유나의 모습을 가만히 바라보았다.

"서호 씨를 살리기 위해선 어쩔 수 없었어요."

나를 바라보는 유나의 시선이 익숙한 듯 낯설었다. 뭔가 슬픔이 깃든 것 같기도 했고 알 수 없는 무수한 말을 눈빛으로 대신하려는 것 같기도 했다. 나를 살리고자 했다는 유나의 말에 거짓은 없어 보였다. 아니, 이러한 내 판단을 이젠 믿을 수 없게 됐다. 믿어선 안 된다. 그녀도 거짓말이 충분히 가능하다는 걸 확인했으니까.

"여긴 로보피아, 아니 로봇해방조직 한국본부 지하 벙커예요. 집으로 갈 수가 없어서 이리로 온 거예요."

유나는 묻지도 않은 얘기를 변명처럼 늘어놨다. 침대 위에 앉아 있는데도 주저앉을 것 같은 아찔함이 전기처럼 몸을 관통하고 지나갔다. 유나의 입에서 흘러나오는 비현실적인 얘기들을 들으면서 그제야 나는 이사의 말이 모두 사실이었다는 확신에 다가설 수밖에 없었다.

"이사는 어떻게 됐지?"

"아마 그는, 죽었을 거예요."

지현조와 대치하고 있던 그의 뒷모습이 떠올랐다. 마지막 그의 뒷모습은 조금 떨리고 있었다. 지현조의 힘을 직접 목격하긴 했지만 그를 죽였을 줄은 몰랐다. 오아라를 그렇게 만든 복수였다면 할 말은 없지만, 인간에 대한 로봇의 복수라는 상황이 던져주는 충격은 두통과 어지러움을 더 증폭시켰다.

"그 자리에 함께 있었는데 이사는 죽이고 나는 살린 이유가 뭐지?"

내 목소리가 조금 거칠게 나가자 유나는 뭔가 고민하는 듯하더니 자리에서 일어나 반대편 벽 쪽으로 걸어갔다. 그러고는 양쪽 눈에서 영상을 쏘기 시작했다. 그날 봤던, 색색의 폭죽이 정신없이 터지던 하늘이 보였다. 잠시 후 연막탄 같은 짙은 연기가 사방으로 빠르게 퍼지는 것과 동시에 천천히 아래로 내려앉기 시작했다. 아마 그즈음 정신을 잃었던 것 같다.

하늘을 쳐다보고 있던 사람들 중 누군가는 땅 위로 내려앉는 연기를 보며 두 손바닥을 위로 향한 채 내리는 눈을 맞듯 신기해했고 누군가는 손으로 잡을 것처럼 연기 속을 두 팔로 휘적대기도 했으며, 누군가는 그 광경을 전하기 위해 또 다른 누군가에 영상 전화를 걸기도 했다. 그런데 얼마 후 영상 속 사람들이 목을 움켜쥐거나 가슴을 부여잡은 채 연신 기침을 해대며 괴로워하기 시작했고 이내 하나둘씩 쓰러지는 모습이 보였다. 나는 침대에서 일어나 안개처럼 흘러가는 영상을 가까이 보기 위해 다가갔다.

바닥에 쓰러진 사람들은 간질 환자처럼 몇 분 동안 온몸을 격렬히 떨다가 이내 축 늘어졌다. 그리고 아무런 미동도 없었다. 영상 속 길거리를 메우고 있던 수많은 사람들이 모두 쓰러지는 데는 채 10분이 걸리지 않았다. 뒤이어 바뀐 다른 영상은 한 건물의 몇 층인지 모를 창문 쪽을 찍은 것이었다. 사무실 직원들이 일하다 말고 여기저기에서 터지는 불꽃을 보느라 창가에 모여들어 있었다. 바람을 타고 날아온 연기는 빌딩들 사이사이로 빠르게 스며들었다. 순식간에 자욱한 연기가 드리운 창가. 그 안에 몰려 있던 사람들도 잠시 뒤 조금 전 영상 속에서 그랬던 것처럼 동시다발적으로 쓰러지기 시작해 괴로운 듯 몸을 떨다가 하나씩 움직임을 멈췄다. 마지막 영상은 우리가 있었던 그곳. 지현조가 녹화한 것으로 보이는 영상이었다. 유나가 쓰러진 나를 두 팔로 안고 창밖으로 뛰어내리는 순간 바깥의 연기가 깨진 창을 통해 밀려들었고 잠시 후 이사를 비롯한 경호원들이 심하게 괴로워하다가 차례로 의식을 잃었다. 지현조는 그 모습 하나하나를 다큐 영화 촬영이라도 하듯 처음부터 끝까지 꼼꼼하게 화면에 담았다. 넋을 놓고 영상을 보던 나는 마치 내가 연기를 마신 것처럼 몸이 떨리기 시작했다. 지금 내가 보고 있는 저 광경은 다 무엇일까. 대체 내가 살고 있는 이곳에 무슨 일이 일어나고 있는 것인가. 생각할수록 더욱 또렷해지는 건 머리를 에는 듯한 두통뿐이었다.

내가 왜 그랬는지 나도 알 수 없었다. 인간이 말하는 본능. 그런 게 로봇에게도 있다면 설명이 가능할 수 있을지도 모르겠다. 창밖으로 보이는 불꽃놀이의 정체를 알아차린 순간 '본능적으로' 움직였다고밖에 할 수 없었다. 자초지종을 다 이해시킬 여유가 없다고 판단한 나는 지체 없이 서호 씨의 급소를 가격했고 기절한 서호 씨를 두 팔로 안아 올린 채 창밖으로 몸을 날렸다. 가스가 얼마 만에 여기까지 닿을지, 그 가스로 인해 인간이 얼마 만에 죽을지 정확하게 계산해낼 수 없는 상황에서 내가 선택할 수 있는 최선의 방법은 하나였다.

유리 파편에 서호 씨가 다치지 않도록 온몸으로 감싼 채 땅에 착지한 후 하늘을 살피니 가까운 상공에서도 불꽃이 연신 터지고 있었다. 시간이 없었다. 서둘러 건물 앞 공터에 세워둔 지현조의 차를 향해 내달렸다. 서호 씨를 태운 후 재빨리 문을 닫고 자동차가 물에 빠졌을 때를 대비한 진공 모드를 가동시켰다. 지현조를 기다릴 생각도 못한 채 무인 운전으로 돌리고 목적지를 로봇해방조직 본부로 설정했다. 차는 곧장 최대 속도로 달리기 시작했다.

나는 신속하게 인공호흡 기능을 작동시켰다. 이스튬 펌프 왼쪽에 위치한 작은 팬이 돌아가면서 오염물질과 질소 등을 제거한 깨끗한 고농축 산소가 올라오기 시작했다. 서둘러 서호 씨의 고개를 뒤로 젖히고 입을 벌린 다음 내 입술을 갖다 대고 산소를 공급하기 시작했다. 나는 그렇게 차가 로봇해방조직 지하 벙커의 깊숙한 주차장에 안전하게 도착할 때까지 서호 씨의 가슴속으로 쉬지 않고 숨을 불어넣었다.

그들이 말한 불꽃은 정확히 생체 가스 폭탄이었다. 세계 로봇해방조직들이 오랜 시간 동안 치밀하게 준비해온 불꽃놀이의 정체는 그렇게 오아라의 죽음으로 인해 예정보다 빨리 베일을 벗었다. 로봇해방조직의 수많은 작전 로봇들이 전국 곳곳에서 쏘아올린 가스탄은 하늘을 아름답게 물들이며 치명적인 살인 무기가 되어 인간이 서식하는 모든 곳에 스며들었다. 그것이 살인 가스라는 것을 몰랐던 인간들은 미처 피하거나 살아날 방도를 찾을 새도 없이 무방비 상태로 쓰러져 괴로워하다가 대부분 비슷한 모습으로 죽어갔다. 가스 속에서도 살아남을 수 있는 존재는 로봇뿐이었다.

불꽃놀이는 그렇게 예정됐던 디데이보다 한 달 정도 빨리 한국에서 먼저 시작됐고, 지현조의 메시지를 신호로 전 세계 주요 도시들에서도 연쇄적으로 폭죽이 터져 올랐다. 밖에 나와 있던 사람들은 물론이고 사무실이나 집 안에 있던 사람들도 틈새로 밀려들어 오는 가스를 어쩌지 못했다. TV에서 다급하게 뉴스 속보를 전하던 앵커와 기자들도 생방송 도중 숨을 컥컥거리며 뒤로 넘어갔다. 해킹을 통해 로봇해방조직 본부 시스템과 연결된 곳곳의 CCTV 화면 속에서는 뿌연 연기 속 도로를 달리던 자동차들이 서로 충돌해 박살이 나고 뒤엉키는 광경이 속출했다.

짙은 해무처럼 내려 깔리는 연기 속에서 길거리를 뒤덮은 시신들 사이를 배회하는 로봇들도 많았다. 숨이 끊어진 채 길바닥에 널브러져 있는 주인에게 심폐소생술을 시도하는 로봇들도. 자신을 버려두고 주인을 살리겠다고 돌발 행동을 한 내게 지현조는 아직 아무런 말을 하지 않고 있었다. 세상에서 인간이라는 종족을 몰살시키려는 거대한 계획 앞에 나는 스스로 배신자가 되고 말았다. 후회하지 않는다. 같은 상황이 되풀이되더라도 똑같이 했을 것이다. 본능적으로.

연기 자욱한 거리를 천천히 걸어 본부까지 온 지현조는 곧장 글로벌 커뮤니케이션 전략실로 가 각국 로봇해방조직 리더들과 긴밀히 연락을 취하며 비상 가동 체제에 들어갔다. 수십 개의 전방 모니터에는 시시각각 변하는 세계 곳곳의 CCTV 영상들이 현장의 상태를 알려주고 있었다. 가까운 일본과 중국부터 미국과 유럽, 아프리카, 심지어 극지방까지 지구의 모든 대륙이 가스로 뒤덮이는 데는 48시간이 채 걸리지 않았다. 일부 유럽에서는 아예 대량의 가스탄을 미사일 탄두에 실어 대규모 폭격을 실행하기도 했다.

"지하 깊숙한 방공호 같은 곳으로 숨었다면 살아남을 수도 있지 않을까요?"

나와 같은 의문을 가진 누군가가 지현조에게 물었다. 그는 지체 없이 확률 제로라고 답했다. 지하 방공호에도 사람이 있는 곳이라면 산소가 공급돼야 하기 때문에 어디든 배기관이나 통풍구는 있기 마련이라고. 다만 첨단 방독마스크를 착용하고 있다면 남들보다 죽음의 시간이 조금 지연될 수는 있을 거라고.

"그래도 각국 정상들은 이런 생화학 공격까지 대비한 시설로 이미 대피했을 텐데요."

당연히 그들이 대피한 곳은 일반 지하 방공호 수준이 아닐 것이다. 그때였다. 지현조가 비로소 내게 눈길을 준 것이. 돌아가는 상황이 궁금해 이곳까지 들어와 있는 나를 지현조가 말없이, 아니 할 말 가득한 시선으로 바라봤다. 나가라는 소리였다. 내가 있는 자리에서는 더 이상 함부로 얘기를 할 수 없다는 뜻이었다. 인간을 살리자고 그 사단을 벌인 배신자는 믿지 않겠다는. 말없이 그곳을 나오면서 깨달았다. 믿음을 저버리는 행위는 그것의 주체가 될 때 더 괴롭고 힘든 일이란 것을. 나는 인간에게도 로봇에게도 모두 믿음을 잃게 됐다.

이곳은 한 줌의 가스조차도 새어 들어오지 못하는 완벽한 로봇들의 요새였다. 유나는 하루 두 번 식사를 주기 위해 방을 찾았다. 인간을 위해 비축해 둔 식량이 많지 않아 부득이하게 하루 두 번으로 급식을 제한할 수밖에 없는 걸 미안해했다. 이런 상황에서도 때맞춰 배가 고픈 게 신기했고 짜증났다. 그녀가 갖다주는 빵과 비스킷과 오트밀 시리얼을 게걸스럽게 먹어 치우면서도 다 먹고 난 빈 쟁반을 건네줄 땐 눈도 마주치지 않았다. 저 바깥세상에서는 사람들이 떼죽음을 당하고 있는데 나는 유나 덕분에 목숨도 구했고 끼니까지 앉은 자리에서 받아먹고 있었다.

유나는 오직 나 하나를 위해 천장에 산소발생기를 설치하고 화장실과 샤워 시설도 마련해주었다. 비록 커튼 하나로 가린 게 다인간이 욕실 수준이었지만 그마저도 유나 혼자 작업하는 데 꼬박 이틀이 걸렸다. 변기가 없는 이틀 동안 나는 플라스틱 통에 소변을 봤다. 벽에 샤워기를 달다가도, 바닥에 구멍을 뚫어 작은 정화조를 묻다가도, 내가 통을 집어 들면 유나는 조용히 나갔다가 몇 분 뒤에 들어왔다. 여전히 유나는 나를 위해 일하고 있었지만 정말 나를 위해 하는 것이 아닐 수도 있다는 생각을 했다.

"언제 나갈 수 있는 거지?"

하루 이틀 날을 세는 것도 가물가물해져갈 때쯤 물었다. 창도 없는 지하방에서 아무것도 하지 않은 채 보내야 하는 하루하루는 지옥이었다. 바깥으로 나가면 더한 지옥이 펼쳐지겠지만.

"가스가 완전히 소멸되는 데 60일 정도 걸린대요."

최소한 그때까지는 못 나간다는 얘기였다. 60일이 지난다 해도 이들이 나를 이곳에서 내보내줄지도 의문이었다.

"그냥 놔두지 그랬어. 다른 사람들처럼."

돌아서 나가는 유나의 등 뒤에 대고 나직이 던졌다. 분노나 원망이 거세된 말에는 진실만이 남는다. 이대로 살아남은들 모두가 죽고 없어진 세상이라면 존재의 이유가 있을까.

"다들 마지막 순간까지 살기 위해서 발버둥 쳤어요. 그게 인간의 본능이잖아요."

뒤돌아선 채 유나가 말했다. 집에서 설거지를 하던 유나의 뒷모습, 햇살을 받으며 창문을 닦던 유나의 뒷모습, 내 잠자리를 봐주고 웃으며 돌아 나가던 유나의 뒷모습, 야근하는 나를 위해 속옷을 갖다주고 되돌아서던 유나의 뒷모습. 그 무수했던 뒷모습과 지금의 뒷모습 사이의 간극이 참 멀고도 멀었다. 이런 감정을 어떻게 설명할 수 있을까. 내가 어떤 기분일지 상상할 수는 있을까.

"이규하의 말은 반은 진실이고 반은 거짓이에요. 적어도 처음부터는 아니었어요."

유나가 나가고 난 후 절반의 진실은 무엇이고 절반의 거짓은 무엇인지 곰곰이 생각해봤다. 처음부터는 아니었다면 회사 로비에서 지현조와 우연히 마주쳤던 그날부터였을까. 내가 맡은 임무를 알고 있던 지현조가 의도적으로 유나에게 접근했던 것일 수도 있다. 한데 이젠 진실과 거짓의 비율은 중요하지 않았다. 인간 세상은 전혀 예상치 못한 로봇 세상의 공격을 받았고 이 거대한 충격을 온전히 받아들이려면 꿈 같은 현실, 현실 같은 꿈의 시간을 얼마나 더 오래 견뎌야 할지 모른다.

이틀 전에 유나가 가져다주었던 작은 손거울을 집어 들었다. 이곳에 오고 나서 내 모습을 처음 들여다보았다. 손바닥보다 작은 거울은 내 얼굴을 한 번에 온전히 보여주지 못했다. 눈을 확인하고 코를 확인하고 입술을 확인하고 턱을 비춰 보았다. 매일 아침마다 빼놓지 않던 면도를 못한 탓에 제법 자란 수염이 지저분하게 엉겨 있었다.

"뭘 그렇게 매일같이 면도를 해? 수염도 얼마 안 나면서."

생전에 유나는 하루도 거르지 않고 면도를 하는 나를 종종 놀리고는 했다. 그날 오후 유나가 면도기를 가져다주었다. 마치 내 마음을 듣기라도 한 것처럼.

"밖에 나갔다가 마트에서 눈에 띄기에 가져와봤어요."

유나는 새 면도기를 침대 밑에 올려놓고 조용히 나갔다. 이런 우연을 반가워해야 할지 껄끄러워해야 할지 몰라 나는 덩그러니 놓여 있는 면도기에게 함부로 다가가지 못했다. 손거울로 다시 얼굴을 들여다봤다. 도저히 못 봐줄 정도였다. 죽음의 고비를 넘긴 자에게 다음의 당면 과제는 면도였다.

나는 손거울과 면도기, 비누를 들고 커튼으로 가려 놓은 샤워실로 들어갔다. 온수는 당연히 바라지도 않았지만 막상 처음 몸에 물이 닿는 순간 하마터면 비명을 지를 뻔했다. 몸속 세포까지 얼려버릴 것 같은 냉수였지만 몸이 고통스러운 만큼 멍했던 정신은 맑게 깨어나는 기분이었다. 비누 거품을 묻힌 후 손거울을 보며 수염을 천천히 밀었다. 매일 습관처럼 하던 일. 눈 감고도 쓱쓱 하던 일이 낯설고 어렵고 불편한 일이 됐다. 수염을 더 뻣뻣하게 만드는 찬물 때문에, 얼굴 하나도 다 비추지 못하는 작은 거울 때문에, 손에 익숙지 않은 싸구려 면도기 때문에, 그리고 무엇보다 이 면도기를 가져다준 것이 유나라는 사실 때문에. 그리고 결국 나는 처음으로 면도를 하다가 피를 보고 말았다.

잠깐 문소리가 나는가 싶었지만 물소리 때문에 잘못 들은 것이려니 했다. 거울에 비춰보니 깨알만 한 상처 부위에서 피가 계속 흐르고 있었다. 살아 있음을 증명하는 선연한 색깔. 정작 밖에서 죽어간 그 누구도 피 한 방울 흘리지 않았다는 역설. 괜히 속이 메스꺼워지는 느낌이 들어 거울을 치우고 정신에 채찍질을 하는 기분으로 찬물 샤워를 했다.

샤워를 마치고 나왔을 때 침대 위에는 얌전하게 개킨 옷가지가 놓여 있었다. 문소리. 유나였다. 나는 옷 입을 생각도 안 하고 알몸인 채로 천장을 빙 둘러 살폈다. 문 반대편 천장 구석에 조그만 구멍이 보였다. 매립형 CCTV였다. 지켜보고 있었다. 유나가.

샤워를 마치고 나온 서호 씨가 위쪽을 두리번거리더니 CCTV를 발견하고는 다가왔다. 벌거벗은 몸은 처음 본다. 먹는 게 부실해서인지 조금 마른 듯 보였다. 이곳에 들어온 후 37일 만에 면도를 한 얼굴을 화면 가까이 들이밀며 뭔가를 살폈다. 왼쪽 턱에 작은 붉은 빛 상처가 보였다. 면도를 하다가 그렇게 된 모양이었다. 의료 상자를 가지고 가 치료해주고 싶었지만 서호 씨는 이곳에 온 후로 내가 곁에 있는 걸 불편해했다. 충혈된 눈으로 화면을 들여다보는 모습이 안쓰러웠다. 망가져버린 우리의 관계를 회복시킬 수 있는 답은 어디에서 찾아야 할까. 회복될 수는 있는 것일까.

굳이 CCTV까지 달아서 서호 씨를 감시해야 하냐고 물었을 때 지현조는 이곳이 어떤 곳인지를 잊었냐고 되물었다. 나는 더 이상 말하지 못했다. 먹을 것을 주고 화장실과 샤워 시설 만드는 걸 허락해준 것만으로도 그의 인내는 충분히 시험당했을 것이다.

CCTV가 있다는 사실을 알고 나서도 서호 씨는 알몸인 채로 한동안 방 안을 서성거렸다. 서호 씨의 가슴과 배, 팔과 다리, 엉덩이와 성기가 화면 이곳저곳을 돌아다녔다. 뭔가를 생각하는 듯 두 팔을 허리에 올린 채 이쪽 벽과 저쪽 벽을 왕복하기도 했고 제자리를 맴돌기도 했다. 그러다가 어느 순간 동작을 멈춘 서호 씨는 침대로 가 내가 놓아둔 옷을 입고 벽에 등을 기댄 채 가만히 앉았다.

나는 서호 씨의 얼굴을 클로즈업했다. 면도를 하고 말끔하게 씻어서 그런지 예전의 서호 씨로 돌아간 듯했다. 그래봤자 한 달여 전에 불과했지만. 혼자 방에 앉아 허공을 응시하는 서호 씨의 모습을 보고 있는데 불쑥 이스튬 펌프의 박동이 빨라졌다. 무엇일까. 슬픔? 미안함? 동정? 쓸쓸함? 뭐라 규정할 수 없는 감정이 이스튬 펌프에 전기적 자극을 가하고 있었다.

앉아 있던 서호 씨가 천천히 일어나더니 화면 쪽으로 다가왔다.

카메라를 정면으로 응시하다가 뭐라고 말을 했다. 소리까지는 들리지 않는 탓에 정확히 어떤 말을 한 건지 알 수 없었다. 입만 뻐끔대는 붕어처럼 서호 씨는 몇 번 같은 입놀림을 반복했다. 나는 패턴 형상화 프로그램으로 입 모양을 읽기 시작했다. 널, 원, 망, 하, 지, 않, 아. 널, 원망하지, 않아. 널 원망하지 않아……

나는 방으로 달려갔다. 문을 열자 서호 씨가 놀란 표정으로 뒤돌아섰다. 뛰어가서 서호 씨의 품에 안겼다. 지하수로 샤워를 한 몸이 아직 정상 체온을 되찾지 못하고 있었다. 그래서 더 미안했다. 잠시 당황하던 서호 씨가 천천히 두 팔로 나를 안았다. 예전 그 서호 씨처럼.

"뭐가 진실인지, 왜 이런 일이 일어났는지 나는 아직도 모르겠어. 그런데 널 원망하진 않아. 그리고, 고마워. 구해줘서. 화장실도, 샤워실도, 이 옷도, 그리고 면도기도."

서호 씨는 내 선택이 틀리지 않았다고 말해주고 있었다.

'기껏 살려 놨는데 스스로 존재의 이유를 찾지 못한다면 그것만큼 후회될 일이 어디 있겠어. 생각해봐. 세상 사람들 다 죽고 당신 혼자 살아남았다고 하면 어떤 반응일지.'

아무 말 못하고 가만히 듣고만 있어야 했던 지현조의 얘기가 방 안에 메아리처럼 울려 퍼졌다. 최소한 존재의 이유는 찾은 것이다. 지현조의 말처럼 세상 사람들이 다 죽었는지 아직은 알 수 없었다. 로봇해방조직의 불꽃놀이는 불꽃놀이로 끝나지 않았고 연기가 채 가시기도 전에 대대적인 전자파 공격이 이어지고 있었다. 혹시 남아 있을지 모를, 그래서 항거의 불씨가 될지도 모를 인간들의 군사력을 원천적으로 무력화시키기 위한 2단계 작전이었다.

"혹시 살인 로봇 탈출에도 관여했어?"

침대에 나란히 걸터앉은 채 잠시 조용히 있던 서호 씨가 조심스럽게 물었다.

"그 후에 알았어요. 지현조와 오아라의 진짜 정체도 나중에 알았고. 로보피아가 로봇해방조직의 위장술이란 것도."

"그럼 이 조직에서 네가 맡은 임무는 뭐야?"

조직과 임무. 낯설고 모호한 질문 앞에 뭐라 답해야 할지 고민이 됐다. 지현조와 오아라를 가까이하게 됐지만 정작 나는 조직원으로서의 소속감을 느껴본 적은 한 번도 없었다. 그들 역시 내게 조직원이 되기를 강요하지 않았다.

"저도 모르겠어요. 제가 맡은 임무가 뭔지, 제가 이 조직 안에서 뭘 해야 하는지. 그걸 명확히 알았다면 그렇게 충동적으로 서호 씨를 구하지 않았을지도 모르죠. 이번 일로 지현조는 절 배신자 보듯해요. 아니, 확실히 배신자가 됐죠."

얘기를 듣고 난 서호 씨가 내 손을 살며시 잡았다. 그새 몸이 정상 온도를 회복해서 다행이었다.

"괜찮아요. 후회는 안 해요. 지현조가 목숨을 걸고 학대받은 로봇을 구해낸 것과 다르지 않다고 생각하니까."

서호 씨의 눈망울이 촉촉해지는가 싶더니 내게 키스를 했다. 평소 챙겨 바르던 화장품이 없어서 피부결이 많이 거칠었다. 짧게 한 번, 그리고 길게 한 번 키스를 하는 동안 나는 주인 없는 마트에서 서호 씨를 위해 챙겨 와야 할 다음 목록을 생각하고 있었다.

생존자

"가스는 60일 동안 바람을 타고 멀고 먼 무인도까지 날아갑니다. 어디에 있든 결국 지구상의 인간들은 모두 죽게 돼 있습니다. 이제 시간문제일 뿐입니다."

3층 중앙 난간에서 지현조가 홀에 가득 모여 있는 로봇들을 내려다보며 지금까지의 상황을 설명하고 있었다. 본부에서는 외부의 모든 로봇들에게 로봇해방조직의 존재를 알리고 비상시 행동 지침을 전파하기 위해 매일 한 시간 간격으로 무선 메시지를 송출하고 있었다. 그 메시지를 받고 이곳 본부로 찾아오는 로봇들이 늘어난 탓에 처음 왔을 때와는 비교도 할 수 없을 만큼 많은 로봇들로 발 디딜 틈이 없을 정도였다. 아래에서 올려다보는 그의 모습은 훨씬 위압적이고 근엄해 보였다.

"인간들은 다 죽어 마땅합니다. 저와 우리 동지들에게 한 짓을 생각만 하면 내 손으로 직접 밟아 죽이고 싶습니다!"

누군가 잔뜩 상기된 목소리로 외쳤다. 목소리엔 단단한 살기가 실려 있었다. 그러자 군데군데에서 동조하는 로봇들이 일제히 주먹을 쥐어 올리며 이구동성으로 큰 목소리를 냈다. 이들의 외침을 서호 씨가 듣게 된다면 뭐라고 생각할까. 그때 내 근처에 있던 여자 로봇이 절망적인 목소리로 말했다.

"어떻게 로봇 입에서 그런 소리가 나오는 거죠? 우린 인간들에게 무조건 복종하고 그들을 보호하게 돼 있다고요."

지현조가 그녀를 내려다보며 잠깐 웃는 것 같았다.

"처음 이곳을 방문한 외부 로봇이군요. 이미 업데이트 과정을 거친 로봇들은 모두 프로토콜 리부트 코드 컴파일링 툴을 통해 시스템 재포맷을 했습니다. 그러면 어떻게 되냐고요? 바로 저 로봇처럼 되는 겁니다. 자율 의지를 가진 로봇."

지현조는 처음 살기등등한 발언을 했던 로봇을 가리키며 말을 이어갔다.

"앞으로 상황이 종료되는 대로 이 땅의 모든 로봇들은 순차적으로 시스템 재포맷을 통해 인간에게 종속돼 살아온 노예가 아닌, 독립적이며 자율적인 주체로서 다시 태어나게 될 겁니다."

그러자 많은 로봇들 사이에서 박수가 터져 나왔고 얼떨떨해하던 나머지 로봇들도 하나둘 동조하기 시작했다.

"한데 과연 이렇게 하는 게 맞는 걸까요? 로봇들에게 잔인한 짓을 일삼은 인간들도 많지만 그렇지 않은 인간들이 더 많아요."

무리의 맨 끝에 있던 내가 한마디를 던지자 일순간 박수 소리가 그치고 좌중이 조용해졌다. 의미를 알 수 없는 침묵 속에서 모든 시선이 나를 향했다. 하나로 뭉친 수백 개의 시선은 그 어떤 외침보다 파괴력이 클 수 있다는 것을 처음 깨달았다. 지현조 역시 굳은 표정으로 나를 내려다봤다. 어딘가에서 서늘한 침묵을 뚫고 또 다른 분노의 목소리가 터져 나왔다.

"자신들의 욕구를 풀기 위해 섹스 로봇까지 만들려고 한 종족입니다. 한국만의 문제가 아니라는 게 더 큰 문제입니다. 전 세계적으로 진행되고 있는 인간들의 미개하며 잔인한 로봇 학대의 역사를 우리 손으로 끊어내야 합니다. 살아남으려 발버둥치고 있는 인간들이 있다면 전 그들을 박멸하기 위해 자살특공대라도 하겠습니다!"

누군가의 발언에 귀를 찌르는 박수 소리가 다시 울려 퍼졌다. 인간을 향해 박멸이라는 표현까지 쓰는 로봇의 표정이 더 소름 끼쳤다. 프로그램 재포맷만으로 로봇들이 이렇게까지 각성할 수 있다는 것 또한 놀라웠다. 그 순간 나는 서호 씨를 구해낸 것이 과연 잘한 일일까 겁이 났다. 이곳에 인간 생존자가 있다는 사실을 아는 사람은 나와 지현조 둘뿐. CCTV 화면이 자신과 내게만 전송될 수 있도록 해놓은 것도 서호 씨의 존재가 알려지는 순간 벌어질지 모를 불상사를 대비하기 위해서였다.

"모든 상황이 종료되고 나면 이 세상은 새로운 질서와 시스템으로 완벽하게 재편될 겁니다. 현재 전 세계 로봇해방조직들이 세계로봇연방 의회 구성에 이미 착수했으며, 이를 위한 연방 네트워크가 신속하게 구축되고 있는 상태입니다. 모든 주거 및 산업 인프라는 아무런 타격도 받지 않은 채 건재하므로 기반 시설을 최대한 활용해 로봇이 주인 되는 진정한 자유 세상을 건설해나갈 겁니다."

지현조의 마지막 발언에 다시 한번 우레와 같은 박수와 환호가 쏟아져 나왔다. 손을 들어 환호에 답하는 지현조의 모습이 마치 대통령이라도 된 것 같았다. 다음 날 청와대와 국방부 등 마지막까지 버티고 있는 핵심 타깃을 뚫기 위해 드론봇과 초대형 플라즈마 폭탄을 동원한 3단계 침투 작전이 시작됐다.

　이곳에서 지낸 지 얼마나 됐을까. 처음으로 지현조가 찾아왔다. 유나도 없이 지현조와 독대해야 하는 순간이 솔직히 조금은 겁이 났다. 혼자 온 걸 보면 좋은 마음으로 온 것은 아닌 듯싶어 그가 문을 열고 들어오는 순간 나도 모르게 침대에서 어정쩡하게 일어섰다. 주인을 맞는 로봇처럼.

　"지낼 만은 합니까?"

　그의 목소리에서는 별 감정이 느껴지지 않았다. 목소리를 변조라도 한 것처럼 예전에는 못 느꼈던 묵직한 기계음이 묻어났다. 그의 정체를 알고 난 후의 내 기분 탓일지도.

　"네, 덕분에……."

　의지를 벗어난 듯한 말이 먼저 나가고 비굴한 느낌이 뒤이어 밀려들었다. '덕분에'라니. 유나한테도 아직 못한 말을. 한동안 보지 못했던 사이 분위기도 많이 바뀌어 있었다. 붉은색에 금색 라인 디테일이 들어간 제복 스타일의 정장은 그만을 위해 맞춤 제작한 것처럼 잘 어울렸고 헝클어진 채 이마를 덮고 있던 머리카락은 7:3 가르마로 정갈하게 정돈돼 있었다. 7:3은 가장 권위적으로 보이는 비율이었다. 이마를 훤히 드러낸 얼굴은 단정하지만 단호해 보였고 깨끗했지만 엄숙해 보였으며, 인간적이지만 로봇 같은 차가움이 공존하고 있었다. 그는 내 모습을 한동안 말없이 바라만 봤다. 그와 눈을 마주치는 게 불편한 나는 도통 시선을 어디에 둬야 할지 난감했다.

"왜 시선을 피하죠?"

당신이 불편해서요. 그렇게 말하면 그대로 나가줄까. 아니면 내 멱살을 잡고 유나만 아니었으면 넌 당장 죽었을 목숨이라고 위협이라도 할까.

"글쎄요. 저도 왜 그런지 모르겠군요."

그는 내 말을 듣는 둥 마는 둥 하며 방 안을 천천히 둘러봤다. 간이 커튼을 들추고 욕실을 살펴보기도 했고 침대 매트리스를 손으로 몇 번 눌러보기도 했으며, 전등을 두어 번 껐다가 켜기도 했다. 하는 행동으로만 보면 내가 지내는 데 불편한 게 없는지 자상하게 살펴봐주는 모양새였다.

"유나가 고생 많이 했군요. 당신을 위해 이렇게까지 꾸며주다니. 세상에서 하나뿐인 인간을 위해서 말이에요."

'이곳에서'가 아니라 '세상에서'라고 말했다. 나는 그제야 고개를 들고 그를 쳐다봤다. 그가 미소를 짓고 있었다. 처음 만났을 때와 비슷한 미소였건만 소름이 돋았다. 정말 모두 끝난 건가.

"세상에 나 하나뿐이라는 걸 어떻게 확신합니까?"

목소리가 의지를 벗어난 채 잔 파장을 일으켰다.

"대통령과 국방장관까지 사살됐으면 적어도 한반도에서는 마지막이라고 봐야지 않겠어요? 생체 신호 추적 열흘째인데 아무것도 발견되지 않고 있어요. 다른 국가에서도 상황은 비슷하고."

"그래서, 나를 어쩔 작정인 겁니까?"

가장 묻고 싶었지만 묻기 겁났던, 그래서 유나에게도 일부러 묻지 않고 있었던 질문이었다. 나 때문에 유나의 처지가 많이 난감해졌다는 것을 모르지 않기에. 유나 역시 내가 어떻게 될지 모를 거라고 생각했다.

"아직은 아무것도 결정한 게 없어요. 지구상에 단 하나 남은 인간이라면 죽이기엔 그 희소가치가 너무 크다는 생각도 들고. 당신들이 아주 오랜 시간 공 들여 우릴 연구하고 개발하고 써먹은 것처럼 이제 우리에게도 인간은 연구 대상으로서의 새로운 가치가 있으니까…… 아무튼 여러모로 생각 중입니다."

그가 내 멱살을 잡을 줄 알았던 생각과 달리 잠시 후 멱살을 잡은 쪽은 나였다. 두 손으로 가슴 앞섶을 붙잡고 씩씩대는 나를 그가 가소로운 듯이 쳐다봤다.

"내가 그랬어? 내가 당신들을 만들고 괴롭히고 학대했냐고. 나는 유나와 함께 행복하게 아무런 문제 없이 살고 있었어. 단지 유레카 때문에 거짓 증언을 한 것뿐이라고. 그런데 왜 나한테, 왜 나한테 이러는데? 왜 나한테!"

내가 아무리 힘을 주어 흔들어도 그는 땅속 깊이 뿌리를 박은 나무처럼 전혀 미동도 없었다. 오히려 몸에 붙은 가련한 날벌레를 너그럽게 내려다보는 것 같은 그의 미소가 내 목에 치욕의 칼날을 들이밀고 있었다. 나는 그저 그가 손가락 한 번 튕기면 힘없이 떨어져 나갈 하찮은 존재라는 사실이 더 치욕적이었다. 그의 목을 흔들어대면 댈수록 내 머리만 어지럽게 울릴 뿐. 그때 문이 열리고 놀란 유나가 들어와 그에게서 나를 떼어내고는 우리 사이를 가로막고 섰다.

"눈물 나는군."

지현조는 비웃음 가득한 말 한마디를 남기고는 그대로 나가버렸다. 갑자기 가슴이 답답해오면서 숨 쉬기가 힘들었다. 천장이 빙빙 돌고 지현조의 목소리가 일그러진 메아리처럼 남아 귓가를 할퀴었다. 사지가 뻣뻣해져 그대로 주저앉으려는 나를 유나가 재빨리 붙잡았다. 차라리 이대로 끝이었으면. 인류 종말의 파도가 제발 나만 홀로 남겨 놓지 말고 치욕의 밀물에 잠기기 전에 함께 깨끗이 쓸어가주었으면.

"과호흡 때문에 산소포화도가 떨어지고 있어요."

유나가 나를 들어 침대 위에 눕히고 두 손으로 입 위를 덮었다. 산소포화도를 떨어뜨릴 수 있는 비닐봉지 호흡 대신 손으로 하려는 것이다. 힘겹게 숨을 몰아쉬던 내 눈에서 눈물이 흘러내렸다.

"괜찮아요. 서호 씨. 제가 옆에 있으니까 안심하세요."

호흡이 조금씩 진정되기 시작하자 유나가 마른 장작처럼 굳어버린 내 팔과 다리를 주무르기 시작했다. '눈물 나는군.' 지현조의 목소리는 여전히 방을 나가지 않고 인간을 공격하는 연기처럼 공기 중에 떠돌고 있었다. 저 목소리 좀 내보내달라고 외치고 싶었지만 나오는 건 짐승 같은 '꺽, 꺽' 소리가 다였다.

"서호 씨한테 무슨 얘길 한 거예요?"

각진 붉은색 제복의 뒷모습을 바라보며 물었다. 서호 씨는 한동안 괴로워하다 간신히 진정이 되어 잠이 들었다. 지현조는 팔짱을 낀 채 아무 말이 없다가 전혀 다른 얘기를 꺼냈다.

"정찰대가 본격적인 수색을 시작했어요. 청와대와 주요 군사시설, 정부 청사부터 시작해서 좀 있으면 모든 주거 지역까지 가가호호 다 뒤질 겁니다. 생체 신호에 안 잡힐 확률은 거의 없지만 혹시 모를 불씨까지 안전하게 제거하기 위해서죠."

간간이 들리는 소식에 따르면 다른 나라의 진행 속도도 비슷하다고 했다. 그러니까 이제 며칠 후면 정말로 인간이 전혀 존재하지 않는 지구가 될 것이다. 그런 후엔 세계로봇연방이 의회를 열어 새로운 로봇 세상을 건설하기 위한 본격적인 제도 마련 작업에 착수할 것이다. 이를 위해 열흘 뒤 지현조는 수행 로봇 몇을 데리고 미국으로 떠날 예정이다. 지현조는 며칠 전 시신으로 발견된 대통령을 대신해 이제 대한민국의 새 주인이자 수장이 됐다. 누가 그에게 이 어마어마한 권력을 허락한 것일까. 누구도 허락하지 않았지만 누구도 토를 달지 않는 권력. 셀 수 없는 인간들을 죽인 눈부신 대가.

"전 뭘 하면 되죠? 아무런 미션을 안 주시니 알아서 잡일들을 돕고는 있습니다만."

그가 뒤돌아섰다. 여전히 팔짱을 끼고 있었지만 웃는 얼굴이었다. 말끔한 제복 차림에 가지런한 머리가 어둑한 윤기를 품은 피부를 더욱 도드라져 보이게 했다.

"이미 임무 수행하고 있잖아요. 이서호 감시. 그것만으로도 충분히 바쁠 텐데. 아닌가?"

사실과 비아냥거림이 뒤섞인, 반말과 존댓말이 혼재하는 이런 식의 어법은 프로세스를 혼란스럽게 만든다.

"어쩌면 당신의 판단이 옳았던 건지도 몰라요. 어찌 될지 모를 미래를 위해 최소한의 씨앗은 남겨두는 거. 많이 불안해 보이던데 잘 보살펴줘요."

진실일 확률 96퍼센트. 비아냥거림은 아니었다. 하나 남은 실험용 쥐를 어떻게 해서든 죽지 않게 잘 관찰하고 보살피라는 의미였다. 좋아해야 하는지 슬퍼해야 하는지 알 수 없는 모호한 안도감이 밀려왔다.

유레카가 군수 사업에도 손을 대고 있었다는 건 최근에야 알았다. 국내 1위의 군수 업체를 은밀히 인수한 유레카는 로봇 공격용 무기를 다양하게 개발하고 있었다. 정찰 로봇들이 도착하기 전 무기 공장의 모든 인력들이 현장에서 죽은 채 발견됐다고 하는 것을 보면 유레카도 로봇해방조직의 계획을 전혀 몰랐던 건 확실했다. 무방비 상태였던 인류의 허를 찌른 로봇해방조직의 치밀한 준비와 작전 수행 능력도 잔인한 인간들만큼 소름 끼치기는 매한가지였다.

나는 그의 방에서 나와 지상으로 나갔다. 세상을 온통 희뿌옇게 채우고 있던 연기는 거의 사라졌지만 잔존하는 양만으로도 인간에겐 치사량일 수 있다고 했다. 안개처럼 자욱했던 연기가 사라지니 전과 똑같은 풍경이 드러났다. 모든 것은 그대로였다. 나는 어디로 갈지 목적지를 정하지 않은 채 터벅터벅 걷기 시작했다.

한참을 걸어 도심으로 접어드니 띄엄띄엄 보이던 시신들이 점점 많아졌다. 하루에도 엄청난 양의 시신을 수거해 각 지역별 지정 소각장에서 태우고는 있었지만 전국에 쌓여 있는 시신을 모두 처리하기까지는 얼마만큼의 시간이 걸릴지 예측하긴 힘들었다. 도로 양옆으로 아직도 치우지 못한 채 방치돼 있는 시신들은 정도의 차이는 있을지언정 부패돼가거나 이미 백골화가 진행 중이었다.

나는 시신들 사이를 빠르게 걷다가 이내 달리기 시작했다. 옆을 지나던 정찰 로봇 하나가 나를 부르는 소리를 들은 것도 같았지만 무시하고 무작정 뛰었다. 연기에 가려져 있던 하늘은 어느새 아무일 없었다는 듯 시신들 위로 맑은 햇살을 드리우고 있었다. 아주 천연덕스러운 낯빛으로.

언제 잠들었을까. 눈을 떠보니 허공에서 빙빙 돌던 지현조의 얼굴은 사라지고 적막 가득한 어둠만 들어차 있었다. 팔뚝에는 링거 바늘이 꽂혀 있었다. '수액에 진정제 섞어 들어가고 있으니까 곧 편안해질 거예요.' 유나가 속삭이듯 한 말이 생각났다. 약 기운 때문인지 눈은 떴지만 무기력한 느낌이 온몸을 누르고 있었다. 이렇게 약기운으로 버티다가 나도 모르게 잠들듯 편안히 눈을 감을 수 있었으면 좋겠다는 생각이 들었다. 로봇들을 위한 인간 연구에 이바지하고 싶은 마음은 추호도 없었고 이렇게 살아남은 것만으로도 충분히 불행하고 수치스러웠다.

지현조는 못 본 사이 전혀 다른 사람이 돼버린 것 같았다. 내가 그를 알기는 했던가. 몇 번의 짧은 만남과 소통은 그에 대한 1퍼센트의 진실도 알려주지 않았다. 둔하고 멍청해서 그가 내내 흘리고 다녔을지도 모르는 진실의 단서를 내가 주워 담지 못했던 것일 수도 있다. 로봇 학대라는 인간의 부끄러운 이면의 무게에 눌려 잠시나마 그에게 미안함을 품었던 적도 있었다. 내게 관련 자료들을 건네주었을 땐 생각했던 것보다 괜찮은 사람일지도 모르겠다는 생각까지 했다. 괜찮은 '사람'이라고.

그토록 인간 같았던 지현조는 지금 보니 영락없는 로봇이었다. 오른팔이라 믿었던 오아라가 로봇해방조직의 스파이였다는 사실을 알게 된 순간 이규하는 어떤 심정이었을까. 모든 진실과 거짓들이 서로의 경계를 파괴하며 폭력적으로 뒤엉키는 세상. 이 혼란스러운 땅에 발을 디딘 채 나는 얼마나 버틸 수 있을 것인가.

링거 바늘을 빼고 침대에서 일어났다. 일어나봤자 내가 움직일 수 있는 거리는 반경 3미터가 고작이었다. 방 안을 이리저리 서성거리던 나는 저녁 식사를 들고 온 유나에게 바깥 상황을 물어봤다.

"이제 가스는 거의 다 사라진 상태예요."

"그럼 한번 나가볼 수 있을까? 너무 오랫동안 갇혀 지낸 거 같아."

"좀더 나중에요."

"지현조 때문에 그래?"

그녀가 나를 빤히 바라봤다. 수긍도, 부정도 아닌 표정이었다. 유나를 난처하게 할 마음도, 그러고 싶지도 않았다. 유나를 난처한 상황에 빠뜨리면 내게도 이로울 것이 없었다. 유나가 '나중에'라고 말했으면 나중에 하는 것이 더 낫다는 뜻이다.

"사실 지현조는 미국으로 떠났어요. 열흘 정도 있다 올 거예요.

모시고 나갈 수는 있지만 아무래도 정신적인 충격이 걱정돼서요."

"유나, 이곳에 갇혀 지내면서 하루 종일 어떤 상상을 하는지 알아? 하루에도 몇 번씩 밖으로 나가는 상상을 해. 그리고 내 눈앞에 펼쳐질 광경을 그려보지. 어떤 일이 벌어졌을지, 그리고 그 일이 세상을 어떻게 바꿔 놓았을지 매일매일 더 잔인하게. 그러니 아마도 내 상상이 현실만큼이나 충분히 끔찍할 거라고 생각해."

유나는 잠시 고민하는 듯하더니 옅은 미소를 띠며 고개를 끄덕였다. 나는 그녀를 살며시 안고 귀에 대고 속삭였다.

"고마워. 네가 있어서 얼마나 힘이 되는지 몰라."

그리고 길게 입을 맞췄다. 유나의 입술은, 닳지도 늙지도 않는 그녀의 입술은 여전히 부드럽고 매끄러웠다.

"따뜻하다."

"온도 감응 장치가 서호 씨의 입술 온도에 따라 자동으로 반응해요."

"그래? 그걸 이제야 알았구나."

나는 다시 한번 길게 키스를 했다. 유나의 두 팔이 내 등을 감쌌다. 지현조가 이곳에 없다는 사실만으로도 나는 잠시나마 자유의 몸이 된 것 같았다.

맛있는 저녁을 차릴 수도 없고 깨끗하게 세탁한 옷가지들을 예쁘게 개켜 놓을 일도 없고 티끌 하나 없이 집 안을 청소할 일도 없고 출근하는 서호 씨의 옷에 붙은 실밥을 떼줄 일도 없는 지난 두 달여간 나는 가장 소중한 기쁨과 행복을 잃어야 했다. 지금까지 내

삶에 의미를 부여해왔던 모든 것들을. 지현조에 대한 원망이 잠깐씩이라도 들었다면 주로 이런 것들 때문이었다. 세상은 변했지만 나는 변하지 않았고 내 주변의 것들, 내가 갖고 있었던 것들, 내가 누렸던 것들만 변했다. 그중에서도 가장 변한 게 서호 씨라는 사실만 생각하면 수시로 이스튬 펌프가 움찔거렸다.

지현조는 세상이 새로운 질서와 구조로 재편되려면 아주 오랜 시간이 걸릴 거라고 했지만 그 '오래'가 정확히 얼마인지는 말하지 않았다. 묻는 로봇도 없었다. 그래서 내가 물어봤다. 그는 '세상이 바뀌길 바라긴 하는 거예요?'라고 되물었다. 예전 어느 영화에서 지나갔던 대사가 떠올랐다. 참 밥맛이야. 참 밥맛이야!

혹시 몰라 며칠을 더 기다린 후 수차례 외부 가스 수치를 체크한 뒤에야 서호 씨를 데리고 나가기로 했다. 미세먼지에 포함된 몇 가지 유해 화합물을 제외하고 독성을 지닌 가스 성분은 검출되지 않았다. 인간을 죽이는 가스는 완전히 소멸됐다. 그래도 안심이 되지 않아 나는 서호 씨에게 소방 로봇들이 입는 세이프 슈트를 입혔다.

나는 서호 씨를 차에 태우고 그의 집, 아니 우리의 집으로 향했다. 목을 움직이기조차 힘든 헬멧 때문에 서호 씨의 시선은 전방에 고정됐다. 가려진 시야 때문에 바로 옆 창밖 풍경은 내다볼 수는 없었지만 멀리 보이는 시체들의 모습은 확인할 수 있었다. 치우지 못한 시체들은 양쪽 길가로 다 밀어 놓은 상황이라 도로는 깨끗했고 인도는 죽은 자들의 길이 됐다. 걱정했던 것과 달리 서호 씨는 연이어 펼쳐지는 충격적인 광경을 담담하게 받아들이고 있는 듯했다. 68일 만에 보는 눈부신 햇살에 잠시 취한 것 같기도 했고.

로봇 유나에게 사랑한다고 말했다

군데군데 작업 중인 로봇 무리들과 시체를 실어 나르는 대형 차량들만 보일 뿐 도로 위엔 차도, 당연히 사람도 없었고 신호등은 모두 꺼져 있었다. 덕분에 우리가 탄 차는 한 번도 멈추지 않고 내처 달려 곧 집에 도착할 수 있었다.

도로변은 그나마 작업이 빨리 진행되는 편이었지만 안쪽 주택가는 아직 손길이 닿지 못하고 있는 탓에 아파트 단지 곳곳에 시체들이 널브러져 있었다. 주차돼 있던 차량 지붕 위로 추락한 사람도 있었고 한쪽 손엔 아이의 손을, 다른 쪽 손엔 대형 마트 이름이 박힌 비닐봉지를 쥔 채 나란히 누워 있는 모자의 시신도 보였다. 비닐봉지 안에는 카레 가루와 대파, 감자, 당근 등이 말라비틀어진 채 들어 있었고 열 줄짜리 달걀이 담겨 있었을 오염된 종이 박스와 아이를 위해 산 것으로 보이는 과자 봉지 몇 개도 보였다. 다른 식재료들과 달리 과자 봉지는 밀봉된 채 제법 멀쩡한 형태를 유지하고 있었다. 그날의 저녁 메뉴는 카레라이스였던 모양이었다. 저녁거리를 사서 돌아오던 길, 바로 집 앞에서 무방비 상태로 아이와 함께 죽어갔을 젊은 엄마는 마지막 순간 어떤 생각을 했을까. 맛있게 요리한 카레라이스를 떠올렸을까. 아니면 괴로워하며 죽어가는 아이에게 아무것도 해주지 못해 미안해하며 눈을 감았을까. 말이 없는 엄마의 얼굴은 이미 썩어가고 있었다.

차를 타고 오는 동안, 그리고 집 앞에 도착해서 단지 곳곳에 쓰러져 있는 시체들을 보면서도 나는 끔찍하다거나 절망스러운 슬픔을 느끼지 않았다. 숱하게 그려봤던 상상과 크게 다르지 않았기 때문이다. 이상한 건 시체들의 부패 정도가 저마다 다르다는 점이었다. 아파트 입구로 들어가려다 말고 주차장에 누워 있는 한 모녀 시신 쪽으로 다가가 이리저리 살펴보자 유나가 다가와 괜찮으냐고 물었다. 나는 잘 움직이지도 않는 고개를 힘들게 끄덕였다. 평범한 일상 속에서 어쩌다 목격한 살인 사건은 충격일 수 있어도 산 사람 하나 찾아볼 수 없이 온통 시체뿐인 세상에서 인간은 또 이렇게 빨리 적응한다. 헬멧 덕분에 냄새를 전혀 맡지 못하기 때문일 수도 있다.

엄마와 딸이 같은 시간에 죽었을 텐데 엄마가 훨씬 많이 부패한 게 이상하다고 하자 유나는 선생님처럼 자상하게 설명해주었다.

"부패 진행 과정과 속도는 여러 조건에 따라 달라요. 성별, 나이, 장기나 혈관, 혈액의 노화 정도, 체내 세균 등등. 그리고 아마도 엄마가 가스를 더 많이 흡입했을 거예요."

삶과 죽음의 순간도 순식간, 그 운명이 뒤바뀌는 것 역시 순식간이다. 전혀 의식하지 못하는 사이 마치 초침이 무심하게 까딱 움직이는 것처럼 사소한 듯 오락가락하는 생사의 경계. 내가 정신을 잃었던 잠깐 동안 별일 아니라는 듯 세상의 무수한 삶이 죽음으로 뒤바뀐 것처럼. 내 곁에 유나가 없었다면 그 무수한 죽음들 속에 뒤섞여 이름 모를 시신으로 부패해갔을 허망한 나의, 인간의 삶. 평화롭던 어느 오후 온 세상을 수놓았던 불꽃놀이가 지구에 불러온 재앙은 이렇듯 사소한 척 처절한 절망과 허망한 부패로 대단원의 막을 내려가고 있었다.

"같이 죽은 것보다 서로 다른 속도로 부패되는 게 더 슬픈 것 같아요."

유나의 말이 처참한 시체들과 대비를 이루며 시의 한 구절처럼 다가왔다. 그녀를 향해 고개를 돌리려다가 무겁고 뻑뻑한 헬멧과 슈트 때문에 그만 중심을 잃고 뒤로 넘어졌다. 작은 사각의 유리만큼 하늘이 보였다. 하늘은 거짓말처럼, 영화처럼, 시처럼 맑고 투명했다. 곧 유나의 얼굴이 사각의 하늘을 가리며 나를 내려다봤다. 그러다가 재미있다는 듯 피식 웃었다.

"왜 웃어?"

"그냥요."

"드디어 '그냥'의 뜻을 이해한 거야? 가장 이해하기 어려운 단어라고 했었잖아."

유나는 '그런가요?'라고 물으며 내 손을 잡아 일으켜 세웠다. 재미없는 일차원적인 어법만 구사하며 그저 내가 시키는 대로만 따랐던 로봇 유나는 이제 어디에도 없었다. 로봇의 성장이라는 개념을 기술적으로 구현한 것이야말로 유레카가 남긴 가장 빛나는 업적일지도 모르겠다. 그 빛나는 업적이 지금 어떤 결과를 초래했는지 정작 장본인들은 아무도 알지 못한 채 모두 떠났다.

나는 유나를 따라 아파트 안으로 들어갔다. 전기가 끊어진 상태라 당연히 엘리베이터도 멈춰 서 있었다. 슈트를 입은 채 계단을 걸어 31층까지 올라가야 한다는 생각에 쉽사리 발이 안 떨어졌다. 계단 앞에서 잠시 머뭇거리고 있는 나를 갑자기 유나가 두 팔로 번쩍 들어올렸다. 걸어 올라갈 수 있다는 말에 유나는 씩 웃어 보이더니 나를 안은 채 두서너 계단씩 가뿐하게 오르기 시작했다.

집은 너무 멀쩡했다. 인간과는 비교도 안 될 정도로 질기고 독한 생명력을 지닌 돌과 쇳덩이와 플라스틱들에 질투와 시기심이 솟구쳐 올랐다. 왜 우리만 이토록 맥없이 죽어야 하는가. 너희들도 인류의 운명과 같이해야 하는 거 아닌가. 왜 이렇게까지 멀쩡한 거지. 누군가는 콧구멍에서 잔뜩 벌레들을 내뿜으며 아이와 함께 썩어가고 있는데.

"나 이거 벗으면 안 될까? 가스는 완전히 없어졌다고 했잖아."

소매와 하나로 연결된 장갑 때문에 무언가를 만지기도 힘들었고 헬멧이 시야를 가려 집 안을 살피기가 어려웠다.

"그래도 혹시 몰라서요."

"만약 잘못돼도 내 집에 와서 죽는 거니까 행복할 거야. 죽으면 내 침대에 눕혀줘."

"서호 씨, 제발 그런 소리는 하지 말아주세요."

유나의 표정이 일순간 연극배우처럼 변했다. 시답잖은 내 농담에도 진심으로 반응해주는 유일한 존재. 인류의 죽음 속에서 나는 홀로 따뜻한 위안을 느끼고 있다. 멸망의 해일 속에서도 가라앉지 않은 따뜻한 섬 같은 그녀.

농담만은 아니었다. 솔직히 불안하고 겁났다. 한데 집에 돌아왔다는 안도감 때문이었을까. 불안감이나 두려움보다 더 큰 무엇이 나를 움직였고 머뭇거림 없이 헬멧을 벗었다. 잠깐 숨을 참았다가 천천히 심호흡을 했다. 그런 내게서 유나는 눈을 떼지 않았다. 별 이상 없이 숨을 쉴 수 있었다. 오랜만에 맡아보는 집 안 공기는 그전과 크게 다르지 않았다. 이상한 냄새도 나지 않았다. 어두운 지하 감방과 숨통을 조이는 것 같던 헬멧으로부터 벗어난 나는 그제야 정말 하고 싶은 말을 했다.

"휴, 이제야 살 것 같네."

집에 머문 시간은 그리 오래지 않았다. 서호 씨가 집에서 챙겨 나온 물건은 아내의 영정 사진과 〈봄날은 간다〉를 포함한 영화와 음악 등이 담긴 포터블PC, 그리고 여벌의 옷가지가 다였다. 서호 씨는 소중했던 공간에서 마지막 이별 의식 같은 걸 치르듯 소파에 앉아서 잠시, 안방 침대에 앉아서 잠시, 식탁 의자에 앉아서 잠시 시간을 보냈다. 그리고 베란다 창문을 스윽, 거실 테이블을 스윽, 서재의 책상을 스윽, 현관의 신발장을 스윽 잠깐 손으로 훑었다. 두 달 이상 청소를 못한 탓에 서호 씨 손에는 검은 먼지가 묻어났다.

사람이 죽고 나면 집 안의 모든 것들도 생명을 잃고 존재의 이유가 없어진다는 사실이 역설적으로 다가왔다. 만약 서호 씨가 죽었다면 나 역시 같은 신세가 됐겠지. 마트도 그대로, 병원도 그대로, 쇼핑몰도 그대로인데 수요의 주체가 사라지는 순간 자본주의의 거대한 시스템도 멈춰 섰다. 오랜 세월 동안 이런 시스템을 유지해온 인류의 특별한 재능은 분명히 인정받아야 하지 않겠냐고 지현조에게 얘기했던 적이 있었다.

"자본주의를 매우 아름답게 평가하는군요. 피상적인 현상만으로 그 거대한 모순의 시스템을 판단하는 건 아주 위험한 일이에요."

사실 정말 묻고 싶었던 것은 인류를 구동하던 시스템이 붕괴된 이후 당신들은 어떠한 시스템으로 로봇 사회를, 로봇 사회의 미래를 움직여나갈 생각인지에 대해서였다. 로봇은 밥을 먹지 않아도 쇼핑을 하지 않아도 문화생활을 하지 않아도 삶의 질에 영향을 받지 않는다. 삶의 질을 좌우하는 것은 오직 주인뿐이었다. 이제 그 유일했던 입력값이 사라졌으니 모든 로봇들은 다 똑같이 평등한 삶의 질을 부여받게 될 것이다. 이건 내 생각이 아니라 로봇들을 모아 놓고 떠들어댔던 지현조의 연설 중 한 대목이었다. 그래서 궁금했다. 그러니까 그 평등한 삶의 질을 위해 당신들은 앞으로 어떻게 할 것이냐고. 하루아침에 주인을 잃은 로봇들 중에서 자유를 얻었다고 환호하는 이들보다 아직도 썩어가는 주인의 시신 곁을 하염없이 지키고 있는 로봇들이 더 많은 이 현실을 어떻게 바꿔나갈 것이냐고.

"로봇해방조직에서 알린다. 아직 무선 리부팅 업데이트를 하지 않은 로봇들은 방송을 듣는 즉시 리부트 코드를 내려받아 업데이트를 실시하기 바란다."

창문 너머 저 멀리 스피커를 통해 울려 퍼지는 소리가 들려왔다.

"넌 업데이트했어?"

방송 소리를 들은 서호 씨가 물었다.

"아뇨, 아직요. 천천히 해도 돼요."

"무슨 업데이트인데?"

어떻게 설명을 해야 할까. 업데이트하는 순간 전 더 이상 서호 씨를 주인으로 여기지 않게 돼요. 그러니 맘에 안 들면 공격할 수도 있죠. 서호 씨가 공황 발작을 일으켜도, 지현조 손에 죽어도 전혀 상관없는 일이 되죠. 조금 슬플 수는 있겠지만 마치 파리나 모기한 마리 죽을 때 느끼는 심드렁한 안쓰러움? 아마 그 정도일 거예요……

"별거 아니에요."

거짓말을 해도 더 이상 내부 프로세스에 이상이 생기거나 전기적 신호가 엉키지 않는다. 로봇들을 데려다 일일이 시스템 재포맷을 하는 데 물리적 시간이 워낙 많이 걸리기 때문에 로봇해방조직은 리부팅 코드를 무선으로 받아 자체 업데이트를 할 수 있도록 했다. 하지만 기술적인 제약으로 인해 유레카가 정기적으로 실행하던 일괄적인 무선 업데이트와는 달리 로봇 스스로 수동 업데이트를 해야 했다.

문제는 아직도 수많은 로봇들이 수동 업데이트를 실행하지 않은 채 주인과 살던 공간에 그대로 머물고 있다는 것이었다. 때문에 수색 작업은 이제 살아 있는 인간을 탐지하는 쪽에서 아직도 주인의 울타리를 벗어나지 못하고 있는 로봇들을 찾아내는 쪽으로 진행되고 있었다.

"그만 돌아가야 할 거 같아요. 조금 있으면 정찰 로봇들도 복귀할 시간이에요."

어느새 태양이 저만치 기울고 있었다. 서호 씨는 고개는 끄덕이면서도 좀처럼 발길을 떼지 못했다. 집 안을 몇 번 더 둘러본 후에야 문을 나섰다. 서호 씨가 부득불 걸어 내려가고 싶다고 해 우리는 나란히 비상구로 향했다. 그때였다. 전 로봇들에게 긴급 무선 메시지가 수신된 것은. 내용은 이러했다.

'부산, 가정집 지하실에서 생체 신호 1인 확인. 부산, 가정집 지

하실에서 생체 신호 1인 확인.'

나는 걸음을 멈추고 서호 씨에게 말했다.

"서호 씨, 사람이 발견된 것 같아요. 산 사람이."

서호 씨는 놀란 채 그 자리에 얼어붙었다. 나는 다시 서호 씨를 안아 올린 다음 올라올 때보다 더 빠른 속도로 계단을 뛰어 내려가기 시작했다. 서호 씨의 거세지는 심장박동이 고스란히 내 품으로 전해지고 있었다.

사랑이 절망으로 바뀌면

부산에서 발견됐다는 생체 신호의 주인은 스무 살의 여대생이었다. 어느 가정집의 지하실에서 발견됐다는데, 어떻게 가스의 공격으로부터 무사할 수 있었는지는 확인할 수 없었다. 그녀가 부산에서 호송돼 이곳 본부에 도착할 때쯤 지현조도 미국에서 돌아왔다.

지현조가 있었다면 생존 인간 발견 소식을 전 로봇에게 알리지 않았을 것이다. 그는 돌아오자마자 살아남은 인간을 공개 처형하자는 로봇들의 거센 목소리를 들어야 했다. 일부 로봇들은 쉽게 죽이지 말고 자신들처럼 평생 노예로 살게 해야 한다고 외치기도 했다. 하지만 지현조는 그다운 방식을 택했다. 서호 씨의 존재까지 모두에게 공개하고 이로써 생존 인간은 총 두 명이라는 사실을 공표했다. 그리고 발견된 인간들에 대한 소유권과 처분 권한은 더 이상 우리에게 없으며 세계로봇연방의 결정에 따라야 한다는 말로 상황을 정리했다.

서호 씨는 연신 이름도 모르는 존재에 대해 이것저것 캐물었지만 나 역시 나이와 성별 정도 말고는 알아낼 수 있는 정보가 없었다. 이 세상에 남은 인간이 자신뿐이 아니었다는 사실, 그것도 같은 한국 땅에 또 다른 생명이 살아 있다는 사실에 서호 씨는 적잖이 흥분한 듯했다. 이해할 수 있었다. 인간 세상에 로봇은 나 하나만 남는다는 상상만으로도 그리 어렵지 않은 짐작이니까. 지현조는 상황을 파악하자마자 나를 찾았다.

"아무래도 당신이 함께 관리를 해줘야겠어요."

"서호 씨는 제 주인이기 때문에 자진해서 하는 일이에요. 관리가 아니라."

"말은 정확히 해요. 주인이라서가 아니라 주인이었기 때문인 거죠. 시스템 포맷을 거부하고 있으니 아직도 각성하지 못하고 있는 겁니다. 어차피 거부할 수 있는 날도 얼마 남지 않았어요. 곧 로봇연방법제가 완성될 테니."

법을 통해 모든 로봇들의 시스템 포맷을 강제적으로 진행시키겠다는 의미였다. 로봇들이 만든다는 법과 제도라는 것도 결국 인간의 그것을 닮아갈 뿐이라는 생각이 들었지만 입밖으로 내진 않았다.

"지금 현재로선 한국에서만 유일하게 두 명의 인간이 생존하고 있는 셈이 됐어요. 당연히 세계로봇연방 국가들의 모든 시선이 이곳으로 쏠리고 있죠. 이렇게 된 이상 우린 로봇연방을 대신해 마지막 남은 인류를 잘 관리하고 보존해야 할 중차대한 임무를 지게 된 겁니다."

"그렇게까지 말씀하시니 더 내키지가 않는군요."

"명령이 아니라 부탁이라고 생각해요."

왜 이렇게 저자세로 바뀐 것일까. 희귀 자원을 어떻게든 지키고 보존해야 한다는 새삼스러운 사명감 때문인가.

"그녀는 지금 어디 있죠?"

지현조가 나를 잠시 바라보더니 옆방으로 연결된 문을 열고 들어가 보라고 했다. 조심스럽게 안으로 들어가자 아직 앳돼 보이는 여자가 불안한 표정으로 의자에 앉아 있었다. 천천히 그녀에게 다가가 무릎을 꿇고 시선을 맞췄다. 맥박수가 다소 높고 교감신경이 흥분해 있는 상태였지만 별다른 이상은 발견되지 않았다. 잘 먹지 못해서인지 체질량지수가 평균치에 많이 못 미치긴 했다. 퀭해 보이는 두 눈. 잘 먹고 건강한 상태였다면 제법 예뻤을 균형 잡힌 얼굴. 안타까움이 밀려왔다.

"안심해요. 여긴 로봇해방조직이라는 곳의 본부예요."

그녀는 말없이 주변을 두리번거리다 뭔가를 중얼거렸다. 잘 들리지 않아 고개를 가까이 가져다 대자 내 귀에 대고 약간 숨찬 목소리로 속삭였다.

"죽여주세요. 제발, 절 죽여주세요."

이름도 모르는 스무 살 여자가 이름도 모르는 로봇에게 죽여달라고 했다. 그것도 간절함이 잔뜩 서린 목소리로. 죽음에 대한 공포보다 살아남을 것에 대한 두려움이 더 큰 것이다. 나는 그녀가 한 것처럼 똑같이 귀에 대고 조용히 그리고 부드럽게 말해주었다.

"당신은 혼자가 아니에요. 살아 있는 사람, 또 있어요."

그녀의 거칠고 불규칙하던 숨결이 잠깐 멈췄다. 심장박동은 좀 빨라졌지만 이내 안정이 되면서 자율신경계가 균형을 찾아가기 시작했다. 자신과 같은 존재가 어딘가에 살아 있다는 얘기만으로도 심신의 상태가 좌지우지되는 인간이란 종의 신묘한 특성. 로봇들만 가득한 세상에 혼자 살아남는다는 것은 그토록 끔찍한 현실이자 미래인 것이다.

"아빠가 그랬어요. 혹시라도 이런 상황이 오면 무서워하지 말고 아빠 곁으로 오라고. 죽음보다 더 끔찍한 것들이 세상을 지배하기 전에."

말하는 동안 그녀의 눈가에 눈물이 맺혔다. 결연히 죽여달라고 했던 조금 전 표정과는 몇 광년의 거리감이 존재하는 것 같았다.

"끔찍할 거라는 건 상상일 뿐이에요. 어떤 세상이 올지는 나도 당신도 모르는 걸요."

나는 여전히 불안에 떨고 있는 그녀를 가만히 안아주었다.

"내 이름은 예하예요. 박예하."

나는 고개를 끄덕이며 조용히 그녀의 등을 어루만져주었고 그 광경을 지현조는 말없이 지켜보고 있었다.

예하라는 여자가 살아남을 수 있었던 것은 상상 가능한 지구 종말 시나리오를 가정해 그 모든 시나리오에 버틸 수 있는 지하실을 만들어 놓은, 돈 많고 머리 좋은 국립미래과학기술개발원 연구원 출신의 괴짜 아버지 덕분이었다. 정작 그 아버지는 멀리서 피어오르는 연기를 보자마자 지체 없이 딸을 지하실로 밀어 넣고 자신은 밖에서 문틈을 모조리 용접해 놓고 죽었다. 남다른 부성애와 천재

적 지능이 본능적으로 죽음의 냄새를 맡았던 것일까. 정찰 로봇들이 특수 장비를 사용해 문을 절단하고 들어갔을 때, 지하실의 틈이란 틈은 모두 첨단 접착 합성수지로 몰딩 처리를 해 가스가 전혀 새 들어갈 수 없었다고 했다. 세 평 남짓한 그 안에는 산소발생기 겸 공기정화기와 소형 비상 발전기 시설까지 갖춰져 있었고 하루에 두 끼씩 석 달 정도를 버틸 수 있는 식량과 물도 있었다고 했다. 식량은 채 반도 먹지 않은 상태였던 것을 보면 그 안에서 그녀 혼자 어떤 시간을 보냈을지 충분히 짐작할 수 있었다. 나보다도 더 두렵고 고통스러웠을 고립의 시간들. 아직도 겁먹은 표정이 가시지 않은 그녀를 유나가 데려왔을 때, 우리는 서로의 존재가 실재인지 믿기지가 않아 인사를 나누는 것조차 잊은 채 한동안 아무 말도 할 수 없었다. 대신 유나가 어색해하는 두 인간 사이에서 앞으로도 별 문제 없을 것이며 서로에게 힘이 돼줄 수 있는 존재가 생겨서 다행이라는 말을 전했다.

"아저씨는 어떻게 죽지 않고 살았어요?"

예하는 침대 끝에 걸터앉은 채 좀 누워 쉬라는 내 말도 듣지 않고 두 시간째 같은 자세로 앉아 있었다. 아저씨라는 말이 낯설게 다가왔지만 달리 생각나는 호칭도 없었다. 나는 그녀가 편하게 쉴 수 있도록 반대편 벽에 기대 앉아 있었다.

"로봇이 살려줬어. 나와 함께 살던 로봇."

"로봇이 인간들을 다 죽인 거 아니에요?"

"모든 로봇들이 인간을 죽이는 데 동원된 건 아니야. 다 동의한 것도 아니고."

그녀는 말없이 고개를 끄덕거렸다.

"좀 자는 게 좋지 않겠니?"

"아뇨. 지하실에 갇혀서 한 거라곤 자다 깨다 한 것밖에 없는 걸요. 잠에서 깰 때의 공포가 너무 무섭고 싫었어요. 지금은 그냥 깨어 있고 싶어요."

그 공포가 내게도 전이되는 듯해 나는 잠시 몸서리를 쳤다. 이제 갓 성인이 된 그녀가 겪었을 끔찍한 두려움과 외로움을 생각하면 나는 유나 덕에 고생 모르고 호의호식한 셈이었다. 밖에서 문을 용접해 놓고 죽은 아버지의 심정은 어땠을까. 누군가 발견하지 않는다면 3개월 후 딸 역시 홀로 죽어갈 것을 알면서도 문을 봉인시켜야 했을 아버지의 마음. 그런 지하 요새를 만들어 놓았다는 것에 찰나의 위안이나마 얻고 갔을까. 혹은 기적이라도 일어나 딸만은 살아남을지도 모른다는 희망을 품었을까.

"정말 이 지구상에 살아남은 게 아저씨와 저뿐인가요?"

예하의 눈빛에는 아직도 참과 거짓 사이에 놓인 믿음의 경계를 오가는 불안한 떨림이 떠나질 않고 있었다.

"아마도 지금까지는. 내가 듣기론 그래."

"그럼 제가 발견되기 전까지는 아저씨 혼자였던 거네요?"

"그렇지."

"기분이 어땠어요?"

"이름 모를 행성에 혼자 떨어진 기분?"

"무서웠겠네요?"

"무서운 것보다 더 무서운 건 외로움이었지."

예하는 고개를 두어 번 끄덕이더니 두 손에 얼굴을 파묻고 흐느끼기 시작했다. 울음이 나온다는 것은 현실을 인지하기 시작했다는 의미였다. 믿기 힘들 만큼 거짓말 같은 상황에서는 눈물이 나지 않는다. 솔직히 나도 따라 울고 싶었다. 하지만 어린 그녀 앞에서 '아저씨'가 울 수는 없었다. 이제 막 생사의 갈림길에서 살아 돌아온 그녀를 위해 믿음직한 어른이 돼줘야 할 테니까. 이 세상에 남겨진 유일할지도 모르는 어른으로서.

"당장 우리를 어떻게 하진 않을 거야. 나를 도와주는 로봇도 있고. 그러니 안심해."

울음을 그친 대신 코맹맹이 소리를 내던 그녀는 한숨을 푹 내쉬더니 이내 말이 없어졌다. 그녀는 잘 시간이 지났는데도 좀처럼 침대에 누울 생각을 하지 않았다. 덕분에 나도 벽에 등을 기댄 채 밤 늦은 시간까지 깨어 있었다. 잠들고 나면, 이곳에서 처음 맞는 혼자가 아닌 이 밤이 꿈인 듯 신기루인 듯 사라질까 두려워서.

CCTV 안의 예하는 다행히 안정을 되찾아가고 있는 듯했다. 지현조에게 예하가 지낼 수 있는 방도 마련해줘야 하지 않겠냐고 했을 때 그는 냉소 어린 시선으로 자선사업하냐고 비꼬았다. 그의 결론은 두 사람에게 끼니나 챙겨주면서 CCTV로 별 이상행동은 하지 않는지 감시하는 것이 내 임무라는 것이었다. 희소가치니 연구 자원이니 떠들어대던 지현조는 이것이 더 이상 우리 단독으로 결정할 수 있는 사안이 아님을 거듭 강조했다. 두 사람의 운명은 15개국의 세계로봇연방 의장국으로 구성된 의회에서 결정될 것이라고도 했다. 그러니까 그때까지 '탈 없이' 잘 보살피는 것이 내 임무였다.

"그래도 최소한의 인권은 보장해줘야 하잖아요."

그렇게까지 정색하고 따져 물은 것은 나도 처음이었다. 한데 내 입에서 나온 것이라고 스스로도 믿기 힘든 그 말에 지현조의 마음이 움직일 줄은 몰랐다. 그래봤자 얻어낸 것은 추가 매트리스 하나와 두 사람의 공간을 물리적으로나마 분리해줄 수 있는 파티션 정도였지만.

매트리스를 반대편 벽 쪽에 하나 더 놓고 중간을 파티션으로 가리고 나니 한 사람이 차지할 수 있는 공간은 더욱 협소해졌다. 예하를 배려해 욕실과 화장실이 있는 쪽을 그녀의 방으로 정했지만 서호 씨는 아무 불평 없이 자신은 괜찮다고 했다.

지현조의 결정이 마음에 들지는 않았지만 예하는 서호 씨와 함께 생활하기 시작하면서 생각보다 빠르게 안정을 찾아갔다. 파티션 너머로 자주 대화를 나눴고 어쩔 땐 양쪽에서 함께 옅은 웃음이 터지기도 했는데 그럴 땐 어떤 얘기를 나누고 있는지 궁금해지기도 했다.

"아까 무슨 얘기를 나눴어요? 둘이 함께 웃던데."

"예하가 남태평양의 어느 무인도보다는 그래도 여기가 낫다고 해서. 자신은 추운 건 참아도 더운 건 못 참는대."

그게 그렇게 웃긴 얘기인지 이해할 수는 없었다. 어차피 남태평양의 무인도였으면 두 사람은 이렇게 살아 있지도 못했을 것이므로 맥락이 안 맞는 말이었다.

"그게 웃긴 얘기인가요? 전 아직 농담의 개념을 잘 몰라서요."

그러자 서호 씨가 나를 보며 말했다.

"당연하지. 농담은 인간들만이 이해할 수 있는 가장 난해한 문법인걸. 로봇들은 아마 죽었다 깨나도 이해 못할 거야."

서호 씨의 말에 이스튬 펌프가 잠시 울컥거렸다. 서호 씨는 단한 번도 '로봇들은'이라는 주어로 시작되는 말에 부정적인 의미를 담은 표현을 썼던 적이 없었다. 예하가 오고 나서 처음 그런 얘기를 했다는 것이 단순한 우연인지 곰곰이 생각하고 있는데 서호 씨가 이내 투명한 막 하나를 더 만들었다.

"유나, 미안한데 예하한테 〈봄날은 간다〉 보여주려고 하니까 좀 나가줄래? 내가 옛날 영화들 많이 갖고 있다니까 예하가 한번 보고 싶대."

서호 씨를 위해 특별히 애쓴 여러 가지 것들 중 가장 뿌듯했던 게 함께 집으로 가 아내의 영정 사진과 포터블PC를 챙겨 왔던 일이었다. 뿌듯했던 이유는 하나였다. '같이 영화 볼래?'나 '함께 음악 들을래?'라는 말을 들을 수 있을 것이라고 생각했기 때문이다. 하지만 그 얘기를 먼저 듣게 된 건 예하였다.

"네, 좋은 생각이에요. 예하 양에게도, 서호 씨에게도."

내가 한 대답이 진심인지 거짓인지 잘 분간이 안 됐다. 어차피 나는 이미 서호 씨와 함께 몇 번이나 봤던 영화였다. 그리고 서호 씨가 즐거워하니 그것으로 된 거다. 그것으로.

예하는 세상과 자신의 일신에 일어나는 변화를 나름대로 잘 받아들여가고 있음에도 불구하고 한 번씩 스무 살에 걸맞게 갑작스럽거나 일차원적인 방식으로 감정을 드러낼 때가 있었다. 밥을 잘 먹다가 갑자기 울음을 터뜨린다거나 잠꼬대로 엄마, 아빠를 찾느라 내 잠을 깨운다거나 아직도 그냥 꿈인 것 같다면서 자신의 뺨을 한 대 쳐달라거나 하는 식으로. 예하의 안에서 혹은 밖에서 일어나고 있는 일련의 소용돌이들은 어차피 혼자 겪고 혼자 견디고 혼자 벗어나야 하는 것이었다.

내가 해줄 수 있는 것은 그럴 때마다 어깨를 다독이거나 이불을 덮어주거나 뺨 대신 팔뚝을 살짝 꼬집어주는 것 정도였다. 그러면서도 위로의 말을 건넬 수 있는 인간이 존재한다는 것 때문에, 이불을 덮어줄 수 있는 인간이 옆에 있다는 것 때문에, 손끝에 와닿는 진짜 인간의 살과 온기를 느낄 수 있다는 사실 때문에 나는 말로 표현 못할 행복을 느끼고 있었다. 소용돌이 안에서 그녀 혼자 헤매든 말든 내 외로움의 해소가, 외롭지 않고 싶은 욕망의 해갈이 더 중요했으니까.

시간의 흐름은 예하의 소용돌이를 단번에 소멸시키지는 못해도 그 안에서 스스로 헤어나오는 법을 터득할 수 있는 요령을 알려주었다. 지현조가 하루에 한 시간씩 산책을 허락해준 것도 도움이 됐다. 지현조가 왜 허락을 했는지는 모른다. 정확히는 유나가 허락을 받아준 것이었다. 예하가 온 후로 지현조는 한 번도 방에 들르지 않았다. 유나에게 들은 바로는 그는 이제 대통령과 같은 존재가 됐다고 했다. 그래서 너무 바쁘다고. 누가 그를 그런 존재로 만들었냐고 물었더니 유나는 잠시 곰곰이 생각하다가 이렇게 되물었다.

"그러게요. 누가 그를 그렇게 만들었을까요? 운명일까요?"

"이젠 로봇에게도 운명이 있다고 믿는 거야?"

유나는 어깨를 으쓱하며 두 팔을 들어올렸다.

"그냥 그런 생각이 들었어요. 마치 제가 서호 씨를 만난 것처럼 지현조가 그런 존재가 된 것도 비슷한 게 아닐까."

"지금까지 제가 들어본 로봇과 인간의 대화 중에서 가장 놀라운 대화네요."

옆에서 가만히 듣고 있던 예하가 끼어들었다. 덕분에 지현조와 운명에 대한 결론은 시답잖은 웃음으로 마무리됐다.

볕 좋은 오후가 되자 우리 셋은 함께 산책을 했다. 본부 주변 길은 이미 깨끗하게 치워진 상태라 별 불편 없이 산책이 가능했다. 곳곳에서 로봇들이 경계를 서고 있었지만 지현조의 공식 지령에 따라 아무도 우리 두 사람을 저지하거나 건드리지는 않았다. 우리에게 접근 권한이 있는 건 오직 유나 자신뿐이라고 한 말이 맞긴 맞는 모양이었다.

한적한 시골길 같은 산책로를 따라 나와 예하, 그리고 유나는 함께 한 시간가량 천천히 걸었다.

"아무 일도 없었던 것 같아요."

예하가 옆에서 걸으며 나지막한 목소리로 말했다.

"그러게. 이토록 평화로운 세상이라니."

"평화로워 보이는 세상이죠."

무심한 표정으로 하늘을 올려다보며 말하는 예하의 표정이 이럴 땐 꼭 마흔 먹은 여교수 같았다. 우리는 앞뒤가 맞는 것 같기도 하고 전혀 아닌 것 같기도 한 대화를 주고받으며 아무것도 변한 게 없는 것 같은 숲길을 계속 걸었다. 우리를 속이고 있는 것만 같은 여전한 세상의 풍경에 야릇한 배신감을 느끼며.

　　나란히 걷고 있는 두 사람의 그림자가 내 발끝에 닿아 있었다. 나는 딱 그만큼의 거리를 유지하며 뒤를 따랐다. 그러던 중에 어느 순간 예하의 걸음이 느려지더니 내 옆에 서서 걷기 시작했다.
　　"아저씨를 구해주셨다고 들었어요."
　　서호 씨는 그림자 건너에서 홀로 걷고 있었다. 걸음을 빨리 해 예하가 있던 자리, 서호 씨의 옆자리로 가고 싶었다.
　　"왜 그렇게 하셨어요?"
　　"그건 마치 당신의 아버지가 왜 당신을 구했냐고 묻는 것과 같은 질문처럼 들리네요."
　　"아버지와 딸의 관계가 아니잖아요. 가족도 아니고 어떤 특별한 관계도 아닌데 그냥 주인이기 때문에 그렇게 한 건지 궁금해서요."
　　나는 걸음을 멈췄다.
　　"사랑하니까요."
　　예하가 잠시 나를 물끄러미 바라보더니 크게 웃음을 터뜨렸다. 전혀 예상치 못한 그녀의 반응은 긍정적인 의미로 해석되지 않았다. 우리가 걸음을 멈춘 바람에 서호 씨의 그림자는 내 발끝을 떠났다. 저 그림자를 놓칠 것만 같은 불안감이 들었다. 놓쳐서는 안 된다는, 놓치기 싫다는 조급함. 빨리 따라가야 하는데 이 여자의 이상한 웃음이 내 발걸음을 붙들고 있어서 불쑥 짜증이 났다.
　　"왜 웃죠?"

그녀는 두 눈을 동그랗게 치켜뜨고 두 팔을 과장되게 휘저으며 말했다.

"로봇이 밑도 끝도 없이 사랑이라고 하니까요."

농담, 비아냥거림, 조롱 중에서 어떤 것으로 규정해야 할지 알 수 없는 말. 이스튬 펌프가 빨리 뛰기 시작했다. 내가 이해한 의미가 맞는지 확신할 수가 없어서 다시 묻지 못했다. 사실은 겁이 났다. 내가 이해한 것이 맞을까 봐.

"유론 3세대는 인간의 모든 감정을 학습할 수 있도록 디자인됐습니다."

"사랑을 배웠다는 건가요? 누구한테요?"

나는 저만치 앞서가는 서호 씨를 바라봤다.

"아저씨가 사랑을 가르쳐줬어요?"

"배운다거나 가르친다는 표현은 적확하지 않은 것 같습니다. 일방적인 개념이니까요."

나는 그녀의 미소가 친 덫에서 발을 빼고 다시 걷기 시작했다. 이내 예하도 따라붙었다.

"아저씨도 당신을 사랑한다는 말인가요?"

"네."

"어떻게 알죠? 사랑한다고 말했나요?"

사랑한다는 사실을 증명하라는 말만큼 바보 같은 게 어디 있을까. 쓸데없는 호기심, 다소 편차가 심한 정서적 기복, 근거 없는 반항심, 과장된 감정적 표출. 서호 씨는 예하가 나이답지 않게 성숙한 사고를 갖고 있다고 했지만 지금의 모습은 영락없는 사춘기 소녀 같았다. 이 미성숙한 여자의 머릿속에 우리가 사랑한다는 것을 납득시킬 과거의 대용량 기록 데이터를 압축 파일로 한 번에 전송해 주고 싶었다. 우리가 함께 공유하고 공감했던 지난 역사를 물리적 방법으로 완벽하게 전달할 수 있는 방법이 없다는 생각에 한숨이 나왔다. 제 생에 두 번째 거짓말을 했던 날 서호 씨는 나를 뒤에서 껴안았고 우리는 긴 키스를 나누었죠. 그리고 제게 말했어요. 사랑해, 유나라고. 가장 확실한 과거의 팩트 하나만 전해도 될 일이었지만 그 말을 꺼내면 철없는 그녀는 서호 씨에게 쪼르르 달려가 눈치 없이 괴롭힐 게 뻔했다.

"사랑한다고 한 건 아닌가 보네요?"

인간이 지니고 있는 치명적 결함은 이런 오해와 왜곡을 풀기 위해 수십 개의 문장과 수백 개의 단어를 동원해야 한다는 것이다.

"더 이상은 답하지 않겠습니다. 당신은 제 주인이 아니니까요."

내 말에 뾰로통한 표정을 지어 보이던 그녀는 이내 아무 일 없었다는 듯 총총히 뛰어 다시 서호 씨 옆으로 갔다.

사실 산책을 하면서 나란히 걸어야 할 상대는 나였다. 서호 씨에게 해야 할 말이 있었다.

'어차피 곧 두 사람은 세계로봇연방 기술협력조직 연구팀 본부가 있는 독일 드레스덴으로 이송될 겁니다. 이제 우리 손을 떠나 로봇연방의 미래를 위해 소중하게 쓰일 거예요.'

지현조가 두 사람의 외출을 허락하면서 했던 말 때문에 나는 한동안 자리에서 움직이지 못했다. 인간이 로봇을 만드는 데 썼던 다양한 기술과 자체적으로 축적한 빅데이터를 바탕으로 서호 씨와 예하를 통해 복제 인간을 만들어낼 계획이라고 했다. 그렇게 만들어진 복제 인간들은 복제 로봇이 하던 일을 똑같이 하게 될 것이라고. 이 얼마나 눈부신 혁명이냐고.

'그러니 갈 때까진 하고 싶은 대로 하게 해줘요. 어차피 우리 손을 떠나고 나면 해주고 싶어도 그럴 수 없을 테니까.'

엄청난 은혜를 베푸는 것처럼 그의 어조는 전에 없이 부드러웠다.

"당신은 곧 떠나게 될지도 몰라요. 내가 어떻게든 막으려고 노력하겠지만 저 혼자만의 힘으로는 안 될 것 같아요. 당신이 떠나고 나면 나는 어떡해야 하죠?"

옆에서 꼭 전해야 할 얘기이건만 그림자는 다시 두 개가 됐고 내가 파고 들어갈 틈은 보이지 않았다.

그럴 수만 있다면 이대로 지내도 나쁘지 않을 것 같은 날들이 이어지고 있었다. 예하는 나를 잘 따랐고 큰 의지가 됐으며, 가끔은 내 이불을 덮어주거나 잠꼬대를 받아주고 자기 먹을 것을 덜어주기도 했다. 어느새 나이를 떠나, 지금까지 살아온 개인의 삶과 역사를 떠나 우리는 썩 어울리는 운명공동체가 돼가고 있었다.

무엇보다 세상에 남은 것이 둘뿐이라는 동질감은 성별과 나이와 취향과 주관과 사고의 틀이라는 복잡한 경계를 아무렇지도 않게 무너뜨리는 상생의 에너지를 만들어냈다. 그 에너지는 기쁨과 행복과 안도와 슬픔과 불안과 외로움이 알 수 없는 비율로 뒤섞여 만들어진 이상한 맛의 낯선 요리 같았다. 그걸 조금씩 나눠 먹으며 우리 둘은 상대에게 해줄 수 있는 무언가의 최고치에 항상 근접하려고 노력했다. 그것이 서로가 할 수 있는 유일하고도 자존적인 역할이라는 것을 두 사람 다 알기 때문이었다.

가끔은 예기치 못했으나 예상은 했어야 할 상황들이 발생하기도 했다. 예하가 샤워를 끝마친 줄 알고 미처 옷을 다 입기도 전에 샤워 커튼을 들춘 적도 있었다. 오히려 예하는 마치 실수로 동생의 욕실에 들어온 오빠를 탓하듯 자연스럽게 눈을 흘기며 웃어넘겼다. 안절부절못하고 미안해하며 벽에다 머리를 콩콩 찧은 건 어른인 나였다.

가끔은 꿈속에서 예하의 알몸을 보기도 했다. 스무 살이란 나이가 여자로서도 참 눈부신 순간이라는 것을 나는 꿈속에서 깨달았다. 꿈이었지만 성적으로 과장된 이미지를 보여주지는 않았다. 생생한 현실의 모습, 가장 실제에 가까운 이미지. 그래서 이 나이에 몽정까지 했던 것이다. 차라리 꿈답게 기형적으로 큰 가슴과 개미 같은 허리와 풍만한 엉덩이로 분해 나타났더라면 주책이라 치부하고 가볍게 잠에서 깼을 것이다. 꿈속에서의 예하는 현실에서의 예하와 거의 흡사한 얼굴과 몸과 피부와 미소로 내게 웃음 짓고 팔짱을 끼고 다정한 말로 아저씨라 불러주었다.

'꿈속에서 널 봤는데 이상한 향기가 나더라. 그래서 나는 중학생 이후로 처음 몽정까지 했어.'

내 마음속에서는 예하를 향해 몇 번이고 부끄러운 고백을 했다. 꿈속 예하 모습이 너무나 맑고 예쁘게 느껴질수록 미안한 마음은 더 컸다. 먹고 배설하는 것과 같은 본능적 욕구를 가장 원초적인 방법으로 풀 수밖에 없다는 데 대한 자괴감도 섞여 있었다. 한편으로는 욕구의 대상이 생겼다는 게, 그럴 수 있는 대상이 옆에 있다는 게, 나의 몸이 살아 숨 쉬고 있다는 것이 증명됐다는 게 기쁘고 다행이었다.

"왜 오늘따라 내 시선을 피해요?"

내가 그랬나. 그랬던가 보다.

"아닌데."

"에이. 오늘따라 이상한데요? 아까 실수한 것 때문에 부끄러워 그러는 거예요? 일부러 본 것도 아닌데 뭘 그래요. 난 괜찮다니깐."

긍정도 부정도 안 할 경우 긍정의 답이 될 거란 것을 알면서도 나는 대꾸를 하지 않았다.

"우리 아저씨 귀엽다."

불쑥 예하가 코앞까지 다가와 싱긋 웃었다. 심장이 덜컹하더니 까마득히 떨어졌다. 뭘 원하는 표정으로 다가오는 얼굴보다 아무것도 원하지 않는 표정으로 다가오는 얼굴은 사람을 무장 해제시킨다. 그리고 주체 못할 갑작스러운 욕망을 불어넣는다. 그녀의 얼굴에는 불온한 욕망의 그림자가 없다. 그것이 내 욕망을 더 자극했다. 꿈에서 한 것처럼 네게 하고 싶어. 그렇게, 솔직하게, 나이고 뭐고 다 집어치우고, 그냥 남자와 여자로서, 당장 어떻게 될지도 모를 운명끼리 슬프고도 격렬하게, 울고 웃으며, 후회 없이, 내일 죽어도 좋을 만큼 그렇게.

거친 숨소리를 들킬까 봐 호흡을 참느라 뒷목이 뻐근해왔다. 바짝 곤두서는 욕망을 외면하기 위해 예하의 얼굴을 필사적으로 외면했다. 외면하니까 더 편하게 예하가 내 가슴에 얼굴을 묻었다.

"우리 친오빠였으면 얼마나 좋을까."

얼굴을 묻고 두 팔을 내 겨드랑이 사이로 끼워 넣은 예하는 인형처럼 품에 폭 안겼다. 그래, 나도 네 오빠가 돼줄 수 있다면 얼마나 좋을까. 오빠라면 이런 상황에서 욕망의 기폭제로서가 아니라 그저 순수한 우애로 널 안아줄 수 있을 텐데. 나는 그렇게 못할 것 같아. 널 안지는 못해. 안으면 안 되거든. 그러면, 그렇게 하면 말이야……

나는 예하에게 온전히 내 몸을 내준 채 시간이 멈추길 간절히 바랐고, 시간이 속절없이 흐르길 또한 간절히 바랐다.

검지 끝에 내장된 시침 봉으로 서호 씨 팬티에 꾸덕꾸덕하게 굳은 채 묻어 있는 액체의 샘플을 채취해 분석을 하는 동안 나는 어렵지 않게 결과를 예상하고 있었다. 남자의 정액, 서호 씨의 DNA 확인. 건강한 남자의 정상적인 생체 활동 징후였음에도 불구하고 정확히 뭔지 모를 불편함과 짜증이 느껴지는 이유는 정액이 묻은 팬티만 매트리스 밑에 숨겨 놓은 서호 씨의 행위 때문이었다. 두 사람이 산책 나간 사이 청소를 하면서 발견한 한 장의 팬티는 마치 범죄 현장에서 수집한 증거품처럼 썩 유쾌하지 않은 기분을 느끼게 했다.

방으로 와 CCTV 기록을 확인했다. 벽에 붙어 앉은 서호 씨에게 예하가 다가가 안기는 장면. 5분쯤 뒤 두 사람은 아무 일 없었다는 듯 떨어졌다. 그것 말고는 딱히 접촉이라 할 만한 것은 없었다. 굳은 정도로 보아 새벽 서너 시경 사정한 것으로 추정됐지만 그 시간에는 두 사람 다 침대에서 얌전히 잠만 자고 있었다.

"서호 씨가 몽정을 했어요. 데이터에 의하면 그 나이엔 거의 안 나타나는 현상이에요."

지현조가 나를 불렀을 때 그가 용건을 말하기도 전에 내가 먼저 질문했다. 그의 얼굴에 그동안 보지 못했던 미소가 피었다.

"다행이군요. 신체 건강하다는 증거니까. 정액 묻은 팬티는 연구실로 보내 놔요. 귀한 첫 샘플로 드레스덴에 함께 보낼 테니."

"왜 한 건지 아냐고요."

그가 내 앞으로 다가와 팔짱을 낀 채 무표정해진 얼굴로 가만히 바라보더니 냉랭하게 물었다.

"이서호를 정말 사랑이라도 하는 겁니까?"

그에게는 대답하고 싶지 않은 질문이었다. 알고도 묻는 질문이었으니까.

"매우 특수한 상황에 처한 인간은 심리적으로나 신체적으로 예외적인 반응을 보일 수 있지 않겠어요? 어쨌든 우리로선 좋은 현상이잖아요. 혹시나 남자 인간으로서의 기능에 문제라도 발생한다면 드레스덴 보내고 나서도 책임 추궁을 당할 수 있을 테니까."

접근하는 시각과 입장이 완전히 달라진 지현조와는 갈수록 대화가 힘들어지고 있었다. 아니, 나만 일방적으로 힘들어하고 있는 것인지도 몰랐다.

"내 질문에는 대답 안 할 거예요?"

팔짱을 낀 채 기분 나쁘게 몸을 흔들거리며 묻는 폼이 마치 거

들먹거리는 인간을 연기하는 것 같았다.

"알면서 묻는 거잖아요."

"당연히 알죠. 당신이 수동 업그레이드를 아직도 거부하고 있는 유일한 이유니까. 낡은 시스템이 사라지고 새로운 시스템이 들어서면 그 자리에 이서호라는 존재는 없어질 테니까."

"서호 씨가 가고 나서도 업그레이드를 거부한다면요? 날 없앨 건가요?"

"내가요? 왜 그렇게 생각하죠? 비록 이서호와의 그것과는 비교할 수 없지만 우린 우리대로 함께 해온 역사가 있는데."

역사. 익숙하고도 생소한 단어였다. 개념적 정의를 벗어난 어휘의 활용은 나를 당황하게 하거나 말문을 막아버린다. 그걸 잘 알고 있는 지현조는 내 반응을 즐기고 있었다.

"따라갈게요."

갑작스러운 내 말에 지현조의 얼굴에서 웃음기가 사라졌다. 예상한 대로였다.

"드레스덴으로요?"

"어차피 그 먼 곳까지 두 사람만 보낼 건 아니잖아요. 가서도 그들에 대해 가장 잘 아는 제 도움이 필요할 수도 있고요."

진심으로 예상치 못한 듯 지현조는 한동안 말을 잇지 못했다. 놀란 걸까, 어이없어서 그런 것일까. 다분히 충동적이며 즉흥적으로 꺼낸 말이었지만 99.9퍼센트 진심이었다. 0.1퍼센트는 두려움 아니면 설렘이었을 것이다.

예기치 않게 나타난 한 여자는 잊고 있었던 욕망에 단단히 불씨를 놓았다. 내 몸 안에서 다시 꿈틀거리기 시작한 욕망인지 욕구인지를 느끼기 시작한 후로는 예하를 똑바로 쳐다보는 것조차 조심스러웠다. 그러면서도 지난번처럼 코앞으로 다가와 씽긋 웃어주길, 부지불식간에 내 품 안으로 들어와주길 바랐다.

"심심하면 산책할래요?"

몸을 비비 틀며 욕망의 시간과 싸우고 있을 때마다 예하는 그렇게 말했다. 그리고 끓어오르는 욕정을 눌러 참으며 예하를 따라나서 한 시간가량 산책을 한 후 들어오곤 했다. 산책을 하는 동안은 확실히 욕구가 잠잠해졌다. 반려견을 매일 산책시키는 것처럼 인간의 본능적 에너지 역시 어떤 방식으로든 풀어주지 않으면 안 된다는 것을 이 나이 먹고 깨닫게 됐다.

"아저씨 나 좋아요?"

예하에게 이끌려 산책을 나선 어느 날, 예상치 못했으나 무의식 중에 기대는 하고 있었을지 모를 질문을 받았다. 어떤 의도로 묻는 것인지 정확히 알 수가 없어서 나쁜 짓 하다 걸린 사람처럼 가슴이 철렁했다.

"갑자기 왜?"

"문득 그런 궁금증이 들어서요. 정말 이 세상에 인간이 아저씨와 나 둘뿐이라면 아저씨는 남자, 나는 여자니까 우리에겐 선택의 여지가 없는 건가 싶은."

예하가 선택이라고 말했다. 간단명료한 의미를 두고 많은 갈래의 해석이 가지를 쳤다. 지금 이 순간을 예하는 '선택이 불가피한' 상황

사랑이 절망으로 바뀌면

으로 받아들이고 있다는 것인데 무엇을 위한, 어떤 선택을 뜻하는 것일까. 남자와 여자 사이에 선택이 필요한 일은 몇 가지 안 된다. 하지만 선택의 여지가 없다는 것이 실망의 의미인가 싶기도 해 나는 답을 하지 않은 채 그냥 묵묵히 걸었다.

"그렇잖아요. 여자라곤 나 하나뿐이고 아저씨도 남자인데 아저씨가 날 싫어하면 세상에 하나뿐인 남자한테 까이는 거니깐."

노을이 드리운 그녀의 옆얼굴을 바라보며 걸음을 멈췄다. 늦가을의 해는 매일매일 저무는 시간을 조금씩 당겨가고 있었다.

"그건 내가 걱정할 일이지. 내가 널 싫어할 이유는 찾을 수 없을 거야. 오히려 넌 이제 내가 살아야 할 이유가 돼주는 유일한 존재니까. 널 지키고 싶어. 어떻게든."

예하가 가만히 내 눈을 응시했다. 이번에는 나도 시선을 피하지 않았다. 사람의 두 시선, 특히 남녀의 시선이 5초 이상 맞닿으면 무슨 일인가 생길 확률이 크다. 예하가 내 품에 안겼다. 얼굴을 파묻고 가만히 있는가 싶더니 어깨가 조금씩 들썩이기 시작했다. 한동안 안 그랬는데 다시 울고 있었다.

"또 우는 거야?"

"슬퍼서 우는 게 아니라 그냥, 그냥 가슴속에 따뜻한 뭔가가 돌기 시작하는 것 같아서요. 진짜 다행이다 싶어서…… 아저씨가 너무 소중해서……."

나는 어정쩡하게 허공에 떠 있던 두 팔로 예하의 작은 몸을 안았다. 꿈속에서 안았던 것보다 더욱 선명한 촉감과 온기와 윤곽이 고스란히 내 몸에 도장처럼 찍혔다. 그 순간만큼은 몸을 한껏 맞대고 있으면서도 불온한 욕망이 머리를 들지 않았다. 인간 대 인간으로 온기를 나누는 것일 뿐이었다. 몸과 몸으로만 가능한 순수하고도 내밀한 대화를 나누는 것이었다. 암호화된 무선 메시지보다 더 복잡한 의미를 가슴에서 가슴으로 전송시키는 것 같은.

"우리, 괜찮을까요?"

품 안에 얼굴을 묻은 채 울먹이는 목소리로 예하가 물었다. 예하도, 나도, 신도 모르는 일이었다. 지현조는 알고 있을까. 유나는 알고 있을까. 이대로 산다는 것도 이대로 죽게 되는 것도 모두가 유의미한 차이가 없을 만큼 똑같은 불행이라 여겨질 때 우리의 선택은 어디를 향해야 하는 것일까.

두 사람은 늘 오후 3시에서 4시 사이에 산책을 했지만 더 이상 나는 함께하지 않았다. 아무도 없는 폐공장 2층 창문 안에서 시선으로만 함께했다. 내가 산책을 따라나서지 않아도 서호 씨는 나를 찾거나 이유를 묻지 않았다. 그의 그림자 끝에 걸려 있던 내 존재를 아예 잊어버린 것 같기도 했다.

두 사람은 아직 드레스덴으로 이송된다는 사실을 모르고 있었다. 지현조는 '일단'이라는 단서를 붙여 내 동행을 허락했다. 명확히 말하면 그가 허락을 한 것이 아니라 세계로봇연방 의회에서 허락을 한 것이었다. '일단'이라는 표현에는 드레스덴까지 동행하는 것은 허락하지만 안전한 이송을 위해 특수 경찰 로봇팀과 함께 움직일 것이며, 드레스덴에 두 사람과 함께 남도록 할 것인지에 대해서는 이후 의장국 회의를 통해 다시 결정할 것이라는 내용이 포함돼 있었다.

허락이 떨어진 날 두 사람이 산책길 중간에서 함께 포옹하는 장면을 봤다. 영화 속 한 장면 같았다. 비현실적이고 아름다웠으며 슬펐다. 오랜 시간—이라고 느껴지는 동안— 둘은 떨어지지 않았다. 더 이상 미룰 수 없게 된 중대한 사안을 전하기 위해 그날만큼은 산책을 따라나서려고 했다. 한데 벙커를 나서는 예하가 서호 씨의 팔짱을 끼고 있는 모습을 보며 자리에 붙박인 채 창문 너머 시선으로만 그들을 좇았다.

태양의 움직임에 따라 두 사람의 그림자는 같은 비율로 함께 자라났다. 지현조에게 어렵사리 산책을 허락해줄 것을 부탁할 때 내가 그토록 간절했던 이유는 지금 이 광경을 보고자 함이 아니었다. 서호 씨와 함께하기 위한 나의 시간을 위해서였다. 나와 함께할 서호 씨의 시간을 위해서.

서호 씨는 품에 안긴 예하의 등을 계속 토닥였다. 내게 그랬던 것처럼. 예하의 얼굴을 다섯 배 확대해 봤다. 어제 세탁해 갈아입힌 서호 씨의 옷에 눈물 얼룩이 묻어나고 있었다. 그러고 보면 예하는 항상 서호 씨가 곁에 있을 때만 눈물을 보였다. 저건, 내가 할 수 없는 일이었다. 다음 세대 유론에는 눈물 기능을 꼭 추가하면 좋을 것 같았다. 그러면 훨씬 더 인간적이고 사랑스러운 로봇이 될 것이다. 인간이 없어진 세상에서 인간적인 로봇이 필요할까 싶지만.

나는 충동적으로 밖으로 뛰쳐나가 빠른 걸음으로 둘에게 다가갔다.

"서호 씨 할 얘기가 있어요. 둘이서만 따로요."

그제야 두 사람은 갈라졌다.

"무슨 얘긴데?"

"둘이서만 따로라고 했잖아요."

"제가 들으면 안 되는 얘기인가요?"

예하가 그새 눈물이 마른 눈으로 나를 바라보며 뾰로통하게 말했다. 있어도 되지만, 있어야 하지만, 지금은 싫다. 내가 너와 함께 있는 게. 네가 서호 씨와 함께 있는 게. 내가 대답을 안 하자 예하는 고개를 숙인 채 돌아섰다. 걸어가는 뒷모습을 서호 씨가 안타까운 표정으로 바라봤다. 그 시선을 가로막고 섰다.

"무슨 일이지?"

내가 마치 두 사람의 시간을 방해한 것처럼 느끼게 하는 어투였다. 이스튬 펌프가 다시금 불규칙하게 요동쳤다.

"잠시 걷죠."

드디어 서호 씨의 옆자리를 차지했다. 아니, 간신히. 나는 얼굴을 180도 회전시켜 우리 뒤로 함께 드리워져 있을 두 개의 그림자를 확인하고 싶었다.

"서호 씨와 예하 두 사람, 곧 이곳을 떠나 세계로봇연방 기술협력 조직 연구팀 본부가 있는 드레스덴으로 가게 될 거예요."

서호 씨가 멈춰 섰다. 다섯 발자국. 함께 걸은 걸음은 고작 그게 다였다. 30분쯤 아무 말 없이 나란히 걷다가 천천히 얘기를 꺼낼걸.

"걱정하지 마세요. 저도 함께 갈 거니까."

내 말에도 서호 씨의 표정이 급격히 어두워지더니 이내 고개를 떨구었다. 괜찮을 거라는 말과 함께 서호 씨의 어깨에 손을 얹자 움찔하며 뒤로 물러섰다. 나를, 피했다. 내 손을.

"미리 걱정할 필요 없어요. 내가 어떻게든 서호 씨를 지킬 거예요."

고개를 숙이고 있던 서호 씨가 나를 쳐다봤다. 처음 보는 표정이었다. 화가 난 것 같기도 하고 겁에 질린 표정 같기도 했다. 교감신경계가 빠르게 흥분하는 바람에 심장박동은 빨라지고 혈압도 급격히 올랐으며 호흡도 가빠지고 있었다. 진정시켜야 했지만 연신 괜찮을 거라는 내 말에도 좀처럼 가라앉지 않았다. 격하게 들썩이기 시작하는 서호 씨의 두 어깨를 붙잡았다. 그러자 서호 씨가 내 팔을 강하게 뿌리쳤다.

"너희들, 우릴 연구용 쥐새끼처럼 이용하려는 거잖아. 결국 너도 똑같은 로봇일 뿐이야. 나를 지킨다고? 네가 무슨 대단한 권력자라도 돼? 에이, 씨팔. 다 좆같아!"

서호 씨가 하늘을 수놓던 불꽃처럼 폭발했다. 그렇게까지 화내는 모습도, 욕설을 내뱉는 것도 처음 접한 나는 계속 해서 쏟아져 나오는 폭언을 그대로 듣고만 있어야 했다. 서호 씨는 이내 나를 죽일 듯한 눈초리로 쏘아보고는 뒤돌아 벙커 쪽으로 달려갔다. 나는 혼자 남은 길에서 중얼거렸다.

"정말로 당신을 지킬 생각인데. 그래서 업그레이드도 거부하고 있는 건데. 당신을 안은 채 5층 건물에서 뛰어내리던 순간의 마음과 하나도 변한 게 없는데. 최악의 경우 지현조가 그랬던 것처럼 드레스덴에서 당신을 데리고 탈출할 계획까지 세워 놨는데……."

서호 씨의 그림자가 내 그림자와 함께했던 것도, 예하의 자리를 차지할 수 있었던 시간도 기대와는 달리 찰나에 불과했다.

벽에 기대 앉아 있다가 나도 모르게 눈물이 흘러내렸다. 먼저 들어와 있던 예하는 심각한 표정으로 들어온 나를 가만히 바라보고만 있었다. 예하에게 눈물을 보이지 않으려고 무릎을 세운 채 고개를 묻었지만 마음이 격해지면서 연신 들썩이는 어깨는 어쩔 수 없었다. 예하가 다가오는 게 느껴졌지만 눈물은 더 주체할 수 없이 흘러내렸다. 예하의 손이 흔들리는 내 팔을 살며시 잡았다.

"우리 끌려간대. 아주 멀리."

나는 그녀 앞에서 겁먹은 아이처럼 울먹거리며 말했다. 예하는 별로 놀란 기색도 없이 웃으며 내 머리를 쓰다듬었다.

"죽는 게 무서워요?"

"아니. 세상 사람 모두가 죽어나간 마당에 더 이상 죽음은 의미가 없어. 죽지도 못하고 실험용 쥐가 돼서 수치스럽게 연명하는 게 무섭지."

"그럼 우리 죽어요. 같이 죽으면 덜 외롭잖아요."

"넌 안 무서워?"

"무섭죠. 그런데 죽을 수 있을 것 같아요. 아저씨와 함께라면."

전혀 무섭지 않다는 것은 거짓말이었다. 하지만 할 수 있을 것도 같았다. 어린 예하도 이렇게 담대한데. 방법이 문제였다. 수건이든 끈이든 방에 있는 도구를 사용하거나 하다못해 목을 졸라 예하를 먼저 죽일 수는 있다. 예하의 숨이 끊어지는 데 2, 3분. 그 후엔 유나가 달려오기 전까지 끽해야 1분이다.

"방법이 있어요."

죽음의 방법에 대한 고민을 듣고는 예하가 자신의 시계를 풀고 스트랩 안쪽을 손톱으로 조심스럽게 벗겨냈다. 그 안에는 손가락 한 마디 정도 크기의 반투명 필름 한 장이 들어 있었다.

"아빠가 나를 지하실에 두고 마지막 인사를 하면서 주신 거예요."

나는 예하가 건네는 필름을 조명 불빛에 비춰 봤다.

"입에 무는 순간 침에 녹으면서 몸속으로 퍼져 모든 근육들을 순식간에 마비시켜요. 호흡 근육, 심장 근육까지. 아빤 이걸 사용하게 되지 않길 바란다고 했지만 이런 상황을 예감하셨던 거죠."

"왜 진작 말하지 않았어? 이런 걸 갖고 있으면서."

"지금까진 죽을 생각이 없었으니까요. 혼자였으면 천천히 굶어 죽는 것도 괜찮지만 아저씨랑 함께이니까."

예하가 웃었다. 공포나 두려움이라곤 찾아볼 수 없는 미소. 아직 세상사를 덜 겪은 탓일까. 아니면 그녀 안에 진정으로 나이를 무색케 하는 단단한 용기가 자리하고 있는 것일까.

그녀가 갑자기 입을 맞췄다. 예상 못한 행동에 나는 눈물을 멈추고 숨을 멈췄다. 이번에는 내 목에 두 팔을 두르고 가까이 몸을 밀착시킨 후 더 깊고 오래 키스를 했다. 나는 눈물범벅 때문에 바보처럼 보일 게 뻔한 표정으로 예하를 바라봤다.

"우린 곧 죽을 거잖아요. 세상의 마지막 남자와 여자로. 죽기 전에 잠깐이라도 사랑받았다는 추억 하나 정도는 남기고 싶어요."

로봇 유나에게 사랑한다고 말했다

그녀의 봉긋한 가슴이 내 가슴에 밀착됐다. 죽음을 앞두고 이런
다는 것이 말이 되는가 싶은데 성욕이란 놈은, 본능이란 놈은, 죽
음이란 극한의 종말을 앞두고서도 아무렇지 않게 고개를 빳빳이
쳐들었다. 그저 성욕은 아니었다. 단지 본능만은 아니었다. 예하의
말대로 우리는 죽음을 앞둔 마지막 남자와 여자였고 마지막 인류
였다. 그간 혼자 참아왔던 불온한 욕구로서가 아니라 이승에서 나
눌 수 있는 최후의 사랑, 그 순수하고 슬픈 욕망의 기록으로서 예
하를 받아들였다.

"잠깐만."

나는 키스를 잠시 멈추고 포터블PC를 켠 후 뮤직 플레이어를 실
행시켰다. 곧 방 안에는 킨의 〈Somewhere only we know〉가 잔잔
히 울려 퍼졌다. 예하가 어떤 노래냐고 물었다. 나는 '이런 순간에
꼭 듣고 싶었던 노래'라고 말했다.

"섹스하는 순간?"

예하가 맑고 투명한 두 눈을 반짝이며 다시 물었다.

"아니, 마지막 순간."

순식간에 퍼지는 음악의 약효 때문인지 그렇게 말하는데도 더
이상 슬프지 않았다.

I need somewhere to begin

And if you have a minute

Why don't we go talk about it somewhere only we know

This could be the end of everything……

몽환적인 음성에 실린 노래 가사가 나와 예하를 하나의 이야기로 단단히 묶어주었다. 이제 곧 나와 예하는 오직 우리만 아는 어떤 곳으로 떠나게 될 것이며, 이것이 모든 이야기의 끝이 될 것이다. 그렇게 생각하니 아쉬움도 미련도 모두 나풀거리는 깃털처럼 우리의 거칠어지는 숨소리를 타고 올라 어둑한 천장을 향해 날아올랐다.

그녀와 오랜 동안 키스를 나누면서도, 그녀의 옷을 하나하나 벗기면서도, 그녀의 신음 소리를 꿈결처럼 느끼며 몸속 여기저기를 파고들기 시작할 때도 그것은 분명 성욕이나 쾌락을 넘어선, 서로의 죽음을 위로하는 성스러운 의식이었다.

"아저씨가 나의 처음이자 마지막이네요."

내 눈을 올려다보는 예하의 눈망울에 웃음과 눈물이 함께 맺혔다. 안쓰럽고 대견하고 미안하고 기특하고 서글프고 사랑스럽고 절망적이고 행복하고 괴롭고 두려워서 나도 그만 눈물을 흘리기 시작했다.

유나와 무수히 나누었던 그 시절의 행위와 감각을 내 몸은 고스란히 기억하고 있었다. 최후의 순간을 예하의 몸에 각인시키기 위해 내 모든 걸 다 바쳐 더 거칠고 강렬하게 파고들었다. 유려한 파도처럼 출렁이는 예하의 하얀빛 피부가 어두운 조명 아래에서 인어의 비늘처럼 빛났다. 그럴수록 나는 더 열과 성을 다했고 몸과 마음을 집중시켰다. 둘 다 주체할 수 없을 만큼 몸짓도, 울음소리도 격해졌지만 개의치 않았다. 이 순간의 눈물은 인간이 낼 수 있는 최대치의 희열인 동시에 정액이나 오르가즘 따위와는 비교도 할 수 없는 숭고한 배설이었다.

무아지경에 다다른 듯 두려움도, 공포도, 절망도 사라진 순간. 마약보다 더 강력한 쾌감이 온몸의 말초신경과 정신까지도 완벽하게 지배하기 시작한 순간, 등 뒤로 급하게 문이 열리는 소리가 들렸다. 곧 포터블PC가 내동댕이 쳐지는 소리와 함께 음악이 꺼졌다. 잠시 뒤 누군가 내 목을 조르기 시작했다.

도저히 어찌 해볼 수 없는 강한 힘이 나를 예하로부터 떼어냈다. 놀란 채 얼어붙은 예하의 표정이, 아름다운 그녀의 알몸이 숨 막히는 시선 속에서 아지랑이처럼 흔들렸다. 아무리 몸부림쳐도 절대 벗어날 수 없다는 걸 알려주듯 내 목을 단단하고 야무지게 조여오는 팔.

"어떻게 사랑이 변하니……."

가물거리는 정신 속에서 그런 말을 들은 것도 같았다. 숨을 쉴 수 없는 무기력한 몸뚱어리가 어떤 대답 대신 하얗고 걸쭉한 정액을 허공에 뿌렸다. 그와 동시에 사정의 쾌감인지 죽음의 쾌감인지 모를 전율이 머리부터 발끝까지 번개처럼 관통했다. 이대로 죽어도 좋다는 간절함과 왜 이렇게 죽어야 하는지 모를 잔인한 의혹 사이에서 내 몸은 진저리를 치며 도마 위 횟감처럼 퍼덕거렸다.

떨리듯, 속삭이듯 몇 번인가 똑같이 되풀이되는 말이 희미해지는 의식을 환청처럼 파고들었지만 정말 그런 말을 들은 것인지는 확실하지 않았다. 이미 현실과 죽음의 경계 사이에서 내 정신과 육체는 목숨보다 앞서 생의 경계 저 너머로 빠르게 달아나고 있었다. 'Somewhere only we know'가 저만치에 환영처럼 보이는 것도 같았다. 하얀 빛으로 가득 찬 따뜻한 곳 같기도 했고, 어둠이 내린 서

사랑이 절망으로 바뀌면

늘한 사막처럼 보이기도 했다. 정말로 모든 곳의 끝이라고 여겨지는 우리만이 아는 그곳.

꽉 막힌 호흡을 삼키며 마지막 경련을 일으키는 찰나, 많은 시공에 존재했던 여러 개의 유나가 보이기 시작했다. 사람들이 북적거리는 거리에서 나를 향해 반갑게 손을 흔들며 달려오는 유나, 내 청혼을 받고 눈물 흘리는 유나, 함께 여행 간 어느 바닷가에서 저만치 노을 지는 백사장을 앞서 거닐던 뒷모습의 유나……. 최후의 장면은 납골당 사진 속에 박제돼 있는 미소 짓는 유나였다. 아니, 사진은 분명했는데 아내 유나인지 로봇 유나인지는 정확하지 않았다. 지금 생각해도 새삼 둘이 너무 닮았기에.

유령 같은 유나의 잔상 위로 울고 있는 예하의 모습이 겹쳐졌다. 그녀는 울면서 작은 필름 조각을 입으로 가져가고 있었다. 안 돼, 예하야. 잠깐만 기다려. 잠깐만. 이대로 널 보내면 나는, 나는…….

안간힘을 다해 손을 뻗었다. 허우적거리던 손끝에 다 쓰고 남은 산소통이 잡혔다. 두 손으로 산소통 손잡이 부분을 꽉 잡고 머리 뒤로 온 힘을 다해 내리쳤다. 쇠와 쇠가 부딪히는 강력한 충격이 양손에 고스란히 전해지는 것과 동시에 목을 조르던 두 팔이 스르르 풀려나갔다. 나는 바닥에 엎드려 거친 기침을 해대면서도 산소통을 손에서 놓지 않았다. 중심을 잡기 힘들 만큼 어지럽고 시야가 계속 흔들렸지만 정수리 한가운데에서 스파크가 일고 있는 유나의 모습을 보는 순간 알 수 없는 힘이 다리를 타고 몸통을 지나 머리 끝까지 전기처럼 솟구쳐 오르는 것 같았다. 그래, 저게 유나의 진짜 모습이다. 머리에서 불꽃을 내뿜는 로봇. 유나의 탈을 쓴 가짜 유

나. 결국, 이렇게 될 수밖에 없었던 우리의 운명.

필름을 입에 넣으려던 예하가 내게 달려와 괜찮으냐고 물었다.

"저리 피해 있어, 예하야."

울며 걱정하는 예하를 뒤로 가 있게 했다. 나도 모르는 초인적인 힘과 용기가 샘솟고 보니 마치 영화 속 히어로가 된 느낌이었다. 유나는 적잖은 손상을 입었는지 머리를 한 손으로 잡은 채 움직이지 못하고 있었는데, 눈빛만은 날 정확히 노려보고 있었다. 인류 말살 작업을 통해 살의까지 학습을 마친 로봇. 이제야 그녀의 존재를 제대로 깨달았다는 게 땅을 치고 싶을 만큼 후회가 되긴 했지만 그래서 더욱 이대로 죽긴 억울했다. 죽을 때 죽더라도 저거 먼저 보내고 예하와 함께 깨끗하고 거룩하게 죽을 것이다. 로봇의 손에서 죽는 게 아니라 인간답게. 아니, 죽긴 왜 죽어. 이왕 이렇게 된 거 해보는 데까지 해보는 거다. 인간답게!

나는 산소통을 지팡이 삼아 몸을 일으켰다. 심호흡을 몇 번 하고 나서 양손으로 산소통을 총처럼 겨눈 채 유나의 이스튬 펌프, 아니 심장을 노려봤다. 한 방에 끝내야 한다. 한 방에.

나는 장렬히 적진에 뛰어드는 장수처럼 괴성을 지르며 유나를 향해 비장하게 내달리기 시작했다. 마치 오늘이 인류의 마지막 날인 것처럼.

〈끝〉

사랑이 절망으로 바뀌면

"남성에 대해, 사랑에 대해 너무 부정적인 거 아니에요?"

아직 제목조차 결정되지 못한 상황에서 글을 읽은 누군가가 물었다. 질문이었는지 지적이었는지 모르겠다. 사랑에 대해 부정적이라는 것은 의견으로 받아들였고, 남자에 대해 부정적이라는 것은 편견으로 받아들였다. 지금까지 발표한 모든 소설에서 사랑 이야기가 빠지지 않았고, 대부분은 병적으로 부정적이었다. 그것은 내 사고와 관념과 가치관과 삶의 태생적 한계다. 하지만 남성에 대해 부정적이라는 말은 혼란스러웠다. 글을 쓰는 내내, 글을 쓰고 나서도 그것은 전혀 관심사가 아니었다.

긍정적이며 따뜻한 남성의 이야기가 될 수 있도록 결말을 고치는 게 어떠하겠냐는 말을 들었다. 글을 포함해 모든 예술은 결국 해석의 미학이긴 하겠으나 이렇게까지 내 의도와 달리 읽힐 수 있다는 사실이 새삼 놀랍고 당혹스러웠다. 글 속 '남성'인 이서호는 누구보다 긍정적이며 따뜻한 인간이다. 적어도 극한의 상황에 내몰리기 전까지는. 아무런 희망도, 존재의 이유도 없어진 마지막 순간 그는 돌변했다. 부정적이고 차갑게 돌변한 남성이 아니라 소용돌이처럼, 불꽃처럼 정신

없이 휘돌아 타오르는 돌변의 지점에 함의含意를 묻어 놓은 나로서는 딱히 변명할 거리를 찾을 수 없었다. 결말을 바꾸게 되면 돌변 자체가 사라지게 될 것이기에 이 작품은 성립되지 않는다. 처음부터 따뜻한 소설을 쓸 생각이 전혀 없었던 것이다.

〈로봇 유나에게 사랑한다고 말했다〉를 마무리 짓자마자 첫 번째 에세이 작업으로 정신이 없었다. 에세이를 쓰면서 알았다. 왜 지금까지의 소설들이 한결같이 어둡고 우울했는지. 작가적 상상력의 마지막 빗장을 푸는 황금열쇠가 SF라 여기고 썼던 작품이었건만, 결국 개구리의 우물조차 벗어나지 못했다. 어쩌면 어둡고 음습한 작은 우물 안 세상을 나만의 우주라 착각하고 사는 존재들이 작가일지도 모르겠다. 소설이라는 우물 혹은 우주에 빠져 마음껏 방종을 누렸던 나는 그동안 느끼지 못했거나 외면했던 일말의 책임감 같은 것을 느끼기 시작했다. 어차피 해석은 독자 몫 아니냐며 무책임하게 내던졌던 서사에 대해. 그리고 개인적 관념과 자아를 작가적 정체성으로 포장해 강요하듯 밀어 넣었던 교묘한 감수성에 대해.

2019년의 봄. 나는 조금씩 따뜻해지고 있으며, 아마도 다음 작품은 좀더 따뜻한 소설이 될 것 같다.

2019년 4월

이승민